MORE HAPPY THAN NOT

ADAM SILVERA

СКОРЕЕ СЧАСТЛИВ, ЧЕМ НЕТ

АДАМ СИЛЬВЕРА

Перевела с английского Екатерина Морозова

POPCORN BOOKS
Москва

УДК 821.111
ББК 83.3(7Сое)
С36

More Happy Than Not
Adam Silvera

Книга издана с согласия автора и при содействии литературного агентства *Prava i Perevodi*.

First published in the United States by Soho Teen
an imprint of Soho Press, Inc.

Все права защищены. Любое воспроизведение, полное или частичное, в том числе на интернет-ресурсах, а также запись в электронной форме для частного или публичного использования возможны только с разрешения правообладателя.

Сильвера, Адам.

С36 Скорее счастлив, чем нет : [роман] / Адам Сильвера ; пер. с англ. Е. Морозовой. — Москва : Popcorn Books, 2021. — 400 с.

ISBN 978-5-6044580-5-1

Вскоре после самоубийства отца шестнадцатилетний Аарон Сото безуспешно пытается вновь обрести счастье. Горе и шрам в виде смайлика на запястье не дают ему забыть о случившемся. Несмотря на поддержку девушки и матери, боль не отпускает. И только благодаря Томасу, новому другу, внутри у Аарона что-то меняется. Однако он быстро понимает, что испытывает к Томасу не просто дружеские чувства. Тогда Аарон решается на крайние меры: он обращается в институт Летео, который специализируется на новой революционной технологии подавления памяти. Аарон хочет забыть свои чувства и стать таким, как все, даже если это вынудит его потерять себя.

УДК 821.111
ББК 83.3(7Сое)

Copyright © 2015 by Adam Silvera
Introduction Copyright © 2020 by Angie Thomas
Front cover art: Alexis Franklin
Interior design by Janine Agro, Soho Press, Inc.
© Е. Морозова, перевод на русский язык, 2020
© Издание, оформление.

ISBN 978-5-6044580-5-1   Popcorn Books, 2021

ПРЕДИСЛОВИЕ ЭНДЖИ ТОМАС, АВТОРА РОМАНА «ВСЯ ВАША НЕНАВИСТЬ»

Книга «Скорее счастлив, чем нет» определенно что-то во мне изменила.

История Аарона Сото захватила меня с первой фразы. Я живо помню, как наткнулась на нее в книжном, открыла первую страницу (я всегда начинаю не с аннотации, а с первых строчек книги)... Прочла строку, страницу, две, три... Книга меня не отпускала. И что самое потрясающее — еще на первых страницах я вдруг поняла: да я их знаю!

Они же все с нашего двора: Аарон, Женевьев, Брендан, Малявка Фредди, даже А-Я-Псих! А ведь я росла не в Бронксе, а далеко-далеко, в штате Миссисипи, где нет метро и города не расчерчены на квадраты. И все равно я знаю этих героев! Читая о них, я как будто видела свою собственную жизнь, но под совершенно новым и необычным углом. Ничего подобного в книгах жанра young adult я раньше не встречала.

Адам Сильвера создал мир, похожий на тот, в котором рос, и, сам того не зная, вдохновил меня пойти по его стопам. Написать книгу о подростках всех цветов кожи, которые способны стать главными, а не второстепенными героями. Аарон живой, неоднозначный и не обязан подчиняться стереотипам.

Честно скажу, иногда роман давал мне под дых. Он слишком мощный. Не буду рассказывать, чем все кончится, но я проревела над финалом несколько дней. История Аарона никак не шла у меня из головы, хотелось знать, как он поживает, будто он настоящий (если честно, при первом разговоре с Адамом я об этом и спросила). Но душераздирающий финал напомнил мне кое о чем важном: если все кончается не слишком радужно, это нормально. Вернее, ничего страшного, если иногда ты скорее несчастлив. Если «долго и счастливо» все никак не наступает, ничего страшного. Об этом особенно важно помнить молодежи. Для них же все еще только начинается. Роман «Скорее счастлив, чем нет» как раз об этом, и именно после его прочтения я решила отразить похожую мысль и в своих книгах.

Надеюсь, вы тоже будете потрясены книгой и она даст вам под дых. Читайте — и помните, что испытывать трудности нормально. И никогда об этом не забывайте.

Спасибо тебе, Адам.

Спасибо, «Скорее счастлив, чем нет».

С любовью, Энджи Томас, автор романа «Вся ваша ненависть»

ПРЕДИСЛОВИЕ АВТОРА

Я рос в убеждении, что быть геем или не быть — личный выбор каждого. Так было гораздо легче, чем думать, что я родился каким-то неправильным. Если я подсознательно сам выбрал испытывать влечение к парням, значит, могу переключиться на девушек и стать «нормальным», пока друзья не поняли, что я другой, и не решили наставить меня на путь истинный кулаками.

На самом деле, конечно, никакой это не выбор. Так многие думают, но с возрастом я все меньше понимал: зачем я обрек себя на осуждение, зачем сам усложнил себе жизнь? Почему люди добровольно выбирают этот путь, если быть «нормальным» гораздо проще?

Задаваясь этими вопросами, я и задумал «Скорее счастлив, чем нет» — с помощью фантастического допущения раскрыл героя, шестнадцатилетнего Аарона Сото, который устал быть геем и решил с помощью технологии управления воспоминаниями изменить свою жизнь и найти свое «долго и счастливо».

Надеюсь, история Аарона будет близка вам, вне зависимости от того, гей вы или нет. Потому что эта книга прежде всего о поиске счастья, а счастья хочет каждый. Если вы тоже пережили то, что хотели бы забыть, вы поймете Аарона. И помните: пусть мы не всегда можем воплотить свое «долго и счастливо», при любом раскладе можно научиться быть скорее счастливым, чем нет.

Желаю [скорее] приятного чтения!

Если вы (или кто-то из ваших близких) столкнулись с психологическими трудностями:

Горячая линия Центра экстренной психологической помощи МЧС России — 8 (495)-626-37-07 (круглосуточно, анонимно, бесплатно).

*Посвящается тем, кто понял, что испытывать счастье бывает непросто.
И, конечно, Луису и Кори, моим любимчикам, которые вовремя давали мне под дых (в хорошем смысле)*

ИНСТИТУТ ЛЕТЕО

ВСЕ ПРОЙДЕТ
БЕЗ СЛЕДА

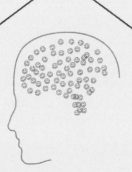

Вас терзают мучительные воспоминания? Узнайте больше о нашей революционной процедуре выборочной очистки памяти — позвоните в институт Летео: 1-800-Я-ЗАБУДУ.

ЧАСТЬ ПЕРВАЯ

СЧАСТЬЕ

1
УДАР ПАМЯТИ ПОД ДЫХ

Оказывается, операция Летео — не бред сивой кобылы.

Впервые увидев в метро плакат института, где помогают о чем-то забыть, я решил, что это реклама фантастического фильма. Потом был заголовок на первой полосе газеты: «Все пройдет без следа!» — тогда я решил, что нам впаривают что-нибудь нудное — например, таблетки от очередного вида гриппа, а никак не лекарство от воспоминаний. Был выходной, шел дождь, так что мы с друзьями тусовались в прачечной и смотрели старенький телевизор у поста охраны. На всех каналах без исключения шли интервью сотрудников института Летео — вдруг кому-то удастся разузнать о «революционной технологии изменения и подавления памяти» больше других.

После каждой фразы я орал, что это полный бред.

А теперь выясняется, что это совсем не бред, а стопроцентно реальная операция. Ее сделали одному из наших.

По крайней мере, так говорит Брендан, мой вроде как лучший друг. А его феноменальная честность — примерно такая же притча во языцех, как страсть мамы Малявки Фредди проверять каждую сплетню (по слухам, сейчас она начала учить французский, потому что у ее соседки по лестничной клетке, возможно, интрижка с женатым начальником и языковой барьер немного мешает подслушивать; но это тоже сплетня, а я не она, чтобы проверять).

— Говоришь, Летео не гонят?

Я сажусь на бортик песочницы, в которой никто не играет: все боятся подхватить стригущий лишай.

Брендан бродит взад-вперед, чеканя баскетбольный мяч нашего приятеля Деона.

— Думаешь, чего Кайл с семьей свалили? — спрашивает он. — Хотят начать с чистого листа.

Можно даже не спрашивать, о чем Кайл решил забыть. В декабре застрелили его брата-близнеца Кеннета — похожего на него как две капли воды — за то, что он переспал с младшей сестрой парня по имени Джордан. А спал с ней на самом деле Кайл. Я неплохо знаком с болью утраты, но не представляю, как можно жить, каждую секунду помня, что твой брат — с которым у тебя было одно лицо и один тайный язык — погиб от пуль, которые предназначались тебе.

— Ну чего, удачи ему.

— Ага, — соглашается Брендан.

На улице — все знакомые лица: из ближайшего супермаркета, «Лавочки вкусной еды», где я уже пару месяцев подрабатываю, выходят Дэйв Тощий и Дэйв Толстый — не родственники, просто оба Дэйвы, — на ходу заглатывая чипсы и заливая в глотки коробочки сока. Мимо на новеньком оранжевом велике со стальной рамой скользит Малявка Фредди. Когда-то мы дразнили его за то, что он никак не пересядет с четырехколесного велика на нормальный. Я вот зря смеялся: меня отец кататься вообще так и не научил. А-Я-Псих сидит на земле, увлеченно беседуя со стенкой, а все остальные, в основном — взрослые, готовятся к ежегодному мероприятию, которое пройдет в нашем квартале на выходных.

Это День семьи.

Первый День семьи без Кеннета с Кайлом, без родителей Брендана и без моего папы. Конечно, мы с ним вряд ли стали бы бегать наперегонки, по очереди изображая тачку, или играть в баскетбол за одну команду, и вообще он всегда в этот день веселился с моим братом Эриком. Но мне хватило бы даже просто его увидеть. Думаю, Брендану не легче моего, хотя оба его родителя живы. Может, ему и еще похуже: они вроде и недалеко, но к ним не попасть. Его родители сидят в тюрьме, по разным камерам. Мать осуждена за вооруженный разбой, отец попался на торговле метом и оказал сопротивление полицейскому. Теперь Брендан живет с дедушкой. Тому восемьдесят восемь, и он уже одной ногой в могиле.

— Все будут спрашивать, чего мы не улыбаемся, — говорю я.

— Пусть в жопу себе свои улыбки засунут, — отвечает Брендан и пихает руки в карманы. Там наверняка травка. Брендан подался в дилеры — типа рано повзрослел. По-моему, глупо: его отца восемь месяцев назад упекли примерно за то же самое. Брендан смотрит на часы и долго пытается разгадать, что показывают стрелки. — Меня кое-кто ждет. — И уходит, даже не дожидаясь, пока я отвечу.

Он вообще парень немногословный, поэтому я и называю его «вроде как лучшим» другом. Настоящие друзья готовы сказать сколько угодно слов, лишь бы как-то утешить тебя, если ты хочешь покончить с собой. А я вот недавно захотел. И Брендан просто стал проводить со мной меньше времени: типа его чувство солидарности обязывает больше тусоваться с другими чернокожими ребятами. Я по-прежнему думаю, что это тупая отмазка.

Я скучаю по временам, когда мы наслаждались летними вечерами на полную катушку: гуляли до поздней ночи, лежали на черном покрытии детской площадки и болтали о девчонках и будущем, таком огромном для таких маленьких нас, — и верили, что все будет нормально, если все мы останемся здесь и никуда друг от друга не денемся. Теперь мы приходим сюда не ради дружбы, а по привычке.

Я делаю вид, что это нормально. Мне вообще часто приходится делать вид, что все нормально.

Домом мне служит двухкомнатная квартирка, где мы ютимся вчетвером. То есть втроем. Втроем, конечно.

Я сплю в гостиной вместе с Эриком. Он вот-вот должен вернуться со смены в магазине подержанных видеоигр на Третьей авеню. Придя домой, он сразу врубит одну из двух своих консолей и будет играть и болтать с сокомандниками через микрофон, пока часа в четыре утра все не отвалятся поспать. Мама небось опять будет уговаривать его подать документы в какой-нибудь колледж. Я не собираюсь слушать, как они ругаются.

На моей половине комнаты громоздятся стопки непрочитанных комиксов. Я накупил их по дешевке — от семидесяти пяти центов до двух долларов — в моем любимом магазинчике и от корки до корки читать не планировал. Мне просто нравится хвастаться своей большой коллекцией, если заходит кто-то из друзей побогаче. В прошлом году вся школа подсела на «Темные стороны», и я тоже подписался, но пока только пролистал пару выпусков, поглядел на рисовку.

Если книга действительно меня цепляет, я рисую на полях свои любимые моменты: в «Мировой войне Z» — выигранную зомби битву при Йонкерсе, в «Легенде о Сонной Лощине» — появление Всадника без головы, ведь он единственная изюминка этого посредственного ужастика. А когда читал «Скорпиуса Готорна и Узника Аббадона» — это была третья книга моего любимого фэнтези-цикла про юного мага-демона, — я нарисовал, как Рассекающие чары Скорпиуса раздирают ужасного Аббадона пополам.

Но в последнее время у меня с рисованием туговато.

Душ всегда нагревается по нескольку минут, так что я включаю его и иду проведать маму. Стучу в дверь спальни — нет ответа. Но телевизор включен. Знаете, если у тебя остался в живых только один родитель и он не отвечает на стук, сложно не вспоминать, как твоего отца нашли мертвым в ванне, и не думать, что за дверью маминой спальни тебя поджидает сиротская доля. Так что я захожу.

У мамы как раз заканчивается второй за день тихий час под серию «Закона и порядка».

— Как ты, мам?

— Нормально, сынок.

Теперь она почти перестала называть меня «Аарон» или «маленький мой». Конечно, второй вариант никогда мне особо не нравился — особенно если она говорила так при моих друзьях, — но по крайней мере это выдавало, что у нее еще сохранились какие-то чувства. Теперь от нее осталась лишь оболочка.

На ее кровати лежит недоеденный кусок пиццы, которой я принес ей из пиццерии, пустой стаканчик от кофе, который я купил в другой забегаловке, и пара брошюрок Летео — их мама набрала сама. Она с самого начала верила, что их операция — не надувательство, но это ничего не значит: в сантерию она тоже верит. Мама надевает очки — они выгодно скрывают впадины, появляющиеся у нее вокруг глаз от бесконечной работы. Пять дней в неделю мама — соцработник в Вашингтонской больнице, а еще четыре вечера — мясник в супермаркете. Только благодаря этому у нас все еще есть пусть крошечная, но крыша над головой.

— Пицца невкусная? Еще чего-нибудь принести?

Мама не отвечает. Слезает с кровати, оттягивая пальцем ворот старой рубашки, доставшейся ей от сестры: «нищенская диета» как раз постройнила маму настолько, чтобы в нее влезть, — и обнимает меня так крепко, как не обнимала с самой папиной смерти:

— Почему только мы ничем не смогли помочь...

Я обнимаю маму в ответ. Не знаю, что говорить, когда она плачет о том, что сделал папа и пытался сделать я. Вместо этого я смотрю на брошюрки Летео. На самом деле кое-чем мы могли бы ему помочь, просто нам это никак не по карману.

— Пойду в душ, наверно. А то вода остынет. Извини.

Мама отстраняется:

— Все в порядке, сынок.

Я делаю вид, что поверил, бегу в ванную, к запотевшему от пара зеркалу, быстро раздеваюсь. Но замираю перед ванной. Ее долго драили хлоркой, и следов не осталось, но все же именно здесь он наложил на себя руки. Память о нем бьет нас с братом под дых на каждом углу: отметками на стене, где он мерял наш рост; двуспальной кроватью, где мы с ним в шутку боролись под новости; плитой, на которой жарил пирожки эмпанада к нашим дням рождения. Нам немножко не по средствам просто переехать в другую квартиру, попросторнее, и избавиться от этих напоминаний. Мы торчим тут, вытрясаем из обуви мышиный помет и заглядываем в стаканы с колой перед каждым глотком: вдруг там, улучив момент, утопился таракан?

Горячая вода у нас в ванной очень быстро становится холодной; я поскорее запрыгиваю в душ. Прислоняюсь лбом к стенке, чувствуя, как вода пропитывает волосы и стекает на спину, и представляю, от скольких воспоминаний мог бы избавиться в Летео. Все они — о том, каково жить в мире, где нет отца. Я поворачиваю руку ладонью вверх и пялюсь на шрам на запястье. Неужели я — тот парень, который когда-то вырезал на руке смайлик? Неужели я думал, что, не найдя счастья в жизни, найду его в смерти? Что бы ни подтолкнуло отца убить себя: тяжелое детство младшего из девяти братьев, работа в нашем паршивом почтовом отделении или любая другая из миллиона причин, — мне придется стиснуть зубы и жить дальше, потому что я не один. Потому что не все выбирают самый простой путь, потому что кто-то любит меня так сильно, что живет дальше, даже когда жизнь — дерьмо.

Я вожу пальцами по шраму-улыбке: слева направо, потом справа налево. Как хорошо иметь под рукой напоминание никогда больше так не тупить.

2
СВИДАНИЕ ПО ОЧЕРЕДИ

(нет, не в том смысле, что партнеры выстраиваются в очередь!)

В апреле мы с Женевьев гуляли в Форт-Уилли-парке, и она предложила мне встречаться. Все мои друзья сказали, что мы конкретно выпали из наших гендерных ролей, но иногда мои друзья те еще ограниченные придурки. Мне важно этого не забывать — в смысле про Женевьев, а не про друзей, — ведь это значит, что она нашла во мне что-то особенное. Что она хочет стать частью моей жизни, а не смотреть, как я выкидываю эту самую жизнь на помойку.

Два месяца назад я попытался кое-что с собой сделать, и это было не просто эгоистично, но еще и стыдно. Если выживешь, тебя начинают воспринимать как ребенка, которого надо брать за руку, переходя дорогу. Хуже того, все подозревают, что ты либо хотел привлечь внимание, либо слишком тупой, чтобы сдохнуть с первого раза.

Я прохожу десять кварталов к центру — здесь живут Женевьев с отцом. Ее отец почти не уделяет ей внимания, но по крайней мере он на этом свете, а не на том. Я звоню в домофон. Надо было все-таки учиться кататься на велике. Подмышки воняют, спина промокла — зачем я вообще только что принимал душ?

— Аарон! — кричит сверху, из окна своей спальни, Женевьев. Ее лицо сияет под солнцем. — Сейчас спущусь, только руки отмою. — Она вытягивает вперед ладони, вымазанные желтой и черной краской, подмигивает и исчезает из виду.

Может, она рисовала мультяшный смайлик?.. Хотя из ее-то живого воображения скорее уж родилось какое-нибудь магическое существо: скажем, желтопузый гиппогриф с черными жемчужинами глаз, заплутавший в лесу отражений, и золотая путеводная звезда — его единственная надежда. Или что-то типа того.

Через пару минут Женевьев спускается, так и не переодев старую белую футболку, в которой обычно рисует. Она обнимает меня с улыбкой, но это не ее привычная полуулыбка. Хуже всего — видеть ее грусть и бессилие. Ее тело напряжено; когда она наконец расслабляется, с ее плеча соскальзывает бледно-зеленая сумка — мой подарок на ее прошлый день рождения. Она постоянно рисует на ней что-то новое: то крошечные города, то иллюстрации к какой-нибудь ее любимой песне.

— Привет, — говорю я.

— Привет, — отвечает она и встает на цыпочки меня поцеловать. В ее зеленых глазах стоят слезы. Вода на зелени — как джунгли, которые она бросила рисовать несколько месяцев назад.

— Что случилось? У меня воняют подмышки?

— Жесть как воняют, но дело не в этом. Рисовать — просто ад какой-то. Ты так вовремя пришел! — И больно пихает меня в плечо; это она так флиртует.

— Что рисуешь?

— Как зебровая лирохвостая рыба-ангел выходит на берег морской.

— Ого. Я думал, чего поприкольнее. Магия там всякая, гиппогрифы...

— Не люблю я быть предсказуемой, придурок ты тупой. — Она называет меня тупым придурком с первых дней наших отношений — точнее, с нашего первого поцелуя. Уверен, это она все никак не может забыть, что я тогда аж два раза стукнулся с ней лбами, такой вот я неопытный и неловкий. — Как насчет сходить в кино?

— Может, лучше устроим свидание по очереди?

Свидание по очереди — это не когда несколько человек выстраиваются в очередь, чтобы пойти с тобой на свидание. Женевьев придумала, что я веду ее на свидание туда, где ей понравится, а она меня — туда, где понравится мне. Естественно, мы называем это «свиданием по очереди» потому, что по очереди устраиваем друг другу свидание мечты, а не потому, что нам приходится стоять в очереди, пока другой встречается с кем-то еще.

— Ну, наверно, можно и устроить.

Мы скидываемся на «камень, ножницы, бумага»: проигравший устраивает свидание первым. Мои ножницы на лету рассекают выкинутую Женевьев бумагу. Конечно, я мог бы вызваться первым сам, потому что уже решил, куда ее поведу. Но я пока не на сто процентов продумал свою речь, и немного форы, чтобы точно нигде не накосячить, не помешает.

Женевьев ведет меня в мой любимый магазин комиксов на Сто сорок четвертой улице.

— Недолго же ты пробыла непредсказуемой... — замечаю я.

ДОМ СУМАСШЕДШИХ КОМИКСОВ:
У нас бывают эпизоды

Входная дверь стилизована под старинную телефонную будку — в такую ныряет Кларк Кент, когда ему приспичит переодеться в Супермена. Я, конечно, никогда не понимал, почему он хранит трогательную верность одной-единственной будке перед зданием «Ежедневной планеты», но сейчас я и сам рад этой будке. Несколько месяцев сюда не ходил и сейчас чувствую себя почти суперменом.

«Дом сумасшедших комиксов» — рай для гика. Кассир в футболке с Капитаном Америка переставляет семидолларовые ручки в виде молота Тора. На полке, стилизованной под камин в Уэйн-Мэноре, высятся гордые (и дорогущие!) бюсты Росомахи, Халка и Тони Старка. Не понимаю, как у какого-нибудь сорокалетнего девственника еще не случился удар от такого количества «Марвела» и DC в одном месте. Тут есть даже целый шкаф с плащами супергероев — их можно купить или за отдельную плату устроить тут фотосессию. Но я больше всего люблю рыться в тележке с комиксами по доллару, потому что... ну, потому что там куча комиксов по доллару, дешевле просто не бывает.

Здесь есть даже коллекционные фигурки — мы с Эриком в детстве были бы счастливы с такими поиграть. Например, взяли бы набор со Спайдерменом и Доктором Осьминогом. Или Фантастическую четверку... хотя Невидимую Леди мы бы, наверно, быстро где-нибудь потеряли (она же невидимая, ага?): моим любимым персонажем из четверки был Человек-Факел, а у Эрика — мистер Фантастик. Я всегда сочувствовал плохим парням — Зеленому Гоблину, Магнето, а Эрик больше любил героев, и так было интереснее.

Женевьев продолжает водить меня сюда в свою очередь, потому что именно здесь я по-настоящему счастлив. Раньше мы еще могли сходить в бассейн, где я учился плавать, — там было почти так же хорошо, а потом я чуть не утонул (долго рассказывать).

В магазине Женевьев отвлекается на постеры, а я прямой наводкой устремляюсь к тележке. Ну-ка, есть там что-нибудь классное? Вот бы вдохновиться, а то совсем забросил свой собственный комикс. Я застрял на очень напряженном кадре «Хранителя Солнца» — я назвал своего героя так, потому что ребенком он проглотил солнце чужой системы, чтобы не дать ему погибнуть. Так вот, на последнем кадре его девушка и лучший друг того и гляди рухнут с небесной башни прямо в пасть дракону, а спасти он успевает только кого-то одного. Кого же ему выбрать? Супермен, конечно, выбрал бы Лоис Лейн. А кто важнее Бэтмену: Робин или очередная девушка-однодневка (с кем только этот Темный Рыцарь еще не спал...)?

Какие-то парни обсуждают последних «Мстителей». Я быстро хватаю пару комиксов и спешу на кассу: если пойдут спойлеры, я включу Халка. Фильм вышел в декабре, и я так его и не посмотрел. Всем было не до кино, мы оплакивали Кеннета.

— Привет, Стэнли.
— Аарон! Давно тебя не видно!
— Да, у меня тот еще эпизод вышел...
— Как интересно! Прыгал по небоскребам в маске?
— Да не, семейное, — после секунды молчания отмахиваюсь я.

Я протягиваю ему подарочную карту, и он пробивает по ней два доллара. Потом прикладывает карту еще раз:
— Чувак, на счете ноль.
— Не, там должна быть пара долларов.
— Увы, ты беднее Брюса Уэйна, которому заморозили счет в банке, — отвечает Стэнли.

Достал уже. Я молчу, что грубить клиентам нехорошо, но он мусолит эту тупую шутку уже несколько месяцев. Ясен перец, я беднее, чем когда-либо бывал Брюс Уэйн; куда мне до него?

— Я тогда отложу для тебя комиксы?
— Да не, забей. Обойдусь.

Подходит Женевьев:
— Все нормально, малыш?
— Ага, ага. Погнали дальше?

Щеки горят, глаза слезятся. Дело даже не в том, что я остался без комиксов — мне же не восемь! — просто я жестко опозорился перед девушкой.

Даже не взглянув на меня, Женевьев достает из сумки несколько баксов; теперь мне еще стыднее, хотя куда уже?

— Сколько с нас?

— Жен, не надо, все нормально.

Она, не слушая, расплачивается, отдает мне пакет с покупкой и начинает рассказывать, какую картину задумала: оголодавшие падальщики гонятся по дороге за тенями мертвых, не догадываясь, что трупы все это время у них над головой. По-моему, классная идея. И хотя мне очень хочется поблагодарить ее за комиксы, я рад, что она сменила тему. Так мне хотя бы не стыдно.

☺ ☺ ☺ ☺

— А помнишь, Кайл сгонял в Летео?

«А помнишь?» — наша дурацкая игра, мы «вспоминаем» события, которые случились совсем недавно или происходят прямо сейчас. Отвлекая Женевьев игрой, я веду ее сквозь Форт-Уилли-парк на Сто сорок седьмой улице, мимо почты, где работал папа, мимо заправки, где мы с Бренданом когда-то брали жвачки-сигареты от стресса (мы иногда смеемся, как это было глупо и по-детски).

— Может, это и неправда, никто из наших с тех пор его не видел. — Женевьев крепко берет меня за руку, запрыгивает на спинку скамейки и проходит по ней, жутко виляя во все стороны. Однажды она все-таки раскроит себе череп, и я пойду умолять Летео помочь мне забыть это зрелище. — Сарафанное радио мамы Фредди тоже может ошибаться. И еще, технически Кайл не забывал Кеннета. В Летео не стирают воспоминания, только подавляют.

Женевьев, как и я, не верит в операцию. А ведь она когда-то верила в гороскопы и гадание на таро!

— По-моему, что забыть, что никогда не вспоминать — без разницы.

— Наверно.

В итоге Женевьев все-таки падает, и я успеваю ее поймать. Увы, мне не удается героически подхватить ее на руки и унести навстречу закату. Она могла хотя бы упасть прямо на меня, мы бы посмеялись и поцеловались. Вместо этого она качнулась в сторону, я подхватил ее под мышки, но ее ноги проехались по земле, а нос уткнулся мне в ширинку. Неловко: Женевьев ни разу еще не видела того, что за ней. Я помогаю ей подняться, и мы оба начинаем извиняться: я — сам не знаю за что, она — за то, что едва не пропахала носом мои гениталии.

Что ж, не последний день живем.

— Ну... — Женевьев убирает с лица темные пряди.

— Представь, что на нас сейчас нападут зомби. Твои действия?

Теперь моя очередь менять тему, чтобы ей не было неловко. Я беру ее за руку, и мы идем по парку. Женевьев вяло рассказывает, что залезет на яблоню и подождет, пока они не уйдут. И кто из нас еще тупой придурок?

Когда Женевьев была маленькой, она часто приходила сюда с мамой: тогда здесь стояли качели и турники и сюда еще стоило водить детей. Несколько лет назад ее мать разбилась на самолете в Доминикану — летела навестить родственников, — и с тех пор Женевьев сюда почти не ходит. Обычно, когда наступает моя очередь вести ее на свидание, я выбираю другие места, например блошиный рынок или каток (по средам прокат вдвое дешевле), —

но сегодня мы вернемся в тот день, когда она предложила мне встречаться.

Мы подходим к фонтану-шутихе. Если бы они еще работали, из земли неожиданно забили бы струи воды. Но все десять труб давно забиты гнилыми листьями, окурками и прочей дрянью.

— Давно здесь не была, — говорит Женевьев.

— Я подумал, будет классно привести тебя сюда и предложить встречаться, — объясняю я.

— Мы что, расстались?

— А надо?

— Как ты предложишь мне встречаться, если мы уже встречаемся? Это же как убить мертвеца!

— Окей, тогда брось меня.

— Просто так взять и бросить?

— Понял. Хм... ну, ты стерва, и мазня твоя отстой.

— Я тебя бросаю.

— Ура! — Я улыбаюсь до ушей. — Короче, прости, что назвал тебя стервой, обругал твои картины и пытался кое-что с собой сделать. Прости, что тебе пришлось все это выдержать. Прости, что я тупой придурок, решивший, что не могу быть счастлив. Ясен же пень, мое счастье — это ты!

Женевьев скрещивает руки на груди. На локте у нее осталось несколько несмытых пятнышек краски.

— Может, я и была твоим счастьем, но я тебя бросила. Убеди меня передумать!

— А надо? — Меня пихают в бок. — Понял. Женевьев, будь моей девушкой!

Она пожимает плечами:

— А давай, все равно летом делать нечего.

Мы устраиваемся в тени под деревом, скидываем обувь и ложимся на землю. Трава щекочет босые ноги. Женевьев в тысячный раз повторяет, что мне не за что извиняться и она не сердится, что мне бывает грустно и плохо. Я сам это понимаю, но мне правда нужно было начать с чистого листа, пусть и в шутку. Не всем по карману стереть кусок жизни с помощью Летео, и я не пошел бы к ним, даже будь у меня деньги. Разве смог бы я без воспоминаний заново пережить такие важные мгновения, как это?

— Короче... — Женевьев водит пальцем по линиям на моей ладони, как будто собирается предсказать мне будущее. В каком-то смысле она и предсказывает: — В среду папа с девушкой поедут на фестиваль...

— Ну... рад за них.

— Они только в пятницу вернутся.

— И за тебя рад.

И только тут до меня наконец доходит. В мозгу загорается красная лампочка с табличкой «СЕКС!» — и я подпрыгиваю так высоко, что в облаках, кажется, появляется дырка в форме меня. Потом я опускаюсь с небес на землю и вспоминаю кое-что важное: блин, я ж без понятия, как им вообще заниматься.

3
БУДЬ МУЖИКОМ

Я начинаю иметь себя в мозг.

Дурацкий каламбур. Короче, я буду пытаться изо всех сил, и Женевьев, наверно, все поймет и будет ржать до слез, и тогда я тоже расплачусь, только не от смеха. Сначала я рассчитывал обсмотреться порнухи и запомнить пару приемчиков, но в одной спальне с братом это почти нереально. Даже ночью не посмотришь: Эрик играет допоздна. Я подумывал включить что-нибудь с утра, когда он еще дрыхнет, но нет, даже голые женщины не заставят меня проснуться пораньше.

Жаль, нет ноутбука. Да, мне повезло, что у меня есть хотя бы телефон с хреновеньким интернетом, но с ноутбуком можно было бы уединиться в ванной. У нас есть только огромный древний компьютер в гостиной, и сейчас за ним пыхтит над сайтом своего геймерского клана Эрик. Они называют себя «Альфа-цари-боги». Жесть.

Я делаю наброски на обороте списка оценок. Нам их выдали вчера: мы заходили в школу, чтобы забрать все из шкафчиков и, кому надо, записаться в летнюю школу для отстающих. В последние месяцы мои оценки, конечно, ухудшились — ну, сами знаете почему, — но я все сдал (даже химию, закинуть бы ее на чердак и утопить в соляной кислоте). Школьный психолог попыталась заболтать меня на тему того, что за лето я должен привести мозги в порядок к выпускному классу. Полностью согласен, но пока что меня больше волнует сегодняшний вечер, чем оценки в школе.

Квартира кажется особенно тесной, и еще теснее — моя голова. Я выхожу подышать воздухом — на секунду, минуту, час, но не дольше, потому что сегодня вечером мне предстоит заняться сексом, успею я научиться или нет. В подъезд входит Брендан; я окликаю его, и он держит мне дверь. Когда ему было тринадцать, ему отсосала девчонка по имени Шарлен, и он трындел об этом часами, когда мы вместе играли. Я все время завидовал, что у него это было, а у меня нет, но вообще его совет мне бы сейчас пригодился.

— Йо. Очень спешишь?

— Ну... — Мы оба смотрим на его руку с пакетиком травки на молнии. Давно миновали те дни, когда его единственным грешком были азартные игры. — Мне бы вот с этой штукой расправиться.

Я протискиваюсь мимо него, пока он не закрыл дверь. На лестнице пахнет свежей мочой — на полу лужа; наверняка Дэйв Тощий постарался, он любит метить территорию.

— Будешь курить или толкать?

Брендан смотрит на часы:

— Толкать. Через минуту клиент придет.

— Я быстро. Слушай, как занимаются сексом?

— Главное, в процессе так не торопись, а то тебе потом не поздоровится.

— Ну спасибо, блин. Лучше расскажи, как не облажаться?

Он трясет перед моим лицом пахучим пакетиком:

— Мне пора заколачивать бабки, Эй.

— Би, мне надо не расстроить девушку. — Я достаю два презерватива — купил вчера на работе — и тоже трясу у него перед лицом. — Блин, просто дай пару советов. Или скажи, что девчонкам пофиг, какой у них будет первый раз. А то я себя накрутил, вдруг — расскажешь кому, заплачу А-Я-Психу, и он тебя замочит — *вдруг ей не понравится?*

Брендан трет глаза:

— Да не ссы. Я кучу девчонок дрючил — чисто кончил и дальше пошел.

— Я никогда так не поступлю с Женевьев. — И с любой другой девушкой тоже. Похоже, я все-таки не того спросил.

— Поэтому ты девственник. Спроси совета у Нолана.

— Ага, ему семнадцать, и у него двое детей. Обойдусь как-нибудь.

— Аарон, ты уже не маленький. Если все узнают, что ты зассал, тебя будут считать фриком и пидором.

— Да не зассу я!

У Брендана звонит телефон.

— А вот и клиент. Вали отсюда.

Я не двигаюсь с места. Он мой вроде как лучший друг, а у меня самое важное событие в жизни, мог бы немножко постараться.

— И это все, на что ты способен?

— А что, твой папа не успел поговорить с тобой про тычинки и пестики, прежде чем коньки отбросил?

Вообще-то мог упомянуть самоубийство моего отца и поделикатнее.

— Нет, он только все время шутил, что у нас есть сериалы от HBO. Хотя я однажды слышал, как он что-то рассказывал Эрику.

— Ну вот и спроси брата. — Я собираюсь возразить, но он меня останавливает: — Слушай, или сам у меня травку купи, или вали уже отсюда. — Брендан приторно улыбается и протягивает ладонь ковшиком. Я отворачиваюсь. — Так и думал, — вздыхает он. — Ну, будь сегодня мужиком.

☺ ☺ ☺ ☺

Я могу назвать миллион вещей, которые предпочел бы разговору с братом о сексе, но умирать девственником я все-таки не готов.

Эрик режется в последнюю часть Halo — я уже потерял им счет — и, кажется, вот-вот доиграет до конца боя. Понятия не имею, как начать разговор. Раньше мы с ним иногда играли во что-нибудь вдвоем, но в последнее время мне не до того. И мы с ним никогда не вели серьезных разговоров о жизни, даже папину смерть толком не обсуждали. Он доигрывает, и тогда я перестаю притворяться, что читаю «Скорпиуса Готорна и крипту лжи», и сажусь на кровати.

— Ты не запомнил, что отец тебе говорил про секс?

Эрик не оборачивается, но я уверен, что он меня услышал. Он говорит своим «солдатам» в игре, что отошел на две минуты, и отключает звук.

— Такое забудешь, ага, — на всю жизнь травма.

Мы не смотрим друг на друга. Он изучает статистику рейда и, наверно, прикидывает, что изменить в тактике команды, а я перевожу взгляд с бледно-желтых пятен по углам комнаты за окно. Где-то там живут люди, которым не так неловко, как мне сейчас.

— И что он говорил?

— Тебе какое дело?

— Хочу понять, что бы он сказал мне.

Эрик жмет на кнопки, меню на экране не реагирует.

— Мне он сказал, что в нашем возрасте о чувствах даже не думал. Дедушка всегда говорил ему расслабиться и получать удовольствие, как только он будет к этому готов, и не забывать презервативы, а то придется рано повзрослеть, как нескольким его друзьям. А еще он бы сказал, что если ты реально готов, то он тобой гордится.

В пересказе Эрика папины слова не действуют.

Мне не хватает отца.

Эрик снова включает звук и отворачивается с таким видом, будто жалеет, что вообще что-то мне сказал. Конечно, не надо было отрывать его от игры и заставлять вспоминать отца; тем, кто недавно потерял близкого человека, нужен покой, много покоя. Эрик возвращается к игре, раздает указания команде, как настоящий лидер. Папа вел себя точно так же, когда играл в баскетбол, бейсбол, футбол... Да вообще всегда.

Я вытаскиваю из тумбочки футболку; она пахнет, как будто ее залили жидкостью для мытья посуды. Так и бывает, если делить одежду с братом, который натирает все пробниками одеколона.

Уходя, я сообщаю:

— Переночую у Женевьев. Маме скажи, что мы с Бренданом зарубились в какую-нибудь новинку или типа того.

Эрик от удивления аж отлипает от игры, секунду меня разглядывает, потом вспоминает, что ему на меня плевать, и играет дальше.

☺ ☺ ☺ ☺

По дороге к Женевьев меня раздирают сомнения.

Меня начинает клинить. Почему я иду, а не бегу? Если бы я правда этого хотел, я бы мчался со всех ног... или хотя бы бежал трусцой, потому что силы мне еще понадобятся. Но если оно мне не надо, почему я не плетусь нога за ногу и меня не подмывает сбежать? Я иду спокойным шагом — может, это я храбрюсь? Делаю вид, что ничего особенного меня не ждет и самый важный этап становления мужчиной — сущая мелочь? Я просто долговязый парень со сколотым зубом и почти еще безволосой грудью — и кто-то хочет заняться этим именно со мной. И не кто попало, а Женевьев — моя девушка, которая классно рисует, смеется надо всеми моими дурацкими шутками и не бросила меня, когда со мной было совсем не весело.

Я захожу в гастроном на углу — «У Шермана» — и покупаю маленький гостинец. А то просто так лишить девушку невинности и ничего ей не подарить — это как-то хреново. Дэйв Тощий считает, что лучший подарок к дефлорации — это цветы, поэтому цветы я точно дарить не буду.

Наконец я подхожу к двери Женевьев и стучу. Потом грожу пальцем ширинке:

— Смотри там, не вздумай халтурить. А то, черт возьми, я тебя просто отрежу. Или раздавлю нафиг. Так, Аарон, хватит разговаривать с собственным членом. И с самим собой.

Женевьев в желтой майке открывает дверь и раздевает меня глазами:

— Разговор с членом прошел удачно?

— Он сегодня что-то неразговорчив. — Я целую ее. — Пришел пораньше. Если вы с другим парнем еще не закончили, подожду здесь.

— Заходи уже, а то снова брошу!

— А вот и не бросишь!

Женевьев начинает закрывать дверь.

— Стоп, стоп! — Я достаю из кармана пачку «Скитлз».

— Ты офигенный!

— Было как-то неловко прийти с пустыми руками, — смущенно признаюсь я.

Женевьев хватает меня за руку и тащит в квартиру. Пахнет черничными свечами — подарком ее матери — и свежей краской. Наверно, Женевьев снова замешивает новый оттенок, которого не было в магазине.

Когда не стало отца, я долго лежал на диване в гостиной и ревел на коленях у Женевьев. Она повторяла, что рано или поздно все наладится. Она сама потеряла мать, так что ее утешениям я верил; друзья вместо поддержки только хлопали меня по плечу и отводили глаза.

Все почти наладилось — и только благодаря Женевьев.

Коридор пестрит картинами: на холстах оживают сады, клоуны сидят в цирке и смотрят на фокусы обычных людей, в иссиня-черном море светятся неоном города, под палящим солнцем плавятся глиняные башни, и так далее, и так далее. Отцу Женевьев в общем плевать, что она там рисует, а вот ее мать всем рассказывала, как дочь научилась рисовать семицветную радугу в правильном порядке раньше, чем писать собственное имя.

На заваленном письмами столе с блюдечком для ключей теснятся жутковатые фарфоровые куклы. Мой взгляд цепляется за буклет, подписанный именем Женевьев.

— Что это? — На обложке какая-то хижина.

— Ничего.

— Жен, мне интересно. — Я открываю буклет. — Лагерь для художников в Новом Орлеане?

— Ага. Три недели в лесу, где ничего не отвлекает от живописи. Я подумала, что там, может, наконец кое-что дорисую, но... — Женевьев грустно улыбается, и мне становится стыдно.

— Но твой парень — тупой придурок и не может три недели пожить один. — Я протягиваю ей буклет. — Мне надоело портить тебе жизнь. Или ты едешь, или тебе придется спать со мной каждый день.

Женевьев швыряет буклет обратно на стол.

— Может, сначала надо проверить, стоит ли ради этого оставаться? — Она подмигивает, уходит вглубь коридора и исчезает в гостиной.

У их квартиры такая странная планировка, что, впервые зайдя к Женевьев в гости, я вломился в кабинет к ее отцу, который как раз изучал чертежи нового торгового центра, для которого он помогал разработать планировку. Да, у него есть кабинет прямо в квартире, а мы с братом оба спим в гостиной, и мне приходится дрочить в туалете. Жизнь несправедлива.

Я захожу в спальню Женевьев; черничный аромат усиливается. На столике стоят две свечи — единственный источник света в темной комнате с незаконченными картинами и двумя шестнадцатилетними подростками, которые вот-вот станут взрослыми. Кровать застелена бельем насыщенного синего цвета — Женевьев как будто сидит посреди океана. Я кидаю на пол пакет и закрываю за собой дверь.

Пути назад больше нет.

— Если не хочешь, ты не обязан это делать, — произносит Женевьев. Если верить всем тупым фильмам, которые я видел, мы опять поменялись гендерными ролями, но я рад, что она уступила выбор мне. Вернее, пока что она мне еще не уступила.

Когда мы пытались заняться сексом в прошлый раз, я переел попкорна в кино и мне стало плохо. Мы тогда смотрели какую-то романтическую комедию — устроили двойное свидание вместе с нашими одноклассниками Колином и Николь (теперь она беременна, а у нас так ничего и не было). Но сейчас-то я готов. И не струшу.

— Ты точно этого хочешь?
— Иди уже сюда, Аарон Сото!

Я воображаю, как срываю с себя футболку, набрасываюсь на Женевьев и устраиваю ей горячий крышесносный секс. Но я наверняка запутаюсь в рукавах футболки, потом споткнусь на ровном месте, и крышу нам снесет только от смеха. Так что я просто подхожу к кровати — надо же, не упал! — и спокойно сажусь рядом.

— Ну... и часто ты здесь так... лежишь?
— Да, тупой придурок, я часто лежу у себя в спальне.

Она обнимает меня за шею железной хваткой. Я чуть не задыхаюсь, падаю на нее и притворяюсь мертвым. Женевьев бьет меня кулачком в грудь и сквозь смех выдавливает:

— Невозможно... так быстро... задохнуться! Ты совсем... не умеешь... умирать! Ты... мертвец... неудачник!

Именно теперь — когда я очень тупо притворился мертвым, а она меня разоблачила — я вдруг чувствую уверенность в себе. Мы наверняка потом будем вспоминать этот случай и улыбаться, потому что мы лежим рядом и хотим сделать кое-что очень личное, и я точно знаю, что я хочу сделать это именно с ней. Я высвобождаюсь из не слишком-то крепкого захвата Женевьев, ложусь на нее, целую в губы, в шею, всюду, куда моему телу кажется правильным. Женевьев стягивает с меня футболку, и та летит мне через плечо.

— А помнишь, ты лежал у меня в кровати полуголый? — Женевьев смотрит на меня снизу вверх.

Я снимаю с нее майку, остается только лифчик.

Она расстегивает мои джинсы, я натужно и неловко из них вылезаю под ее смех. Если бы я мог хотя бы предположить, что Женевьев будет смеяться, глядя на мои трусы, я бы как-нибудь отмазался. Но я не помню, чтобы хоть раз в жизни чувствовал себя таким открытым и таким счастливым. Женевьев безумно дорога мне — неважно, что сказал бы об этом папа, — я счастлив, она счастлива, и это всегда будет главным.

4
«ДИКАЯ ОХОТА» В ДЕНЬ СЕМЬИ

Наступил День семьи. Все готовятся праздновать, а я стою на кассе «Лавочки вкусной еды»: Мохад, владелец, поехал в аэропорт встречать старшего брата. Работа мне не в тягость, особенно после вчерашнего. Я лихо разобрался с утренним завозом. Даже все булочки с корицей, которые завтра просрочатся, распродал, и не придется ничего выбрасывать. Все утро ко мне заваливались друзья — желали узнать подробности. Наверно, рассказывать все парням на следующий же день — дурной тон, но как можно не рассказать?

Брендан пытался выбить из меня очень интимные подробности о Женевьев — она обещала зайти попозже, — но, когда за ним собралась очередь, наконец отстал. Дэйв Тощий спросил, сколько раз у нас было (два!) и надолго ли меня хватило (нет, но я наврал). Малявка Фредди хотел помериться, у кого первый раз был лучше. Но он про свой рассказывает какую-то дичь, а Тиффани до сих пор отрицает, что у них вообще что-то было. И наконец, Нолан спросил, не слился ли я. Зашел он, кстати, купить детских влажных салфеток. У него две дочки. Он утверждает, что всегда надевает презерватив, но, видимо, задом наперед. Хотя Колин вот с Николь вообще не заморачивался.

В нашем квартале живут Большие Дети — так мы всегда называли ребят, которым сейчас под тридцать. На наших глазах они дрались, встречались и спали со всеми бывшими друг друга. Некоторые из них смогли поступить в колледжи и свалить, другие так тут и живут. Например, Девон Ортиц. Он заходит купить компрессионные колготки для матери и поздравляет меня. Это немного напрягает: слухи ползут слишком быстро. И все же мне немного лестно, как будто я сам вошел в число Больших Детей.

Наконец возвращается Мохад; Брендан уже тоже вернулся, и они с Ноланом и Дэйвом Тощим заняли всю стойку.

— Когда освободишься? Сыграем в «Дикую охоту».

— Мохад попросил поработать до часу, — отвечаю я.

Мохад с ужасным арабским акцентом орет с другого конца магазина:

— Сото! Вали немедленно, только друзей-вонючек забери!

Друзья улюлюкают, и мы валим.

Я выходил на смену в восемь утра, и на улице все уже совсем иначе. У магазина режется в карты мой брат с другими геймерами. С ним Ронни — любит обосрать кого-нибудь в сети, а в жизни ни в одной драке не победил; Стиви — познакомился со своей девушкой Трисией на сайте знакомств для чокнутых геймеров (в жизни они пока ни разу не виделись); и Китаец Саймон — вообще-то он японец, но сказал он об этом, когда кликуха уже год как прилипла.

Мама как раз дает Дэйву Толстому и его младшему брату (нормального телосложения) хот-доги. Она жарила их в духовке нашей соседки Кэрри. Надеюсь, в этот раз они не отсырели. На мое двенадцатилетие так уже было; мы с Бренданом украдкой отплевались и взяли в «Джои» саб с фрикадельками. Кэйси, мать Дэйва Тощего, толкает к нам тележку с голубыми футболками. Футболки надо было заказывать за несколько месяцев, и я помню, что в этом году маме было не по карману взять их нам с братом, так что на всех фотографиях мы будем смотреться белыми воронами. Кэйси вручает футболку размера XL Дэйву Толстому: вовремя — свою, белую, он уже измазал горчицей. Потом дает футболку сыну и подходит к нам с Бренданом:

— У вас же «М», да?

— Ага, но вряд ли моя мама в этом году заказывала, — отвечаю я.

— Я себе тоже не брал, — подхватывает Брендан.

Кэйси дает нам по футболке:

— Мальчики, ваша семья о вас заботится. Развлекайтесь и не бойтесь, если что, попросить о помощи.

Мы благодарим и надеваем футболки поверх наших. Вообще, они ни о чем, и после праздника их почти никто не носит — разве только когда все остальные в стирке или ты неожиданно ночуешь у друга. Но мне типа как бы очень нравится чувство единения. Когда все их надевают, наши родные четыре дома начинают казаться не богом забытой дырой, а почти настоящим домом.

Меня подзывает мама. Она давно уже не выглядела радостной, но сейчас у нее особенно недовольный вид. Не знаю, о чем они сейчас говорили с мамой Малявки Фредди — дома мама на испанском почти не говорит, и я его так и не выучил, — но мама прерывается посреди фразы и бросает мне:

— Как я только держалась, чтобы не устроить тебе разнос прямо в магазине... Ты же не у Брендана ночевал!

Что здесь делает мама Малявки Фредди? Кому нужны сплетни, если все и так всё знают?

— Кто тебе сказал?

— Твой брат.

А я-то надеялся, это просто слухи.

— Вот Иуда.

— Аарон, мы следим за тобой. Когда-то мы с отцом позволяли тебе делать что хочешь, но с этим покончено. Теперь ты никуда не пойдешь без моего разрешения, без присмотра взрослых и не раньше, чем я с этими взрослыми поговорю!

— Ладно, ладно, понял, я пойду?

— Ты хоть предохранялся?

— Конечно, мам.

Убейте меня кто-нибудь... К счастью, мама подрывается на запах подгорающих хот-догов, и я возвращаюсь к друзьям. Брендан, Дэйв Тощий и Малявка Фредди смотрят на меня с одинаковым выражением лица: нашего маленького мальчика отругала мама.

— Эрик, говнюк, настучал маме, где я ночевал. — Я показываю ему в спину средний палец. — Давайте уже сыграем?

☺ ☺ ☺ ☺

Как играть в «Дикую охоту»
Один игрок становится охотником, у остальных две минуты, чтобы спрятаться где-нибудь в пределах квартала. Если охотник тебя поймал, ты переходишь на его сторону и помогаешь ловить остальных. Игра длится час или пока всех не найдут. Напоминает догонялки, только движухи больше.

Малявка Фредди спрашивает, кто хочет быть охотником. Он сам отпадает: в прошлый раз мама загнала его домой в девять вечера, а мы целый час сидели в укрытиях, пока не поняли, что он давно уже свалил. Оба Дэйва терпеть не могут охотиться. Наконец бросается на амбразуру Деон и начинает обратный отсчет.

Мы с Бренданом стараемся не отставать от А-Я-Психа. Он бежит в гараж. Мы наверняка наткнемся там на Дэйва Тощего, он всегда прячется под машинами (это могло плохо кончиться... минимум раза два). А-Я-Псих — главный фанат «Дикой охоты». Когда ему в очередной раз станет скучно, он, пожалуй, кого-нибудь покалечит, зато он всегда придумывает самые классные укрытия. Например, он первый обнаружил, что через окно в коридоре третьего этажа сто тридцать пятого дома можно выйти на крышу, куда мы закидываем сдувшиеся мячи, бутылки и банки от газировки.

А еще он однажды додумался вскочить на крышу едущего мимо «ниссана», чтобы не попасться сразу шести охотникам. Этот подвиг никто так и не рискнул повторить. И — я не шучу! — его тоже зовут Дэйв. Кличку А-Я-Псих он дал себе сам, потому что постоянно творит всякую безумную дичь, а однажды по приколу обрезал раненой птице крылья. Нам повезло, что он наш друг.

Тимберленды А-Я-Психа не мешают ему бежать, но громко стучат; не понимаю, как они его ни разу не выдали.

— Не бежать за Психом, — кричит на бегу А-Я-Псих. — А то Психа поймают.

— Можно всем вместе спрятаться, — задыхаясь, выдавливаю я. Брендан отстает.

А-Я-Псих тормозит, но не для того, чтобы показать нам место для укрытия. Он закатывает глаза — видно только белки, — стучит себя кулаками в лицо и бежит на месте.

Попали. Он включил режим максимального разрушения. В таком состоянии он может спокойно взвалить кого-нибудь на плечо и шмякнуть о стену, о машину и что там еще под руку попадется.

— Да не идем мы за тобой, не идем! — успокаиваю его я.

Мы обегаем его и уносим ноги. Он стоит не оборачиваясь. Знает, что нам еще жить хочется.

— Психопат хренов, — выдыхает Брендан. Мы обежали гараж и влетели в сто пятьдесят пятый дом. Там мы забиваемся в бесхозную кладовку и наконец переводим дух. Пахнет грязной мокрой шваброй и резиновым вантузом. Брендан сплевывает в раковину, до краев наполненную желтоватой водой. — А теперь рассказывай, какие у Женевьев сиськи.

— Хрен тебе.

Шаги; мы скрючиваемся, прижавшись спинами к сломанному столу.

— Слабак, — шепчет Брендан, высовываясь из-за стола: не идет ли Деон или охранники? — Вот так и знал, Эй, что ты зассышь и сольешься.

— Угу, мечтай, — шепчу я в ответ. — Вообще-то было охренeнно.

— Да уж. Слушай, ничего гейского, но я бы посмотрел порнуху с вами. На твою девчонку, конечно, пялился бы. Не на тебя, конечно.

— Лучше бы я этого не слышал, — шучу я.

— Че-е-ерт!

Я оборачиваюсь: чего это Брендан так орет? На нас несется Деон. Мы вскакиваем и бежим в разные стороны, чтобы кто-то один точно спасся. Будет хреново, если он схватит меня. Деон много лет играет в футбол, и, если он в меня вцепится, мне крышка (да, чтобы кто-то считался пойманным, надо сжать его в объятиях, пока не скажешь три раза: «Дикая охота, раз, два, три»). Деон делает ложный выпад в мою сторону и хватает Брендана. Я спасен.

Я бегу, громко стучит сердце. Перескакиваю ступеньки, толчком распахиваю дверь. Не хватает дыхания, но нельзя, чтобы меня поймали, — а то придется всю игру ломать голову, в какую дыру залез А-Я-Псих. Проще случайно наткнуться на йети со Святым Граалем в руках, честное слово.

Я ныряю в проулок: можно спрятаться в мусорном баке... Не, нафиг-нафиг... Лучше за мусорным баком, конечно. Но ворота заперты.

С одной стороны, я довольно тощий, и мне достаточно приоткрыть ворота хотя бы на чуть-чуть, чтобы протиснуться.

С другой стороны, я слишком тощий, мне мышц не хватит это провернуть.

За моей спиной раздается свист. Я едва не припускаю к Уголку Трупов — мы его так зовем, потому что он будто создан, чтобы вдвоем загонять жертву. Но свистит не Деон и не Брендан. На обочине стоит какой-то незнакомый парень со светло-коричневой кожей и кустистыми бровями. Рядом с ним невысокая девушка с красными волосами, то ли злится, то ли грустит, то ли все сразу.

— Ты живой? — спрашивает меня парень.

— Ага, «Дикая охота», — тяжело дыша, говорю я. — По ходу, сейчас продую. — Я тяну и тяну ручку на себя, надеясь протиснуться, но так я только застряну. — Тупые ворота!

Бровастый что-то говорит девушке, отворачивается от нее и подходит ко мне. Она наконец уходит — с таким видом, как будто хочет кого-нибудь убить, — а он отпихивает меня в сторону и открывает ворота:

— Заходи.

— Круто, спасибо!

Я проскальзываю внутрь и прячусь за шлакоблоками; от мусорки идет волна вони раскаленного мусора, и я пытаюсь не задохнуться. Грохочут шаги: кто-то несется в нашу сторону. Я ничком лежу на земле, асфальт печет мне лицо и пахнет кипящей смолой.

Бровастый спрашивает кого-то:

— Такого высокого парня ищете, да? — Видимо, Деон с Бренданом кивают. Бровастый добавляет: — Туда пошел. — Шаги удаляются в сторону Уголка Трупов. — Все чисто, Длинный.

Я встаю, подхожу к воротам, цепляю пальцы за решетку разделяющей нас ограды:

— Йо, спасибо.

— Рад был помочь, — небрежно улыбается он; девчонки, наверно, на эту улыбку пачками клюют. — Кстати, я Томас.

— Аарон, — отзываюсь я и протягиваю ладонь для рукопожатия, но мы по-прежнему стоим по разные стороны забора. Он тихонько посмеивается. — Та девчонка чем-то недовольна?

— Да, я как раз ее бросил.

— Жесть. А чего вдруг?

— Она перестала мне подходить.

— Как так?

— Да ты не поймешь.

Мне немного стремно, что Брендан и Деон могут в любой момент подкрасться со спины, и немного любопытно, почему этот странный Томас бросил девушку.

— Короче, сегодня год, как мы вместе, — говорит он, помолчав. — Я зашел в торговый центр, купить Саре ее любимые духи. Я забыл, как они назывались, но точно раньше знал. Ну и подумал: ерунда, я помню запах, как-нибудь разберусь. — Он достает из бумажника два билета в кино. —

Потом нашел у себя эти билеты. И забыл, с кем я тогда ходил, с Сарой или с кузинами.

— Ну? — Наверно, он вот-вот скажет какую-нибудь дичь. Например, что переспал с ее сестрой или типа того.

— Если я все забываю, значит, я зря трачу ее время. Нет смысла это продолжать. А то и она будет на что-то надеяться, и я не познакомлюсь с кем-то новым, — завершает он.

— Разумно, — отзываюсь я. — Наверно, если бы Ромео и Джульетта думали, что смогут найти счастье и с кем-то другим, оба бы выжили.

Томас смеется:

— Короче, надо найти кого-то, ради кого и яду можно выпить?

— Именно. Ты тут живешь?

— Угу. — Он показывает в сторону комплекса «Джои Роза».

— Поиграешь с нами?

— «Дикая охота» — это же для тринадцатилеток!

— Не. У нас все по-взрослому: жесткие драки, все дела.

— До скольки играть будете?

— Не знаю, весь день какие-то игры да будут.

— Мне сейчас домой надо. Может, потом зайду к тебе. За тобой, по ходу, присматривать нужно.

— Да ладно, теперь уже как-нибудь да выживу.

— Уверен?

— Жизнью клянусь!

Томас указывает мне за спину: а вот и Деон с Бренданом. Они уже немного выдохлись, но все равно слишком близко. Томас приоткрывает ворота, я протискиваюсь обратно к нему.

— Побежал я, наверно.
— Побежал ты, наверно.
— До встречи, Томас.
— До встречи, Длинный.

☺ ☺ ☺ ☺

Десять минут спустя я, как зеленый новичок, залезаю в горку-туннель, и Деон меня ловит. Я вместе с ним обыскиваю лестницы и гараж, и все это время меня как магнитом тянет в сторону ворот, за которыми я прятался. Там никого. Ни Малявки Фредди, ни Нолана, ни этого Томаса. Я бегу дальше.

☺ ☺ ☺ ☺

Где-то после половины пятого праздновать приходит и Женевьев. При ее приближении все парни свистят и улюлюкают. Похоже, сейчас она меня придушит, как вчера вечером, перед тем как мы это сделали, только теперь уже не в шутку. Но она обнимает меня, и шепчет: «Я тоже подругам рассказала», — и пихает меня в бок. Мои друзья начинают засыпать ее вопросами, хорош ли я в постели. Мы уходим от них на свободную скамейку.

— Как ты? — спрашиваю я.
— Да вроде прекрасно.

Я пялюсь на ее открытую шею, потом взгляд сам собой опускается. Обычно мне как-то удается не пялиться на ее грудь в обрезанных мешковатых футболках, но после вчерашнего мной все еще правят гормоны. Я не могу устоять. Женевьев берет меня за подбородок и поднимает его, чтобы я снова смотрел ей в глаза.

— Кажется, я породила чудовище...
— Как человек ты тоже классная.

Но она не улыбается в ответ.

— Аарон, я буду скучать, — и берет меня за руку. Что, блин, происходит?

Вдруг я читаю все по ее лицу. Из меня как будто выбили весь воздух. Она меня бросает. Ей нужен был от меня только секс. Наверно, ей не понравилось. Мы слишком поторопились, и я облажался. Может, нам вообще не стоило этим заниматься. Да, тяжко жить без секса, но еще тяжелее — без Женевьев, которая даже никогда не выносит мне мозг, если мне к вечеру становится нечего сказать.

— Что я сделал не так? — спрашиваю я.

Женевьев кладет ладонь мне на щеку — явно из жалости:

— Я все-таки поеду в лагерь для художников, тупой придурок. Конечно, я пропустила все сроки, но кто-то отозвал заявку, как раз когда я позвонила. Уезжаю на следующий день после дня рождения. Кстати, жду не дождусь узнать, что ты мне на него придумал.

Похоже, я правда тупейший из всех тупых придурков. А еще — самый везучий тупой придурок, потому что моей девушке абсолютно не насрать на свое будущее. И она не бросит меня, даже если я не очень в постели.

Ну, надеюсь.

— Пожалуй, я тоже буду скучать, — отвечаю я. Звучит круто. Почти как когда принцесса Лея призналась Хану Соло в любви, а он ответил: «Я знаю».

Ладошка, жалостливо лежавшая у меня на щеке, сжимается в кулак и врезается мне в плечо. И, пожалуй, ударила бы в лицо, скажи я, что еще ничего не придумал на ее день рождения. Я не могу выбрать что-то дорогое, потому что до конца месяца надо подкинуть маме денег на квартиру.

— Ты, наверно, мечтаешь весь день рождения сидеть в парке и ждать первую звезду...

— Кстати да, было бы идеально.

— Не, скукота! Давай лучше вломимся в НАСА и будем лапать друг друга в невесомости!

— Нереально. И опасно.

— А по-моему, офигенная идея!

— Аарон, этот спор тебе не выиграть.

Женевьев с улыбкой встает и уходит. Я кидаюсь в погоню:

— Да ладно, наверняка где-нибудь у НАСА найдется парочка звезд...

☺ ☺ ☺ ☺

Великий спор «НАСА или парк?» закончился нечестным ходом Женевьев: она опустилась до «потому что я так сказала». Мне, конечно, ни в жизнь не добраться до НАСА, но все равно нечестно.

Уже темнеет. Наверно, девятый час. Повсюду валяются разноцветные лоскутки — остатки боя на шарах с водой.

Вокруг мангала с маршмеллоу кружат золотые светлячки. Женевьев впервые пробует жареный зефир — я запечатлеваю исторический момент на хреновую камеру телефона. Женевьев морщится, показывает опущенный вниз большой палец:

— Подгорело! — И выплевывает угощение.

— Настоящая леди, — замечает Нолан.

Женевьев показывает ему средний палец.

— Еще какая!

Парни хором гудят: «О-о-о-о-о!» Я доедаю остаток ее зефиринки. Брат продолжает резаться с друзьями в карты под фонарем, мама пытается вести светскую беседу под грохот сальсы, чьи-то отцы играют пивными бутылками в баскетбол (вместо кольца — мусорка)... а вокруг потерянно слоняется мой новый знакомый Томас.

Я отлепляю руку от плеч Женевьев и бегу к нему:

— Йо!

— Длинный, ну слава богу! — Мы стукаемся кулаками. — Ищу тебя, ищу... Тут что, чей-то день рождения?

Я тыкаю пальцем в свою футболку; видимо, при первой встрече он не прочел надписи:

— День семьи. Мы, жители комплекса «Леонардо», празднуем его каждый год. А в «Джои Роза» что-нибудь такое бывает?

— Не-а. Ничего, что я пришел? Если тут тусовка для своих, я уйду. — Он растерянно оглядывается; у него на лбу огромными буквами проступает: «Да, знаю, я чужак».

— Расслабься. Пойдем, с друзьями познакомлю.

Мы идем к нашим.

— Йо, это Томас! — Женевьев переводит взгляд с меня на него и обратно. — А это Женевьев, моя девушка.

— Привет, — произносит Томас. — Всех с Днем семьи. — Парни вяло машут и кивают.

— Давно вы знакомы? — спрашивает Малявка Фредди.

— Пару часов назад столкнулись. Он как раз расстался с девушкой, и я подумал, ему не повредит поиграть и расслабиться.

— Стоп, — садится Деон. — Не тебя я сегодня у ворот видел? — Он пихает локтем Брендана: — Это он же послал нас в Уголок Трупов?

— Так вот как вы его зовете... — Томас прикладывает одну ладонь к сердцу, другую вытягивает вверх. — Каюсь, это был я. Помог немного Длинному, он совсем потерялся.

— Где живешь? — спрашивает Дэйв Тощий.

— В соседнем комплексе. «Джои Роза».

Наши переглядываются. Мы с парнями из «Джои Роза» много лет сремся, и когда они без приглашения заявляются к нам, то нарываются на драку, но я вижу, что Томас не такой.

Дэйву Тощему на всякие там разборки плевать:

— Знаешь Троя? Они с Вероникой еще вместе?

— Знаю, но не фанат, — отвечает Томас. — Как-то раз мой сосед Андре на него за что-то злился и спросил Веронику, что она в нем нашла. Я сам слышал — она даже не поняла, о чем он.

— Ура! — прыгает от радости Дэйв Тощий. — Так и знал, что этот мудак наврал! Позвоню-ка ей.

Томас чешет в затылке:

— Чувак, не хочу тебя расстраивать, но теперь она встречается с Андре.

Дэйв Тощий мешком падает обратно на скамейку; мы ржем.

— Чем кончилась «Дикая охота»? — спрашивает меня Томас. — Ты выиграл?

— Через десять минут попался, — признаюсь я, сажусь к Женевьев и беру ее за руку. Она вдруг высвобождает ладонь — и подставляет ее светлячку. Когда они не светятся, про них легко забыть. А потом они внезапно прилетают снова. Чем-то они напоминают боль утраты.

— А вы знали, что светлячки мерцают, чтобы найти, с кем спариваться? — спрашивает Томас.

— Не, — отвечаю я. — В смысле верю, что это правда, но не знал.

— А прикиньте, мы бы тоже могли привлекать партнера светом? А то приходится душиться одеколоном, так что на пятнадцать метров дышать нечем. — Странно, его одеколон же нормально пахнет.

— Аарон и Женевьев вот уже вовсю спариваются, — шутит Нолан.

Женевьев снова показывает Нолану средний палец:

— А вы знали, что мерцанием светлячки еще и еду приманивают? Прикиньте, это как если девчонка крутит перед тобой задом, заманивает в темный переулок и там съедает!

— Дичь, но прикольно, — отвечаю я и обнимаю ее за плечи. Надеюсь, мне она голову в темном переулке не откусит. До сих пор я и не думал сравнивать девушек с голодными светлячками-хищниками.

☺ ☺ ☺ ☺

А-Я-Псих давит на Малявку Фредди, чтобы тот купил в «Лавочке вкусной еды» новый мяч для гандбола: мы играли в бейсбол и забросили старый на крышу. Они долго переругиваются; вдруг Томас достает из кармана доллар и протягивает А-Я-Психу. Типа в благодарность за то, что пустили на свой праздник. А-Я-Псих кивает — «спасибо» не говорит — и сует деньги Малявке Фредди. Тот скалится: с одной стороны, круто уже то, что ему не придется тратить свои деньги, с другой стороны, его все равно сделали мальчиком на побегушках. Вернувшись с мячом, он швыряет его А-Я-Психу:

— И чего теперь?

— Суицид! — низко рычит А-Я-Псих. Звучало бы дико, даже если бы он разговаривал нормальным голосом. Впрочем, он вовсе не предлагает нам всем наложить на себя руки с помощью мяча, потому что это, во-первых, было бы бестактно по отношению ко мне (хотя ему плевать), а во-вторых, невозможно.

Женевьев оглядывает нас, как будто попала в секту и А-Я-Псих — наш духовный лидер.

— Игра такая, — вздыхаю я.

Как играть в суицид
Каждый сам за себя; кто-то кидает мяч в стену, он отскакивает. Если мяч просто падает на землю, его кидает

кто-нибудь другой. Но если мяч ловят, тот, кто кидал, бежит к стене и кричит: «Суицид!» Добежал и крикнул — играет дальше. А если его успели подбить мячом — проиграл.

— Игра заканчивается, когда остается один игрок, — объясняет моей девушке Брендан.

— Жесть какая, — отвечает она.

— Если хочешь, в тебя можем не кидать, — предлагает Малявка Фредди.

И правда, у нас есть правило для мелких и девушек: когда они бегут, мы кидаем мяч не в них, а в стену; успели кинуть — они выбывают.

— Лучше посиди посмотри, — предлагаю я. Не хочу знать, что будет, если ей в спину зарядит мячом А-Я-Псих.

— Справлюсь как-нибудь, — возражает Женевьев.

— Играл когда-нибудь? — спрашиваю я Томаса.

— Когда-то играл.

Мы собираемся у стены под моим окном. На стекле собрался белый пар: у нас хреновая вентиляция или типа того. На подоконнике громоздятся награды отца, куча комиксов и пара моих тетрадей с набросками.

Первым кидает А-Я-Псих. Никто не ловит. Думаю, специально, а то кинешь в него слишком сильно, он и озвереет. Дальше очередь Нолана. Брендан и Малявка Фредди бросаются к мячу и сталкиваются лбами. Оба коснулись мяча. Нолан проходит в следующий раунд, а эти двое несутся к стене. Я хватаю мяч и подбиваю Малявку Фредди.

Он выбыл.

Не успевает кто-нибудь перехватить мяч и подбить Брендана, как он добегает до стены и кричит: «Суицид!» Хреновая, прямо скажем, идея в День семьи. Все собравшиеся — особенно мама с братом — тут же отрываются от дел и пытаются выяснить, не сделал ли я опять что-нибудь с собой. Скоро они понимают, что мы просто играем в игру, которую до сих пор не переименовали, хотя все нас об этом просят.

Играем дальше. Дэйв Толстый вышибает Нолана, Деона и Дэйва Тощего: он, конечно, толстяк, но меткость у него снайперская. Потом мяч кидает он сам, и его ловит Женевьев.

— Бей прямо в цель! — подбадриваю я.

Женевьев бросает. Ну что ж... если мы когда-нибудь крупно поссоримся и она захочет метнуть в меня нож, я могу даже не дергаться. Успокаивает, знаете ли.

— Суицид! — кричит Дэйв Толстый.

Адреналин так и хлещет, мы как будто на минном поле.

Женевьев не двигается с места (а по правилам должна бежать к стене).

Никто не тянется за мячом (а по правилам ее надо подбить).

Наконец мяч хватает Брендан.

— Не смей! — кричу я. Надо было самому его схватить.

Женевьев бросается бежать. В метре от стены мяч попадает ей в плечо. Она разворачивается, возводит глаза к небу и складывает руки на груди:

— Думали меня запугать вот этим?

— Я тебя пожалел, — возмущается Брендан. Женевьев садится рядом с другими выбывшими.

Брендан бросает мяч, тот рикошетит прямо Томасу в руки. Томас кидается в погоню, швыряет мяч, но попадает в цель уже после того, как Брендан крикнул: «Суицид!» — и получает штраф. Мяч катится к А-Я-Психу — Томас с непривычки что-нибудь себе сломает! Я бросаюсь на перехват, падаю и отбиваю себе плечо. Вскакиваю; Томас еще не у стены.

— Живой?

— Бросай! — орет А-Я-Псих.

Я бросаю — блин, промазал.

Теперь к стене бежим мы оба. Томас кричит: «Суицид!» А я не успеваю: в меня прилетает сокрушительный удар, я впечатываюсь в стену и сползаю по ней.

— Аарон!

Ко мне бросается Женевьев. Но я в порядке, подумаешь, пару дней голова погудит. Женевьев массирует мне виски. Я оборачиваюсь: А-Я-Псих пляшет на месте, радуясь классному удару. Брендан только головой качает: ему стыдно, что я так бездарно бросил.

Остаток игры мы сидим с Женевьев вдвоем. Голова трещит.

— Все точно нормально, малыш?

— Угу, щас бы аспирина нажраться до потери пульса... — Поскольку я недавно пытался покончить с собой, мне стоило бы выражаться осторожнее.

Мы следим за игрой и обсуждаем, что во вторник она улетит в Новый Орлеан и там некому будет доставать ей что-нибудь с верхних полок, потому что я-то остаюсь. Когда я собираюсь сказать ей кое-что из фильмов для взрослых, Томас мощным ударом подбивает Дэйва Толстого. Брендан уверяет, что даже у него в ушах звенит. Конечно, парня с защитной жировой прослойкой все жалеют... А мне, блин, по голове двинули, и никто, кроме моей собственной девушки, и слова не сказал. По ходу, теперь я под ее личной ответственностью.

Играть остаются только Томас, Брендан и А-Я-Псих. По ходу, Томасу или Брендану придется срочно отращивать яйца, а то А-Я-Псих выиграет, пальцем о палец не ударив. Брендан очень неудачно кидает мяч (но не буду же я смотреть на него с укором), он откатывается к моей маме и соседям.

— Сейчас принесу, — вызываюсь я: надо же проверить, могу ли я после такого удара ходить. На удивление, я даже не шатаюсь и не дергаюсь, как игрушка с отходящим контактом. Я подхожу к маме, беру у нее из рук мяч и кидаю Брендану.

— Жестко играют.

— Скучаю по шарикам с водой, — вздыхает мама.

— То есть когда мы обстреливали А-Я-Психа бутылками с водой, тебя все устраивало?

— Боюсь, бедному мальчику уже ничего не страшно, — вздыхает мама чуть громче, чем надо. Соседи — я их вроде бы знаю, но при этом мы не знакомы, если вы понимаете, о чем я, — хихикают.

С ними стоит женщина, которую я типа как бы точно знаю. У нее незабываемые пронзительные зеленые глаза и взъерошенная копна огненно-рыжих волос. Она похожа на зажженную свечку.

— Привет, приятель, — произносит рыжеволосая красавица; у нее британский акцент с легкой ноткой южного Бронкса.

— Эванджелин! — едва не выкрикиваю я.

Когда-то она была моей няней, и я был в нее безумно влюблен. Так странно видеть у нее в руках алкоголь... В детстве я никогда не видел, чтобы она пила; хорошие няни не пьют при детях.

— Я бы тебя обнял или типа того, но я дико вспотел и, ну, воняю...

Девушка отставляет пиво и смело меня обнимает. Ерошит мне волосы, заглядывает в глаза:

— Вот ты какой, Аарон Сото девять лет спустя... Симпатяга вырос. Небось за тебя все красавицы передрались?

— У меня одна-единственная девушка, — гордо заявляю я. А классное ощущение — сказать своей первой любви, что уже занят. А вот не надо было меня отшивать после марафона «Могучих рейнджеров»!

— Замечательная девушка, у которой он вчера, оказывается, ночевал, — ворчит мама. — Мне даже не сказал!

— Как тебе Лондон? — спрашиваю я Эванджелин, будто не замечая маминого ворчания. Если я не путаю, няня старше меня всего лет на девять-десять. — Ты же разбила мне сердце ради учебы за границей! — Когда она уехала, я плакал днями напролет, но сейчас, конечно, ни за что не признаюсь.

— Да, я изучала философию в Королевском колледже. Хотя, если бы можно было отмотать время вспять, я бы лучше с тобой в машинки играла, чем слушала про всех этих досократиков.

— Столько лет ждал этих слов! — улыбаюсь я. — Надолго ты в городе?

— Надолго, надолго. Мне еще предстоит искать работу, но как же офигенно вернуться в Штаты! Даже в самые убойные пробки наше метро все равно лучше лондонского. — Вдруг она грустно смотрит на меня; раньше она с таким видом сообщала мне, что мама еще на час-два задержится на работе. — Соболезную насчет отца, приятель. Если захочешь поговорить, звони. Готова выслушать даже о том, как брат не дает тебе поиграть в консоль.

Я сую ладонь в карман, чтобы не было видно шрама. Мама опускает голову. Пожалуй, с Эванджелин поболтать всяко лучше, чем с доктором Слэттери, мерзким психологом, к которому я ходил несколько недель.

— Позвоню. — Я натягиваю на лицо улыбку: все вокруг желают мне счастья не меньше, чем я сам. — Добро пожаловать домой.

Я возвращаюсь к друзьям: А-Я-Псих как раз подбивает Брендана. Томас, видимо, выбыл пару минут назад: он уже подсел к Женевьев и, наверно, снова обсуждает с ней светлячков. Я сажусь с другого ее бока. Малявка Фредди спрашивает:

— Что за рыженькая стоит с твоей мамой?

— Моя бывшая няня, Эванджелин. Красивая, да? — Женевьев навострила уши, оторвалась от разговора с Томасом и обернулась посмотреть на соперницу. — Я в детстве был в нее безумно влюблен. Но это было давно.

— Почему я об этом впервые слышу, сукин ты сын? — спрашивает Брендан.

— Кретин, я еще не выпустил комикс про свою жизнь!

☺ ☺ ☺ ☺

Остаток вечера мы с Женевьев сидим вдвоем в укромном уголке, а потом ее забирает отец. Завтра мы с ней не увидимся: они с тетей едут закупаться перед лагерем, — но мы будем держать связь и встретимся в понедельник в день ее рождения. Я провожаю ее до машины. Она пихает меня в плечо и садится рядом с отцом. Тот что-то мне бурчит и заводит двигатель.

Я возвращаюсь к ребятам; Томас, похоже, уже устал. Он сидит чуть в сторонке и наблюдает, как все пьют холодный чай из банок и ржут.

— Все нормально? — спрашиваю я.

Он кивает:

— В нашем квартале так не повеселишься.

— Чего завтра делаешь?

— До пяти работаю.

— Где работаешь?

— Продаю итальянское мороженое на Мелроуз.

— Мерзнешь и грустишь?

— Мерзну и грущу.

— Зайду за тобой вечером, сыграешь с нами в «Дикую охоту».

— Классно придумал, Длинный. — Мы ударяемся кулаками.

Когда взрослые расходятся навстречу утреннему похмелью, мы играем в баскетбол — под грохот пивных банок в «кольцах»-мусорках и шорох крышек из фольги, — потом немножко в гандбол, а потом и сами уходим спать.

5
БЕЗГЛАЗЫЙ СМАЙЛИК

Назавтра днем я отправляюсь на Мелроуз-авеню.

Томас работает в кафешке «Мороженое Игнацио», и кондиционер тут выкручен на полную. Я не собираюсь ничего покупать. Если бы за кассой стоял кто-то другой, я бы, может, сделал гадость: съел бы пробник и свалил, — но Томас, похоже, не в настроении терпеть такую хрень.

На нем отвратный фартук цвета хаки; он свел свои кустистые брови, напряженно изучает какие-то квитанции и стучит клавишами кассы.

— Добро пожаловать к Игнацио, — произносит Томас, не поднимая глаз. — Вам в стаканчик или в вафлю?

— Мне бы в глаза глянуть, — отвечаю я.

Томас вскидывается с таким видом, будто сейчас выколет мне глаз ложечкой для пробников, но тут же расслабляется:

— Длинный!

— Томас! — Я не придумал для него клички. — Снаружи адское пекло. Беру свои слова назад, тут у тебя здорово.

— Меня здесь, считай, уже нет.

— В смысле?

Томас стаскивает фартук, открывает дверь с металлической табличкой «Управляющий»:

— Эй, я увольняюсь! — швыряет фартук на пол и направляется в мою сторону.

Мне похлопать, потопать или поволноваться за его будущее?

Томас толкает меня к двери, выходит сам и орет: «Ураа-а-а!»

Я невольно смеюсь.

— Слушай, что это сейчас было? Ты уволился? Уволился же? — Судя по его счастливому лицу, я угадал. — Чувак, мне кажется, тут есть закономерность. Вчера ты расстался с девушкой, сегодня уволился. До кризиса среднего возраста тебе еще лет двадцать.

— Я всегда бросаю все, от чего устал, — объясняет Томас. — И собираюсь продолжать в том же духе.

Мы шагаем обратно к комплексу «Леонардо». Томас всаживает кулак в воздух: с кем или с чем он воюет?

— Меня смертельно задолбала паранойя Сары, — начинает он перечислять. — Задолбали покупатели, которые берут себе восемь пробников, хотя с самого начала знают, что закажут. Задолбало накачивать велосипеды, и с той работы я тоже ушел. Если меня не прет, я бросаю. Да-да, я всегда все бросаю, я такой!

Не знаю, что отвечать. Вчера мы даже не были знакомы. Теперь он успел стать мне... Я даже не знаю кем.

Но он не просто парень, который все бросает.

— Ну...

— А ты когда-нибудь что-нибудь бросал?

— Ага, кататься на скейтборде. Мне лет десять было. Я съехал по дико крутому холму и врезался в стоящий внизу грузовик. Честно, вся моя короткая жизнь перед глазами пронеслась, все мои фигурки супергероев.

— Почему ты просто не соскочил со скейта?

— Мне было десять, почему я должен был вести себя разумно?

— Туше.

— Но я тебя понимаю. Пожалуй, правда можно бросать что угодно. Если это не что-то или кто-то нужный.

— Именно! — Томас кивает. Похоже, он удивлен, что его поняли. — Что там Женевьев поделывает?

— Со вторым парнем тусит, — отвечаю я.

— Ого! И как он тебе?

— Придурок полный, но сложен как Тор, я тут бессилен. На самом деле она через пару дней едет в лагерь для художников, сегодня закупается расходниками и чем-нибудь в дорогу. А завтра у нее день рождения, и кровь из носу надо провести его суперклассно, а то потом мы три недели друг друга не увидим.

Блин, целых три недели. Полная жопа.

— Нарисуй ее голой, как в «Титанике», — советует Томас.

— Боюсь, с ее грудью перед носом я много не нарисую. Оставлю эту идею на старость, когда мне надоест смотреть на голых женщин.

В нашем квартале зреет «Дикая охота». Нолан вызывается охотником, и все разбегаются. Томас мчится в одну сторону, Брендан в другую. Я бегу за Томасом, а то опять быстро попадусь. Это я удачно решил: Томас, неопытный игрок, бежит прямо через вестибюль сто тридцать пятого дома, мимо охранника. Быстро, пока охранник за нами не погнался, я увожу его к лестнице со сломанным замком и вверх. Мы взлетаем на третий этаж, открываем окно в коридоре и вылезаем на крышу, к старому генератору и всему, что мы туда набросали.

Отсюда видно второй двор, средний из наших трех. Темно-бурые столы для пикника, площадку, где мы когда-то играли в «Не наступай на зеленое». С третьего двора мчится Дэйв Толстый. Он запыхался и тормозит.

Нолан валит его — один есть.

Томас туда даже не смотрит.

— Ничего у вас тут сокровищница, — бросает он, наклоняясь и поднимая сломанный йо-йо. Потом пытается раскрутить, но диски срываются с нитки и врезаются в безголовую куклу Барби. — Давно вы с Женевьев встречаетесь?

— Год с лишним. — Я подбираю джойстик от «нинтендо», раскручиваю провод над головой, как лассо, и кидаю находку обратно на щебень. — Мне с ней безумно повезло. Она прощает меня, даже когда я не достоин прощения.

— Ты изменял? — деловито интересуется Томас. — Как только я начал пялиться на других девчонок, сразу понял, что чувства к Саре проходят.

— Не изменял. Умер мой отец. Ну, наложил на себя руки, и я долго не мог оправиться. — Я редко поднимаю эту тему. Иногда сам не хочу, иногда друзья не желают влезать в беседы про смерть и горе.

— Соболезную. — Томас садится на крышу и принимается разглядывать пустые бутылки. Не слишком занимательная находка, но, наверно, ему просто неловко смотреть мне в глаза. — Но почему Женевьев должна была тебя бросить?

— Я еще не все рассказал. — Глаза сами находят изгиб шрама на запястье.

— Кто ты такой? — спрашивает Томас.

— Чего?

— Расскажи, кто ты такой. Не прячься. Я никому не выдам твоих тайн.

— Ты же только вчера сдал своих друзей, чтобы понравиться моим.

— Эти мне не друзья, — отвечает Томас.

Я сажусь напротив. Не давая себе времени передумать, вытягиваю руку ладонью вверх, чтобы было видно шрам-улыбку — как эти слова вообще сочетаются? Вверх ногами кажется, что смайлик хмурится. Но вот Томас садится рядом, наклоняется и обхватывает мою руку своей. Подносит к глазам и напряженно изучает.

— Ничего гейского, но... — поднимает он взгляд. — Слушай, он на улыбку похож. Прямо смайлик без глаз.

— Ага, я тоже каждый раз об этом думаю.

Он кивает.

— Я постоянно винил себя, что я плохой сын. Мама все повторяла, что он это сделал, потому что был несчастлив, и я решил, что мертвым тоже стану счастливее... — Я веду вдоль шрама ногтем: слева направо, справа налево. — Наверно, это был крик о помощи. Я не хотел чувствовать того, что чувствовал.

Томас тоже проводит рукой вдоль шрама и пару раз тыкает пальцем мне в запястье. Его пальцы все перепачканы: сначала он трогал йо-йо, потом копался во всяком другом хламе. Я вдруг понимаю: он поставил над шрамом два темных отпечатка пальцев, и получились глаза.

— Классно, что ты этого не сделал, — говорит он. — Жалко было бы...

Он хочет, чтобы я существовал и дальше. Теперь я тоже этого хочу.

Я высвобождаю ладонь и кладу руки на колени.

— Твоя очередь. Кто ты такой?

Его брови сходятся домиком, как будто он раздумывает — кто же он может быть? Не дождавшись ответа, я уточняю:

— Мы уже не маленькие, конечно, но кем ты хочешь быть, когда вырастешь?

— Хочу снимать кино, — тут же отвечает Томас. — Хотя ты, наверно, заметил, я и сюжет своей-то жизни никак не придумаю, куда уж там целый фильм.

— Я бы не сказал... хотя и не поспорю. А почему кино?

— С детства мечтал, с тех пор как посмотрел «Парк Юрского периода» и «Челюсти». Честно, преклоняюсь перед Спилбергом, у него акулы с динозаврами реально страшные!

— Я «Челюсти» так и не видел.

Томас пучит глаза, как будто я заговорил по-эльфийски:

— Я бы выцарапал себе глаза и отдал тебе, чтобы ты прочувствовал всю мощь этого фильма! А в конце Спилберг такое придумал! Когда... Не, не буду спойлерить. Заходи как-нибудь ко мне, посмотрим.

За нашей спиной хлопает, закрываясь, окно.

Мы подрываемся. Там стоят Брендан и Малявка Фредди. Я лихорадочно вскакиваю на ноги, как будто меня застали со спущенными штанами с кем-нибудь, кто совсем не моя девушка.

— П-привет, вас еще не поймали?

— Не, — отвечает Малявка Фредди. — Что делаете?

— Передохнуть сели, — вру я. Томас одновременно признается:

— Разговариваем.

Брендан как-то странно смотрит на нас, потом в его глазах проступает страх. Я оборачиваюсь: к нам несется Нолан, в окне застрял Дэйв Толстый. Мы бросаемся к окну с другой стороны. Вот Томас бежит рядом, вот он упал. У меня десятая доля секунды, чтобы решить, спасаться или помочь ему. Я кидаюсь посмотреть, что с ним.

Меня стискивает Нолан:

— Дикая охота, раз, два, три! Дикая охота, раз, два, три! Дикая охота, раз, два, три!

Меня поймали. Плевать. Я сажусь на корточки рядом с Томасом. Он массирует колено.

— Все нормально?

Он кивает, дышит с присвистом... Вот сейчас оттолкнет меня, убежит, а мне за ним всю игру гоняться. Не, нафиг. Я обхватываю его:

— Дикая охота, раз, два, три, дикая охота, раз, два, три, дикая охота, раз, два, три.

Мы всей компанией спускаемся искать А-Я-Психа, пока игра не кончилась. Брендан со всеми нашими прочесывает гараж, а мы с Томасом бежим к балкону: надо осмотреть все проходы, заглянуть за каждый мангал, перевернуть каждый сдутый детский бассейн. Томас прихрамывает.

— Теперь ты кое-что знаешь обо мне, а я — кое-что о тебе, — произносит он, морщась и пытаясь не отставать. — Расскажи теперь о Женевьев.

— Будешь приставать к моей девушке, размажу!

— Не парься, не буду.

— Женевьев, она... Ну, просто лучше всех. Она постоянно находит себе новых крутых художников и начинает безумно фанатеть. Шлет мне потоки сознания о том, какие они классные и как сильно их недооценили. Когда переводят часы на летнее время, она подольше не ложится спать, чтобы поймать момент перехода. Да, еще она когда-то верила в гороскопы и страшно обижалась, если они ее подводили. — Я смотрю в небо — беззвездное, сине-розовое, странное. — Завтра она хочет пойти в парк смотреть на звезды, но мне надо придумать что-нибудь еще круче.

— Планетарий?

— Уже думал, не выйдет. Боюсь, она решит зайти куда-нибудь пообедать или типа того, а мне не по карману.

В очередном проходе у стены стоит лопата. Томас с грохотом роняет ее, отпрыгивает и прижимается к стене, пока не вышли соседи и с руганью нас не погнали. Я пристраиваюсь к нему, мы некоторое время выжидаем и бегом спускаемся на улицу.

— Ты уже что-нибудь запланировал? — спрашивает он, когда можно больше не спасаться бегством.

— У мамы на работе мне дали купон на мастер-класс по росписи горшков за полцены. В общем, с утра смастерим с ней что-нибудь классное; осталось придумать, как красиво закончить день. — Что-то мне подсказывает, что секс в дешевом мотеле — вообще ни разу не подарок, если ты, конечно, не самовлюбленный дебил из фильма про школьный выпускной. — Есть мысли?

— Хочет звезды — будут ей звезды, — отвечает Томас. — Знаю одно местечко.

Он рассказывает мне свой план. Блин, это о-фи-ген-но.

6
С ДНЕМ РОЖДЕНИЯ, ЖЕНЕВЬЕВ

Обожаю просыпаться после кошмаров.

Да, сами кошмары неслабо выносят мозг. Но мне нравится понимать, что все нормально. Сегодняшний кошмар начинался как обычный сон.

Во сне я был мелким, лет восемь-девять. Мы вдвоем с отцом гуляли в парке Джонс-бич. Перекидывались футбольным мячом. Вот я не поймал мяч и бегу за ним, беру в руки, разворачиваюсь — отца и след простыл. Песок вокруг меня дыбится фонтанами, как на минном поле, вздымается алая волна, на ней — труп отца. Волна накрывает меня с головой, и я просыпаюсь.

— Доброе утро, — говорит мама.

Она снимает с подоконника папины университетские баскетбольные кубки и кидает их в коробку с его старыми рабочими рубашками. Я вскакиваю с кровати:

— Ты что делаешь?

— Вспоминаю, что здесь наш дом, а не кладбище. — Она наклоняется и берет в руки другую коробку, забитую невесть чем. — Так нельзя. В больнице постоянно кто-то умирает, еще и дома на вещи покойника смотреть!

Так вот почему она дома. Еще кто-то умер — от передоза, насилия, что там еще бывает.

И я ее, в общем, понимаю. У меня в голове возникает картинка, что бы было, если бы можно было поджечь дом: как вылетают окна, проваливаются внутрь стены, как огонь пожирает все нежеланное, как мы топчем ногами пепел, а вокруг тают и исчезают воспоминания. Но я бы не стал рисовать среди черного дыма самого себя. Я еще не готов смотреть на такой пожар.

— Почему именно сейчас?

Из маминой спальни выходит Эрик. Вообще у него выходной и он устроил себе марафон «Звездных войн», но оторвался от него помочь маме вынести коробки. Его что, подменили? Он ни разу не помыл за собой тарелку и одежду никогда не складывает.

— Сынок, прошло уже четыре месяца. Что толку хранить пустые сигаретные пачки и невскрытые письма? С меня хватит. Не хочу жить среди призраков.

— Но он был твоим мужем! — возражаю я. — Он же наш папа!

— Муж приносил мне имбирный эль, когда у меня болел живот. Ваш папа всегда играл с вами. Но не мы его отвергли — он решил от нас уйти. — Мама захлебывается словами и сквозь слезы признается: — Иногда мне хочется, чтобы мы с ним так никогда и не встретились. — Неспроста ее кровать завалена брошюрами Летео.

— Может, мы могли что-то сделать, чтобы он был счастлив, — шепчу я. — Ты пару дней назад сама об этом говорила.

— Хватит поднимать зомбаков, — фыркает Эрик. — Его больше нет, понял? Заткнись и не доводи мать.

У меня тоже в груди дыра, а в голове — вопросы, от которых не отмахнешься. Я скучаю по тому же, по кому скучает мама. По человеку, который смеялся, когда мы с друзьями набились к нему в машину и играли в космонавтов, за которыми гонятся злые инопланетяне. По человеку, который смотрел со мной мультики, если я просыпался от кошмара. По тому, кто укладывал меня в кровать, уходя в ночную смену на почту, и мне становилось спокойно и хорошо. Я не люблю вспоминать, кем он был перед тем, как уйти насовсем.

Мама ставит коробку на пол. Неужели передумала? Нет, она хватает меня за руку и всхлипывает, водя пальцем по взбухшей на моем запястье улыбке:

— Не надо нам новых ран.

Эрик выносит в коридор новую порцию коробок, дальше их ждет пламя мусоросжигателя. Я не двигаюсь с места. Наконец коробки заканчиваются.

Мы с Томасом встречаемся перед его домом и едем на лифте на самую крышу. Я спрашиваю, не разорется ли сигнализация над входом. Томас говорит, что ее сломали пару лет назад, перед эпичной новогодней вечеринкой, и с тех пор не чинили. Вообще он здесь редко ходит, предпочитает пожарный выход: там красивый вид и ноги можно размять, — но у нас мало времени, меня ждет Женевьев. Солнце заходит за крыши домов, я уже чувствую, как отступает бешеная жара.

— И Эрик такой говорит, что я зомбаков поднимаю, а я просто не верю, что после смерти человек перестает существовать, — делюсь я событиями дня. На крыше лежит оранжевый кабель, я иду вдоль него к самому краю. — Блин, вслух это так прозвучало, что реально захотелось пойти мозгов пожрать.

— Слушай, ходячий мертвец, выше нос. А то еще девчонке своей настроение испортишь. — Он берет кабель в руку и помахивает им. — Эта штука ведет в окно моей спальни. Все уже настроено, будут проблемы — пиши.

Я подхожу к маленькому черно-серому проектору. Напротив него залитая цементом труба. Мое лицо расплывается в улыбке.

☺ ☺ ☺ ☺

— Мне уже не терпится! — говорит Женевьев и хватает обожженную вазу.

Мы сидим в «Мире глины», это гончарная студия на Сто шестьдесят четвертой улице. После четырех вечера она превращается в тату-салон: вдруг кто-нибудь распишет родителям кружку, подправит карму и в качестве компенсации решит сотворить какую-нибудь дичь? Даже со скидкой мастер-класс стоил тридцать долларов, и моему кошельку пришлось фигово, зато мы сделаем что-то, что будет нашим так же долго, как мы друг у друга. Между прочим, папа Женевьев вообще думал, что ее день рождения вчера!

Мы садимся за столик в углу. Женевьев не ждет указаний мастера, сразу хватает кисточку и начинает рисовать. Ее руки летают, как будто у нее осталось всего несколько секунд: на вазе расцветает алое созвездие, вокруг него завиваются желтые и розовые штрихи.

Я рисую на своей чашке улыбающегося зомби.

— Почему мы не делали этого раньше?

— Аарон, не смей на мой день рождения ни о чем жалеть! — Женевьев широко улыбается, окунает пальцы в фиолетовый и описывает ими круг по вазе. — Я люблю такие штуки даже больше, чем «Скитлз».

Она сказала «люблю». Конечно, не про меня, но про то, что мы делаем вместе. Я капельку впадаю в панику. Вроде бы и не с чего — не сказала же она, что любит меня, — но я все равно от неожиданности чуть не опрокинул чашку.

— Ты со мной счастлива? — вдруг спрашиваю я. Наверно, краской надышался.

Женевьев перестает натирать пальцами горлышко вазы и поднимает взгляд. Потом протягивает мне перепачканную всеми цветами руку. Я тянусь взять ее в свою, Женевьев пихает меня кулаком в плечо — остается пестрый отпечаток кулака.

— Даже не притворяйся, что не знаешь ответа. — Она окунает палец в желтую краску, и на моей темно-синей футболке появляется смайлик. — Хватит напрашиваться на комплименты, длинный ты тупой придурок.

☺ ☺ ☺ ☺

Наверно, Женевьев думает, что мы наконец-то пойдем ко мне. Я никогда ее туда не водил, наша квартира, ну, не приспособлена для девушек. Там всегда бардак и пахнет промокшими носками. Вот и сегодня мы проходим мимо, к дому Томаса, и едем в лифте на самую крышу.

Солнце уже ушло поспать, и небом рулит луна. На крыше разложен придавленный шлакоблоками плед. Томас постарался; для меня это такой же сюрприз, как и для Жен.

— Ты, наверно, хочешь спросить, зачем мы сюда приперлись?

— Да я всегда подозревала, что ты ненормальный, — отвечает Женевьев, сжимая мою руку, как будто висит на краю крыши. Поднимает голову: где-то в далеком небе притулилась парочка звезд, но у меня есть для нее кое-что покруче.

Мы садимся на плед, я включаю проектор, потом магнитофон.

— Короче, сначала я хотел сводить тебя в планетарий, но загнался по всякой фигне — ты меня побьешь, если расскажу... Ну и решил: если я не могу привести тебя к звездам, я принесу их тебе.

Жужжит, включаясь, проектор, и свет заливает трубу. Женский голос зловеще произносит:

— Добро пожаловать в наблюдаемую вселенную.

Томас скачал нам из интернета передачу про звезды, даже звук на плеер записал!

Женевьев моргает, потом еще и еще раз. В уголках ее глаз блестят слезы. Вообще плохо радоваться, когда твоя девушка плачет, но эти слезы значат «Аарон хоть что-то сделал как надо», а следовательно, все нормально.

— Ну все, мой день рождения полностью в твоих руках, — шепчет Женевьев. — Плед, роспись по вазе, теперь женщина с божьим гласом...

— У бога мужской голос, но попытка засчитана.

Женевьев пихает меня в плечо. Я в ответ прижимаю ее к себе, мы ложимся на крышу и готовимся путешествовать по вселенной. Странноватое ощущение, когда тебя затягивает в водоворот звезд — и те же самые звезды, только настоящие, у тебя над головой. На экране вокруг планет вращаются искусственные спутники. Я щелкаю языком на каждую звезду, как будто задуваю свечи.

Женевьев снова пихает меня и шикает. Да я бы и сам уже заткнулся: теперь планеты уплыли вдаль, а перед нами предстали созвездия: Близнецы (Женевьев восторженно визжит), Рыбы, Овен (он же баран) и прочие знаки зодиака.

Вскоре пропадают и созвездия. Когда надпись на экране сообщает, что до Земли один световой год, вдруг включаются радиопомехи, становятся громче, громче... и вот перед нами уже Млечный Путь за сто тысяч световых лет. Мы как будто в видеоигре.

Мы отлетаем от Земли на сто миллионов световых лет, в другие галактики: в темном космосе горят зеленые, красные, синие, лиловые огоньки, будто капли краски на черном фартуке. Вжух! — и мы оказываемся на расстоянии пяти миллиардов световых лет, как нас только не укачало? Тут парит какая-то мерцающая бабочка... Оказывается, так выглядела Вселенная сразу после Большого взрыва, — офигеть, как красиво.

Потом все начинает уплывать, мимо нас текут время и пространство, разрушая свой дар нам и мой подарок Женевьев, и наконец нас выбрасывает из космоса. Я вернулся оттуда совершенно иным. Или, может, остался прежним, зато понял, сколько всего есть у меня на Земле — в моем доме. Ведь, будем честны, в космос почти никто из моих знакомых не выберется.

Я смотрю на Женевьев — девушку, которую унес к звездам, которая вытащит меня из любой черной дыры, — беру ее за руку:

— Я, это... Я типа, ну, как бы, ну... Короче, я тебя люблю!

Сердце стучит как бешеное. Ну я тупой! Я не достоин Женевьев, никто во Вселенной ее не достоин! Что она скажет? Посмеется надо мной? Она улыбается, и все мои сомнения сдувает... Но вот ее улыбка на мгновение меркнет. Я упустил бы это мгновение, если бы моргнул или зажмурился от радости.

— Зачем ты это говоришь? — спрашивает Женевьев. Я смотрю на ее руки: как в них вообще поместился топор, который сейчас воткнулся мне в грудь? — Если ты сказал это, просто чтобы мне угодить...

— Давай честно. Я не знал, что в нашем возрасте можно, ну, так, но ты не просто мой лучший друг и уж точно не просто девчонка, с которой классно спать. И я не жду, что ты скажешь мне то же самое... Знаешь, вообще никогда не говори. Я справлюсь. Просто не сдержался.

Я целую свою девушку в лоб, распутываю наши руки и ноги и встаю. Это не так-то просто: в моей груди поселилась сокрушительная тяжесть и тянет вниз, как тогда, в Орчард-бич, когда меня накрыло волной. Я иду вдоль оранжевого провода к краю крыши, выглядываю на улицу: два парня то ли жмут друг другу руки, то ли один продает друг другу травку, молодая мать пытается поднять капюшон коляски, над ней хихикают какие-то девчонки... В мире столько жути: наркотики, жестокость, девушки, не отвечающие взаимностью... Я нахожу глазами свой дом. До него пара кварталов. Лучше бы я сейчас сидел в своей тесной квартирке, вот честно.

Женевьев сжимает мое плечо, обнимает меня со спины. У нее в руке сложенная бумажка. Она трясет рукой, пока я не забираю записку.

— Посмотри, — невнятно произносит она.

Ну ясно. Прощальные обнимашки, прощальная записка... Я разворачиваю смятый листик. Там рисунок: мальчик с девочкой в небе, на фоне тысяч и тысяч звезд. Мальчик довольно высокий, я присматриваюсь — девочка пихает его в плечо. Мы стали созвездием.

Женевьев разворачивает меня к себе лицом, заглядывает в глаза — на секунду мне хочется отвернуться.

— Нарисовала после нашего первого свидания и все таскала с собой, думала: когда уже смогу тебе показать? Мы тогда просто гуляли с тобой туда-сюда, нам было легко, как будто мы в сотый раз уже тусим вместе.

В смысле, она что, вдохновилась нашим неуклюжим поцелуем?

— Мы тогда поцеловались, и я хихикнул. А ты совсем не обиделась. Улыбнулась и пихнула меня кулаком в плечо.

— Надо было в лицо, да. Похоже, мне нравится делать больно парню, которого я люблю.

Я застываю. Да, я только что попросил ее никогда этого не говорить, но как же круто, что она таки сказала! Мы сверлим друг друга взглядами, будто соревнуясь, кто кого переглядит. У обоих кривятся губы.

Мир все еще жуткое место. Но моя девушка все-таки тоже меня любит.

7

ПОМНИШЬ, Я ОСТАЛСЯ ОДИН?

Еще даже суток не прошло, а я уже скучаю. Я бы отдал нашего первенца — мы, наверно, назовем мелкого как-нибудь иронично... скажем, Фауст, — лишь бы Женевьев была рядом и могла пихнуть меня в плечо.

С утра я даже не переоделся, потому что на футболке остался след ее кулака. Ни за что не признаюсь друзьям. Я пытался отвлечься на «Хранителя Солнца». Иронично, что я сам так сильно отвлекал Женевьев, что ей пришлось улететь от меня аж в Новый Орлеан, чтобы хоть там немножечко порисовать. Я всегда все порчу.

Так, вот об этом думать не надо. Даже тот хреновый психолог, доктор Слэттери, советовал мне, когда плохо и одиноко, поговорить с кем-нибудь: с друзьями, с незнакомцем в метро, да с кем угодно. Такой банальный совет совсем не стоит тех бабок, которые мы за него отвалили. В общем, я выхожу на улицу искать Брендана, дома-то никого. Хотя я все равно не стал бы трепаться с мамой или Эриком. Я набираю Брендана. Не берет.

Во дворе играет в гандбол Дэйв Тощий. Он разрешает сыграть с ним. Круто, есть чем заняться. Можно даже вынести его рассуждения о прокрастинации в мастурбации: это когда ты сохраняешь себе ссылку на порнуху, потому что тебе слишком лень потом за собой убирать. Но скоро он уходит в прачечную проверить стирку, а мяч для гандбола достается мне с напутствием: «Не потеряй, сука, а то кастрирую и детей твоих потом тоже кастрирую» (Фауст, сегодня не твой день).

Двадцать дней. Мне осталось прожить без нее всего лишь двадцать дней.

☺ ☺ ☺ ☺

— Алло?

— Привет, это Аарон.

— Я понял, Длинный. Чего делаешь?

— Ничего. Это хреново. Надо чем-то заняться, а то я тупо сижу и скучаю по Женевьев. Может, потусим?

— Слушай, вот прямо сейчас я немного занят. Что завтра утром делаешь?

— Ничего. Хотя если ты хочешь предложить что-то тупое, тогда да, я очень занят, мир буду спасать или типа того.

— Короче, если до полудня спасешь мир, можем сходить в кино.

— Ну, пару-то часов этот город без героя обойдется. Чем ты сейчас-то занят, расскажешь?

— Ничем, — отвечает он.

Тон у него какой-то смущенный и уклончивый. Как если бы у кого-то (не у Дэйва Тощего) спросили, смотрит ли он порнуху, и он сильно смутился, хотя ее же все смотрят. Я не докапываюсь и вместо этого спрашиваю всякие глупости. Например, какую суперспособность он бы себе хотел. Томас хочет быть неубиваемым. Дэйв Тощий всегда вместо «неубиваемый» выговаривает «неубываемый».

Ну, все лучше гандбола.

8
НИЧЕГО ГЕЙСКОГО

Утром мы с Томасом встречаемся на углу его дома. Вид у него абсолютно измотанный. Сейчас начало двенадцатого. Он вообще ночью спал? Не заснет посреди фильма?

— Ты решил создать двойника?

— Чего? — сонно переспрашивает Томас.

— Да так, гадаю, над чем ты так упорно трудился.

— Слушай, кому нужны два бесцельно блуждающих по жизни Томаса? — Мы идем к кино кратчайшей дорогой, срезая через всякие мутные дворы. — Не, не хочу тебе говорить. Ты решишь, что я жалкий запутавшийся неудачник.

— Не, ты просто неоконченный шедевр. Как и все мы. — Я поднимаю руки: мол, сдаюсь. — Все-все, молчу.

— Даже не будешь умолять меня рассказать?

— Ладно, рассказывай.

— Не хочу об этом говорить.

Мы и не говорим. Как вчера.

Зато Томас начинает трепаться о том, какая классная штука летнее утро, потому что билет в кино стоит всего восемь долларов, хотя ему вообще плевать, в большинстве случаев ему удается пройти бесплатно, он ведь прошлым летом работал тут целых двое выходных, а потом, да-да, ему надоело, и он уволился.

— Но ты же хочешь сам снимать кино. Работа в кинотеатре — хороший первый шаг, не?

— Я тоже так думал, но за стойкой кассира никаких гениальных идей не наберешься. Только постоянно обжигаешься маслом для попкорна, а потом тебя изводят одноклассники, чтобы ты продал им билеты на фильмы для взрослых. Из-за кассы в режиссеры не выбраться.

— Тоже верно.

— Ну я и подумал: если буду подрабатывать то тут, то там, со временем наберусь идей для сценария. Только я пока не понял, какую историю хотел бы рассказать.

На подходах к кинотеатру Томас хватает меня за локоть и тащит к парковке. Мы идем мимо пары запасных выходов и ныряем в проход, в который нам явно нырять не полагается. Томас достает скидочную карту аптеки и водит ей по прорези считывателя до щелчка. С улыбкой оборачивается ко мне и открывает дверь.

Мне почти не стыдно, и это все так увлекательно, даже не страшно, что поймают. Ну и еще я научился бесплатно ходить в кино; когда Женевьев вернется, может пригодиться... Хотя, конечно, после трех недель разлуки мне будет хотеться чего угодно, только не смотреть с ней фильмы.

Дверь ведет в коридор у туалетов. Мы подходим к киоску с попкорном, берем по ведерку — видите, не такие уж мы бессовестные халявщики! Томас заливает свой попкорн маслом.

— Всегда хожу сюда на полуночные показы, — рассказывает он. — Ты не представляешь, какие тут фанаты собираются. Мои соседи ни за что в жизни не наденут карнавальный костюм, если на дворе не Хэллоуин, потому что стесняются. А вот на полуночный показ Скорпиуса Готорна пришла куча народу в костюмах магов-демонов и духов! Хотел бы я с ними всеми подружиться!

— Да ладно, ты тоже читал?..

— О да! — улыбается Томас. — Я принес свой экземпляр комикса на показ, и все фанаты расписались и подчеркнули любимые места!

Мне бы туда...

— Ты тоже пришел в костюме?

— Ага. Я был единственным темнокожим Скорпиусом! — Томас рассказывает, как на других показах просил людей подписать коробки от видеоигр и обложки антологий комиксов, которыми все они жили. Классно, должно быть, иметь такую коллекцию памятных вещиц. Но я счастлив уже и тому, что нашел друга, который тоже в восторге от Скорпиуса Готорна.

Мы рассматриваем афиши, решая, на что пойдем. Томасу уже не терпится посмотреть новый фильм Спилберга, но он еще не вышел, так что можно, так и быть, глянуть черно-белый фильм про парня, который танцует на крыше автобуса.

— Нет, спасибо, — отказываюсь я.

— А вот этот совсем новый. «Последняя погоня». — Томас встает к афише: красивая голубоглазая девушка сидит на краю причала — так непринужденно, будто это скамейка в парке, — к ней тянется парень в безрукавке. — Я и не знал, что его уже крутят. Глянем?

Кажется, я видел рекламу, и там одна сплошная любовь-морковь.

— Боюсь, не смогу.

— Написано же, рейтинг 12+. Ты же старше двенадцати, я правильно помню?

— Хорошая шутка. Думаю, меня потом Женевьев на это потащит. Может, выберем что-то еще?

Томас изучает афиши и решительно поворачивается спиной к плакатам, на которых стреляют или что-то взрывают:

— Я бы вон тот французский фильм пересмотрел. Но до него еще час.

Это он так шутит. Пересматривать французские фильмы, серьезно?

— Ладно, пошли на «Последнюю погоню». Захочет — посмотрю с ней еще разок.

— Точно?

— Точно. Если фильм совсем отстой, одна сходит.

В зале куча свободных мест.

— Где обычно садишься?

— В заднем ряду. Не спрашивай почему, — отвечаю я.

— Почему?

— У меня иррациональный страх, что мне в кинотеатре перережут горло. Но если сзади никого, то и не перережут, правильно?

Томас даже перестает жевать попкорн и впивается в меня взглядом: шучу я или нет? Потом принимается хо-

хотать так истерично, что попкорн попадает не в то горло. Я сажусь-таки на задний ряд, Томас падает на соседнее место и смеется, смеется...

Я показываю ему средний палец:

— Да ладно, у тебя, что ли, не бывало дурацких страхов?

— Не, почему, бывали. Когда был мелким, лет в девять-десять, я все время доставал маму, чтобы разрешила мне смотреть ужастики, особенно слэшеры.

— Ты прямо знаешь, что рассказывать человеку, у которого страх, что ему перережут горло...

— Ой, все. Короче, однажды вечером мама сдалась и дала мне посмотреть «Крик». Ну, я перепугался до усрачки и не мог уснуть до пяти утра. Мама учила меня, когда не могу уснуть, считать овец, но в этот раз стало только хуже. Когда очередная овца прыгала через забор... — Театральная пауза. — Парень из «Крика» ударял ее ножом, и она падала наземь, мертвая и в крови.

Я громко хохочу — на меня шикают несколько зрителей сразу, хотя еще не началась даже реклама, — и никак не могу остановиться.

— Ты больной! И долго тебе такое мерещилось?

— Да до сих пор мерещится. — Томас с пронзительным визгом изображает, как будто его пырнули ножом. Зажигается экран, мы замолкаем.

Рекламируют романтическую комедию «Следующая станция — Любовь»: проводник влюбляется в новую помощницу. Потом типичный ужастик, где все время ждут за углом криповые маленькие девочки. Потом мини-сериал

«Не забывай меня»: муж уговаривает жену не обращаться в Летео, чтобы забыть его. И, наконец, какая-то совсем не смешная на вид комедия про четырех выпускников университета на круизном лайнере.

— Ну и лажа, — замечаю я.

Томас наклоняется к моему уху:

— Будешь болтать во время показа — горло перережу.

Фильм — полный отстой.

Нам обещали, что будет смешно. Единственное, что реально забавно, — студия как-то умудрилась продать под видом летней комедии лютый мрачный нуар.

Парень по имени Чейз (ну конечно, «погоня»!) заговаривает в поезде с симпатичной девушкой: спрашивает, куда она едет. «Туда, где хорошо», — отвечает она и больше на его расспросы не реагирует. Потом она забывает в поезде телефон, и Чейз бросается в *погоню* — ну блин! — в надежде его вернуть, но не успевает. Тогда он залезает в телефон, а там список, что она хочет сделать, прежде чем покончить с собой.

На этом месте Томас уснул. Мне бы тоже уснуть, но я до последнего надеюсь, что дальше будет лучше. Ни фига. К концу Чейз понимает, что девушка собирается броситься с причала. Когда он наконец туда прибегает, там его ждут только красно-синие мигалки полиции. Телефон летит на асфальт.

Мне тоже хочется что-нибудь расколотить.

Томас просыпается, и я кратко пересказываю сюжет: «Бред, отстой и лажа».

Он зевает и потягивается:

— Ну, хоть твое горло цело.

Мне типа как бы очень нравится лето в моем районе: девчонки чертят на асфальте классики, парни ищут хоть какой-нибудь тенек и играют в карты, друзья врубают на полную музыку или сидят на крыльце и трындят. Да, я живу в тесной квартирке, но в такие моменты стены моего дома кажутся просторнее.

Я тыкаю пальцем в красное здание больницы через дорогу:

— Вон там моя мама работает. И все равно каждый день опаздывает минут на двадцать. — Дальше по улице — отделение почты. — А вон там мой отец работал охранником. — Должно быть, слишком подолгу сидел там один-одинешенек, вот и начал думать не о том.

Кто-то пустил воду из пожарного гидранта на углу. Вокруг с визгом носятся дети. Мы в их возрасте, помнится, разливали по площадке ведра воды и прыгали в лужи, потому что нормальный аквапарк нам был не по карману.

— А я не знаю, где работает мой папа, — признается Томас. — Я его последний раз видел на мое девятилетие. Он пошел к машине принести мне фигурку Базза Лайтера, а я смотрел за ним из окна. Только ничего он не принес. Завел мотор и уехал.

Я не заметил, как мы остановились и кто из нас застыл первым.

— Вот мудак!

— Не будем о мрачном, ладно? — Томас задумчиво разглядывает ближайшую поливалку, озорно приподнимает кустистые брови, стягивает футболку и напрягает бицепсы. У него, оказывается, пресс, как у какого-нибудь греческого бога. А у меня рельефные только ребра. — Снимай футболку!

— Не хочу замочить телефон.

— Оберни его футболкой. Никто не украдет.

— Чувак, мы не в Квинсе.

Томас заворачивает телефон в футболку и вешает ее на почтовый ящик:

— Не хочешь — как хочешь, — и бежит трусцой, перепрыгивая от поливалки к поливалке. Солнце бликует на пряжке его ремня. Какие-то прохожие, конечно, глядят на него как на чокнутого, но ему, по ходу, плевать.

Не знаю, что в меня вселилось, что я смог побороть все свои комплексы и тоже раздеться, но это так классно! Томас поднимает вверх большие пальцы. Я больше не чувствую себя ходячим скелетом. Я достаю телефон, но не успеваю закатать его в футболку, как он звонит. Женевьев. Я застываю.

— Привет!

— Привет! И почему я уже соскучилась, придурок ты тупой? Прилетай сюда, построим в лесу шалаш, заведем детей...

— Я соскучился еще сильнее, но не настолько, чтобы ходить в походы.

— Если мы всю жизнь так проживем, это будет не поход!

— Уговорила.

Сколько бы ни было между нами километров, я представляю, как она улыбается. И я счастлив. Еще более счастлив, чем был до этого. Я безумно скучаю, готов умолять вернуться — но пусть уж она спокойно порисует, не отвлекаясь на меня.

— Ты уже начала над чем-то работать или у вас там какие-нибудь тупые вводные мероприятия?

— Тупые мероприятия вчера были. Сейчас пойдем рисовать натюрморты с деревьями, а пока маленький перерыв, и я...

Тут я чуть не роняю телефон: Томас лег грудью на поливалку и отжимается, выделываясь перед какими-то девчонками, идущими по другой стороне улицы. Женевьев громко зовет меня по имени, и я снова подношу трубку к уху:

— Прости, тут Томас придуривается. Его, по ходу, вообще не колышет, кто что скажет!

— Вы там опять в суицид играете?

— Не, мы просто тусим с Томасом. — Без футболки я чувствую себя голым. — Наверно, скоро уже домой пойду. Вымотался. Слушай, вечером сможешь мне позвонить? Раз уж я тебя не отвлекаю, ты за сегодня, наверно, штук пятьсот картин нарисуешь, хоть расскажешь, что там.

— Угу. До вечера, малыш, — и вешает трубку. Я не попрощался, не сказал, что люблю...

Теперь мне дико стыдно, что я отвлекся на Томаса. Но она еще позвонит. Я объясню, что мне надо было заняться чем-нибудь прикольным, и вообще, это она виновата, бросила меня тут одного, но если бы она из-за меня осталась, я бы себе не простил, так что ее тут особо не обвинишь... Надеюсь, она через всю страну пихнет меня в плечо, и все наладится. Я заворачиваю телефон в футболку, скидываю кроссовки, бросаю все кучей на землю, бегу — в джинсах и носках — к поливалкам и прыгаю сквозь струи воды. Смеясь, приземляюсь.

— Ого! — Томас свистит. — Давно пора!

А холодно. Меня бьет мелкая дрожь.

— Блин, одежда — это классно...

— Ну хоть минутку побудь на воле, Длинный! — Томас хватает меня за плечи, как тренер перед главным матчем сезона — без понятия уж, по какому виду спорта. — Забудь про все. Забудь про отца. Даже про девушку забудь. Представь, что ты один во всем мире.

После такого монолога он отпускает меня и садится на землю. Вода так и льется ему на голову.

Я сажусь напротив него и тоже намокаю.

— Я один во всем мире, — тихо говорю я сам себе и отбрасываю все сомнения, представляя, как они уплывают в канализацию. Потом зажмуриваюсь и считаю, чувствуя, как с каждой секундой меня отпускает, как я становлюсь собой: — Пятьдесят восемь... Пятьдесят девять... — Не хочу расставаться с последней секундой. — Шестьдесят.

Открываю глаза. Вокруг нас играет в догонялки стайка детей.

— Я офигею из джинсов вылезать! — говорю я и почти не слышу собственного голоса: в уши затекает вода, плещутся и орут дети.

Томас встает и протягивает мне руку. Я вцепляюсь в его предплечье.

— Ничего гейского! — смеется он.

Хохоча, мы идем одеваться. Томас вытирается футболкой, она промокает насквозь.

— Слушай, как классно! — орет он. — Еще и в кино удачно поспал! Давно так не веселился, с тех пор... Да никогда!

— Круто. В смысле, хреново быть тобой, но классно, что тебе со мной весело.

Я пытаюсь натянуть футболку, попадаю головой не в ту дыру и не могу выпутаться. Борясь с футболкой, я чуть не падаю, и Томас хватает меня обеими руками:

— Стой! Стой смирно! — и ржет. Сколько раз ни кричи «ничего гейского!», он стягивает с меня майку, от этого не отмоешься. Немного страданий — и вот я, одетый, стою и пялюсь на него.

— С тобой никуда ходить нельзя, ты ведешь себя как укурок.

Девчонки, пялившиеся на Томаса, теперь хихикают надо мной. Я бы, наверно, сильно обиделся, не будь у меня Женевьев. Неподалеку Брендан и А-Я-Псих расслабляются с сигаретами, которые А-Я-Псих ворует у отца. Они смотрят на меня, будто не узнавая. Я киваю в знак приветствия, но они, видимо, успели курнуть травы и все еще торчат.

— Что вечером делаешь? — спрашивает Томас. — Если только спишь, это и у меня дома можно. — Он улыбается: — Странно прозвучало. Ничего гейского.

— Ты что-то задумал?

— Мне показалось, «Последняя погоня» тебя немного разочаровала...

— Тебе не показалось! — встреваю я.

— Короче, давай посмотрим «Челюсти» у меня на крыше.

— Я в деле!

Хреново, когда тебя считают ребенком, но вдвойне хреново, если на дворе еще и лето. Да, большинство родителей разрешают детям гулять только до десяти, но мы все равно расходимся только в полночь, иногда даже в час или в два. И нет, мы так не бунтуем и не проверяем, сколько можно наглеть, прежде чем предки выйдут с ремнем (у Дэйва Толстого и такое бывало). Просто мы тут взрослеем гораздо раньше, чем ребята из безопасных районов и огороженных кварталов. Но сегодня я звоню маме сказать, что заночую у Томаса, и она разговаривает со мной как с пятилеткой. Хочет лично встретиться с Томасом, чтобы убедиться, что он не толкает наркоту и не какой-нибудь подозрительный тип, который уговаривает меня прыгнуть с крыши.

Мы ждем ее у коричневого стола для пикника в среднем дворе. Именно здесь, когда нам было по тринадцать, Брендан сказал мне, что проведет лето с семьей в Северной Каролине. Пока он был в отъезде, я начал рисовать комиксы и к возвращению нарисовал его в образе хозяина покемонов.

Наконец мама спускается. На ней футболка, в которой я в восьмом классе ходил на физкультуру. И лучше бы она забыла дома ключи и Томас не видел, сколько у нее скидочных карт на брелке.

— Привет.

— Здравствуйте, я Томас. — Он протягивает руку.

— Элси. — Мама с улыбкой возвращает рукопожатие. — Какие вы мокрые, надеюсь, это не пот?

— Вода из поливалок, — отвечаю я.

— Ну слава богу. И какие планы на вечер, мальчики?

— Ну, мы днем неудачно сходили в кино, и я решил показать Длинному «Челюсти», — объясняет Томас.

— Ты не предупредил меня, что идешь в кино! — обвиняюще смотрит на меня мама.

— Ну я же вернулся живым!

Мама кидает взгляд на мой шрам.

— Он в курсе, — говорю я.

— Миссис Элси, если что, — вклинивается Томас, — могу дать свой адрес, телефон и еще мамин номер. Но без «Челюстей» жизнь не жизнь, и Аарон обязан их посмотреть. Если вы их тоже не видели, приглашаю в гости и вас.

Мама снова улыбается:

— Я еще в ваши годы сходила на них в кино. Но спасибо.

Томас, судя по виду, чуть не умирает от зависти: она застала выход фильма! Может, он из тех, кто жалеет, что не родился раньше. Я бы лично отложил свое появление на свет на далекое, далекое будущее.

— Я все равно допоздна в супермаркете, так что развлекайтесь, — разрешает мама.

Я улыбаюсь, как тупой придурок. Давно так не радовался ночевке у друга, с тех пор как мама Дэйва Толстого повела нас всех покупать новую игру «Войны за трон» — она выходила в полночь, и потом мы все до утра тусили у него дома и играли.

— Томас, уложи его спать до двух, напомни почистить зубы и не давай покупать сладкого больше чем на доллар!

Мама ведет себя настолько по-дурацки, что мне хочется пошутить сами знаете про что, но тогда этот разговор вообще никогда не кончится. Мама обнимает Томаса, потом меня, благодарит его, что разрешил мне у него переночевать, записывает адрес, телефон и номер его мамы, и мы расходимся.

— У тебя классная мама, — замечает Томас.

— Ага, когда не считает меня мелким. Слушай, я, наверно, зайду к себе, захвачу одежду для сна.

— Не парься, у меня найдутся шмотки.

Нам предстоит пройти всего пару кварталов, но у меня, скорее всего, никогда в жизни не хватит денег, чтобы увидеть египетские пирамиды или проплыть по каналам Венеции, для меня день вдали от дома — уже как путешествие в другую страну.

☺ ☺ ☺

Знакомый оранжевый провод указывает нам путь на крышу и змеится по щебню. Ничто не напоминает о нашем с Женевьев празднике. Томас устанавливает проектор, но еще слишком светло, и с фильмом придется подождать. Я ложусь на спину и раскидываю руки, как будто хочу сделать «снежного ангела».

— Что ты там творишь? — спрашивает Томас.

— Сушусь. — Я зажмуриваюсь, но все равно вижу вспышки оранжевого и чувствую, как солнце печет лицо. Я уже не знаю, насколько футболка промокла от воды, а насколько — от пота. В этом минус лета, но зима все равно отвратнее, зимой я просто оседаю дома и никуда не выхожу. Даже если Женевьев упрашивает пойти слепить снеговика или наделать дурацких милых фоток вдвоем.

— Ничего гейского, но, может, снимешь футболку? — предлагает Томас.

Он свою, оказывается, уже снял и вешает на ограде сушиться. Я сажусь, стягиваю футболку, швыряю в него и снова разваливаюсь на крыше. Раскаленная щебенка жжет спину, но не больнее, чем песок на пляже в Джонсбич. Кстати, два парня с голыми торсами на крыше — почти то же самое, что два парня с голыми торсами на пляже, так что можно перестать через слово вставлять «ничего гейского».

Томас плюхается рядом:

— Раньше я смотрел здесь кино с Сарой. Вернее, мы начинали что-то смотреть, но быстро отвлекались.

— Ты занимался здесь сексом с бывшей?

Он смеется:

— Не, сексом — нет. А всем остальным — да.

— Она была у тебя первой? — спрашиваю я.

— Ага. А у тебя?

— Да, у меня тоже первой была Сара.

Томас толкает меня в плечо так сильно, что там остается отпечаток его ладони. В ответ я пихаю его в грудь, прямо над сердцем, но он слишком накачанный.

— У тебя груди твердые!

— Это называется грудные мышцы, и я дофига денег на них потратил.

Мне почему-то неловко разговаривать про его тело. Может, я просто завидую.

— Тебе не хватает Сары? Только честно.

— И да, и нет, — отвечает Томас. — Я не мог с ней не расстаться, мы правда друг другу перестали подходить. Конечно, не хватает кого-то, кому можно позвонить и побыть вместе. Но это может быть и не Сара.

— Понимаю.

Мы уходим от темы и говорим не пойми о чем, глядя, как солнце пропадает из виду за домами. Болтаем про любимые комиксы и игры, рассказываем, как ненавидим школу и как хорошо, что там есть симпатичные учительницы и девчонки. Томас рассказывает, что у него скоро день рождения — в тот же день, когда возвращается Женевьев. А еще, оказывается, он ни разу не курил даже сигарет. Я признаюсь, что пару раз забивал косяк с Бренданом и ребятами, и Томас, кажется, мной разочарован. Чтобы не нагнетать, я открываю очень стыдную тайну:

— Кстати, я не умею кататься на велике.

— Такое вообще бывает?

— Меня никто не учил. Мама сама не умеет, а папа все собирался, но так и не нашел времени.

— Значит, как-нибудь научу. Это жизненно важный навык, как плавать и дрочить.

☺ ☺ ☺ ☺

Наконец стемнело.

Мы смотрим кино в дико хреновом качестве, потому что, во-первых, это старый фильм, во-вторых, вместо экрана кирпичная стена. Но я не променял бы этот вечер даже на новенький диск и огромный телевизор.

Я подмерзаю, но не могу заставить себя сходить за футболкой: не могу оторвать глаз от девушки, бегущей навстречу волнам. Как будто она не знает, что в этом фильме водятся акулы!

— Который раз ты это уже смотришь?

— Сбился со счета. «Боевого коня» я точно видел меньше раз, «Парк Юрского периода», наверно, больше.

В фильме происходит некоторое количество жести: акула еще кого-то жрет, лодка с выжившими нахрен взрывается, — потом мы надеваем футболки, выключаем проектор и на цыпочках спускаемся по пожарной лестнице... хотя дверь открыта.

— Тихо, ма уже, наверно, спит, — шепчет Томас, открывает окно и залезает в комнату.

У него пахнет свежевыстиранным бельем и карандашной стружкой. Зеленые стены увешаны афишами фильмов и портретами его любимых режиссеров. Я наступаю на комок носков. На двери висит маленькое баскетбольное кольцо. Должно быть, когда Томасу скучно, он кидает туда мяч. Дверь вся в чернилах: тут и партии в крестики-нолики, и цитаты из фильмов Стивена Спилберга, где-то накорябан динозавр, где-то очень реалистично запечатлен пришелец и еще куча всяких неразборчивых каляк.

Кровать не заправлена, но выглядит удобной, не то что у меня. Моя-то немногим лучше койки. У него даже собственный стол, а я могу порисовать, только положив блокнот на колени. На столе валяется раскрытая тетрадь: сначала он, по-видимому, пытался писать там ноты для пьесы собственного сочинения, потом все перечеркнул и принялся за сценарий, но тоже ушел недалеко.

Томас открывает шкафчик — собственного шкафа у меня тоже нет — и кидает на кровать несколько футболок:

— Выбери, в чем будешь спать.

Я изучаю ассортимент. По большей части они слишком мешковатые или слишком обтягивающие, совсем детские или для пенсионеров, а одна, вот честно, предназначена для пришельцев. Ее, оказывается, Томасу привезла тетушка из Розуэлла, Нью-Мексико. Наконец я нахожу простую белую футболку и спешу переодеться в нее. В углу комнаты, за корзиной для грязного белья, висит доска, на ней какая-то диаграмма и клочки бумаги на кнопках. Диаграмма озаглавлена «Статистика моей жизни».

— Это вам в школе такое задают?

— Не, я трудился над этим последние пару дней, — рассказывает Томас, переодеваясь в пижамные штаны со

Снупи и майку-борцовку. — Решил задать себе направление, в котором буду двигаться по жизни. Ну, знаешь, как пирамида Маслоу, только не так все дотошно и подробно.

Понятия не имею, что еще за Маслоу, но расписать все дотошнее Томаса не так-то просто. Он переносит доску на другой конец комнаты и прислоняет к шкафу. Мы садимся вокруг нее. Секторы диаграммы подписаны: «школа/работа», «здоровье», «саморазвитие» и «отношения».

— Думаю, со здоровьем у меня все в норме. Правильное питание там, качалка. С финансовым благополучием немножко напряг, никак не найду работу по вкусу. На моем банковском счету даже на билет в кино не наберется.

У него хотя бы есть банковский счет. Значит, хотя бы раз в жизни было достаточно денег, чтобы имело смысл его завести. Если мне дарят деньги на день рождения или Рождество, я обычно бо́льшую часть подкладываю маме в кошелек: она знает, на что лучше потратить. Хреново, конечно, платить за квартиру, где тебе не нравится, но остальные варианты еще хуже. Видите, какой я оптимист?

— Больше всего трудностей у меня с любовью и смыслом жизни, — продолжает Томас. На доске — писанина безумца, который отчаянно хочет жить долго и счастливо. Сумасшедшим нужно подыгрывать. — Наверно, это как-то связано с тем, что я расстался с Сарой и у меня упала самооценка. Но я вовремя затусил с тобой и вроде бы смог не свалиться в пучину депрессии.

— Всегда рад помочь, — отзываюсь я. В кармане вибрирует телефон: Женевьев. Я не беру. Перед сном перезвоню.

— Серьезно. Ты что-то дал мне. Не знаю что, но этого не могли дать мне ни сбежавший отец, ни вечно усталая мать, ни бывшая. Может, ты и поможешь мне понять, на что я на самом деле способен в жизни...

Я оглядываю комнату. Ее обитатель явно пытается жить миллионом жизней одновременно. Нотные листы с недописанными мелодиями, обрывки сценариев (потом я узнал, что где-то в шкафу зарыт целый неоконченный мюзикл про робота, который отправился в мезозой изучать динозавров и поет песни о жизни без технологий)... В углу стоит стопка коробок лего — целая разноцветная башня, память о днях, когда он мечтал стать архитектором или разрабатывать декорации фильмов.

В детстве ты хочешь быть космонавтом, но смиряешься с тем, что это невозможно — хотя все вокруг твердят, что нет ничего невозможного, и даже приводят какие-то единичные примеры из истории, чтобы ты чувствовал себя глупо... Так или иначе, рано или поздно ты расстаешься с мечтой. Понимаешь свои возможности, свои слабые стороны... Думаешь: наверно, классно будет стать боксером, хотя я тощий, как скелет... Ничего, можно подкачаться. Но потом ты начинаешь мечтать о карьере журналиста с собственной колонкой в какой-нибудь крутой газете, начинаешь писать... А однажды пишешь кому-нибудь инструкцию о том, как правильно себя организовать, и снова представляешь, как рассекаешь космос.

Вот так Томас и живет, от одной мимолетной мечты до другой. Его поиски могут длиться всю жизнь, но, даже если он не найдет себя до старости, он умрет весь в честно нажитых морщинах и с улыбкой на губах.

— Ладно, но ты тогда следи, чтобы я был доволен жизнью и не кончил как мой отец, — предлагаю я. — По рукам?

— По рукам.

9

ТУПИК — ЕЩЕ НЕ КОНЕЦ

Единственный минус вчерашнего вечера — я так и не перезвонил Женевьев. Это первое, о чем я вспоминаю утром.

Скрипнул стул у стола — вчера Томас сидел там и хвастался своим «офигенным талантом» складывать оригами (он собирался сложить ракушку — если честно, смотрелось просто как ком бумаги). Я сажусь и тру глаза. Судя по углу, под которым солнце бьет в окна, еще рано. Однако Томас уже проснулся, сидит, скрючившись, за столом и что-то строчит, постукивая ногой. Как будто сдает годовой экзамен и не хочет, чтобы я списал.

— Йо, чего делаешь?

— Дневник веду.

— И часто ты туда пишешь?

— Почти каждое утро с седьмого класса, — отвечает Томас. — Почти закончил. Как спалось? Не намочил мне простыню?

— Иди ты! — Спина, конечно, ноет, но терпимо.

— Я тебе в ванной оставил новую щетку и полотенце, можешь перед завтраком умыться. — Он не отрывает взгляда от дневника.

— Завтрак готовишь ты?

— Ага, конечно. Я умею только тосты жарить и хлопья заливать. Ладно, как-нибудь выкрутимся, — улыбается Томас и строчит дальше.

Прежде чем вылезти из-под одеяла, я немного выжидаю, потому что, ну, знаете, у парней по утрам кое-что бывает. Но Томас на меня даже не смотрит. Я поспешно выхожу из комнаты. Видимо, его мама уже на работе, а то он бы меня так просто не отпустил бродить по всей квартире. Наконец я нахожу ванную и, справляя нужду, пялюсь на полки с кипами чистых махровых полотенец. Дома мы все вытираемся одной и той же старой драной тряпкой и хорошо если пару раз в месяц ее стираем. Почистив зубы, я возвращаюсь в спальню Томаса, но его там уже нет.

Я иду на звон кастрюль — видимо, к кухне, — по пути остановившись рассмотреть фотки на стенах. Вот маленький Томас играет в бейсбол — эти буйные брови я ни с чем не перепутаю. Кухня вдвое больше нашей. На стене висят красные кастрюли и сковородки — абсолютно чистые, ни пятнышка. На холодильнике стоит крошечный телевизор, и Томас, как взрослый, включил новости, но не слушает — говорит по телефону.

— Могу отправить по почте, — произносит он, насыпая в две тарелки кукурузные хлопья и протягивая одну мне. — Нет, Сара, мне кажется, так скоро нам видеться не стоит.

Слушай, я... — Смотрит на экран, кладет телефон на стол. — Бросила трубку.

— Все нормально?

— Требует вернуть все-превсе ее письма и открытки. Не знаю... Может, надеется, что я их перечитаю и пойму, как мне без нее плохо. — Садится напротив меня и разводит руками: — Короче, закрыли тему. Извини, но придется тебе есть вот это, все остальные хлопья я вчера доел. А, еще есть печенье и зефир. И с Пасхи остался шоколадный кролик. Надеюсь, ты наешься.

Последний раз я ел, сидя на кухне, когда гостил у дедушки с бабушкой, а их обоих уже нет на свете. Но я радостно вскакиваю на ноги и крошу себе в хлопья овсяное печенье. Томас широко улыбается.

☺ ☺ ☺ ☺

После завтрака мы выходим гулять и идем непонятно куда — получается, куда угодно, лишь бы подальше от моего квартала.

— А с кем ты вообще дружишь? — спрашиваю я.

— С тобой, — отвечает Томас. — Ну и вроде с Малявкой Фредди и Дэйвом Тощим мы нормально поладили.

— Не, в смысле из твоего двора.

— Да я понял. Стыдно признаться. Я общаюсь только с мистером Айзексом с первого этажа. Он обожает кошек и помешан на заводах. — Он разводит руками: — Друзья предали меня, пришлось стать выше них.

Мне немного неловко спрашивать, но и не спросить не могу:

— Что они такое сделали?

— Помнишь, я про отца рассказывал? С тех пор я день рождения не праздновал. Но в прошлом году мой друг Виктор очень уж настаивал. Он хотел закатить мне вечеринку, всю ночь играть в настолки и пить. Я уже собирался идти к нему, но тут он позвонил и сказал, что все отменяется. Типа он и еще несколько наших друзей идут на какой-то концерт. Я решил, они мне сюрприз готовят. Только больше никто не звонил. Я слишком сильно депрессовал, чтобы пить одному, и в итоге тупо просидел у себя в комнате, смотря в потолок. Мне даже футболку с концерта не подарили!

Не знаю, что за Виктор, но он мудак.

— Радуйся, что избавился от кучки говнюков. Они не давали тебе двигаться вперед.

Томас резко тормозит, разворачивает меня к себе:

— Вот это мне в тебе и нравится. Тебе не плевать, что с тобой будет. Все остальные, кажется, уже смирились, что вырастут, станут никем и никогда отсюда не выберутся. Они не мечтают. Не планируют будущее.

Я отвожу взгляд: пугают меня его разговоры о будущем. Я потираю шрам.

— Если бы... — Мне, наверно, лучше развернуться и уйти, чтобы не тратить его время. — Я недавно думал, что смерть — мое самое счастливое будущее. Спасибо, что говоришь все это, но...

— Никаких «но»! — Томас хватает меня за запястье. — Все мы ошибаемся! Я ошибаюсь каждый раз, когда нахожу неподходящую работу, но это одновременно и шаг в верном направлении! Или, по крайней мере, шаг в сторону от неверного. Ты же больше не будешь пытаться это с собой сделать? — Он сверлит меня взглядом, и я смотрю ему в глаза.

— Никогда.

Томас отпускает меня и идет дальше.

— Видишь, ты уже особенный.

Мы молча шагаем по кварталу. Вдруг мимо проходит молодая женщина с транспарантом: «Пусть Летео сами пройдут без следа!»

Я разворачиваюсь и бросаюсь за ней, Томас — следом:

— Простите, простите, извините, а что значит ваш транспарант?

— Из-за Летео девушка стала овощем, — объясняет женщина с мрачной торжественностью. У нее абсолютно пустые глаза. — Четвертая за неделю. Мы устроили митинг, пусть их закроют.

В ее голосе звучит гордость и чувство собственной важности. Не удивлюсь, если она еще состоит в обществе защиты животных и поливает бутафорской кровью старушек в шубах.

— «Мы» — это кто?

Женщина не отвечает. Мы переглядываемся и идем за ней. Чем ближе Сто шестьдесят восьмая улица, тем громче шум скрытой за домами толпы. Проход перекрывают полицейские машины, их сирены не сдерживают напора зевак. Мы заворачиваем за угол: на улице людно, как будто праздничный парад, только вместо шариков в виде персонажей из мультиков — транспаранты.

10

НЕЗАБЫВАЕМЫЙ МИТИНГ

Мне попадались фотографии отделения института Летео в Бронксе, но теперь я видел его своими глазами, а толпа митингующих добавляла зрелищу остроты. Казалось бы, это здание должно выглядеть футуристично, как «Эппл-стор» на Манхэттене, но, если честно, даже Музей естественной истории выглядит технологичнее, чем Летео. Это просто четырехэтажное здание из пепельно-серого кирпича.

В последнее время у Летео репутация, как у какого-нибудь морга. Я до сих пор не понимаю, почему люди не требуют закрыть больницы: в них кто-то гибнет из-за врачебной халатности явно чаще. Может, дело в том, что еще недавно штуки вроде Летео существовали только в старых фантастических фильмах и люди боятся прогресса.

Какой-то лысый мужчина рассказывает нам об операции, из-за которой весь сыр-бор. Оказывается, девушка двадцати с небольшим лет с шизофренией заказала операцию, чтобы стереть из мозга воображаемые личности, жившие там с самого детства. В итоге она не очнулась вовсе: лежит в коме, ни живая ни мертвая. Никакой дополнительной информации представители института сообщать не спешат.

Через толпу безуспешно пытаются продраться кудрявая женщина и пожилой мужчина. У них в руках транспаранты: «Преступники недостойны чуда» и «Горе естественно. Вина — заслужена». Кажется, они здесь не из-за девушки в коме.

— Вы оказали услугу преступнику! — перекрикивает толпу мужчина, как будто его вопли услышит кто-то из Летео. — Дальше что, террористов спасать будете?

— Сэр, прошу прощения, — обращается к нему Томас. — Расскажите, что значит ваш транспарант?

Отвечает нам женщина:

— Мы протестуем против решения об автомобильной аварии!

— Расскажите, пожалуйста, о чем речь, — прошу я.

Она трогает за плечо спутника:

— Гарольд, расскажи мальчикам про аварию. У тебя лучше получается.

— Парни, чем в свои телефоны пялиться, лучше бы новости посмотрели, — отзывается Гарольд. Я оборачиваюсь к Томасу, тот хмыкает. — Несколько месяцев назад один бездельник разбил машину. Погибли его жена и четырехлетний сын. В тюрьме он попытался покончить с собой, и придурки из Летео почему-то согласились стереть ему память о жене и сыне.

— Почему он решил забыть свою семью? — спрашиваю я.

— Хотел избавиться от чувства вины, — объясняет Гарольд. — В Летео считают, если внушить ему, что он сбил случайных прохожих, ему будет легче выполнять работу в тюрьме. Мы с Мэгги считаем, бред все это. Он должен прочувствовать свою вину до капли.

— Это же еще хуже, чем скрыться с места преступления! — добавляет Мэгги. — Для них ведь мы все не пациенты, а клиенты. Им плевать. — Она отворачивается от нас, поднимает повыше транспарант и кричит: — Преступники недостойны чуда! Преступники недостойны чуда!

Через толпу прорывается к входу в институт полиция. Томас оттаскивает меня, чтобы нас не задавили. Напоследок я оборачиваюсь, задев пару человек. Мальчик на плечах какого-то мужчины размахивает плакатом: «Скажем "нет" табула раса!» Он еще не может знать таких слов, но кто-то сегодня сделает очень вирусное фото.

С другой стороны собрались митингующие в защиту Летео. Их, наверно, четверть от всей толпы, и все же они есть. Думаю, это друзья и родственники забывших, благодарные Летео за перемены в судьбе близких. Я не удивился бы, увидев здесь родителей Кайла, хотя и не представляю, что они могут написать на транспаранте. «Спасибо, что наш сын забыл близнеца. Он всегда хотел быть единственным ребенком»? Не, если они сюда и забредут, то сразу вломятся внутрь и забудут Кеннета сами. Я бы на их месте так и сделал: не представляю, каково жить в одном доме с человеком, который так же выглядит и так же смеется.

На углу Томас наконец меня отпускает, мы останавливаемся, а толпа начинает скандировать: «Не забудем! Не забудем!»

☺ ☺ ☺ ☺

— Я раньше думал, эта операция — просто тупейший развод для лохов, — рассказываю я Томасу по дороге домой. Я зачем-то понижаю голос, проходя мимо людной автобусной остановки: как будто вся страна и так не знает, что такое Летео. В одном только Нью-Йорке три отделения: у нас, в Бронксе, на Лонг-Айленде и на Манхэттене. Интересно, в Аризоне, Техасе, Калифорнии и Флориде тоже стоят демонстрации? — Но один мой знакомый ее сделал. В смысле, теперь мы, наверно, не знакомы. Я его знал, но он теперь другой.

— Погоди... как так?

— Был такой парень с нашего двора, Кайл. У него убили брата-близнеца, да еще вроде как из-за него, и он решил забыть Кеннета, чтобы жить дальше. Надеюсь, у него все нормально и не вылезло никаких стремных побочек.

— Ты его с тех пор не видел?

— Не-а. Они с родителями прямо перед этим переехали. Не знаю даже куда. А потом мама Малявки Фредди где-то разнюхала, что он сделал операцию, и к вечеру уже весь двор знал. Я бы на их месте тоже переехал, здесь-то кто-нибудь рано или поздно сказал бы что-нибудь про его брата.

Как-то мы быстро забыли Кайла и Кеннета Лейков. У нас во дворе в каждом поколении есть кучка друзей, в которой кто-то погиб. Например, Бентон, один из наших Больших Детей, пару лет назад по пьяни вылетел на велике на трассу. Подробностей я не знаю. А за всех нас, видимо, вписался Кеннет. Помнить о нем — меньшее, что мы можем сделать. Тем более что родной брат о нем забыл.

От одной мысли о нем сердце бьется, как когда я выигрываю в «Дикую охоту».

— А ты бы стал? Делать операцию? — спрашиваю я.

— Я не хочу ничего забыть, да и если бы хотел, не стал бы, — отвечает Томас. — Все в этой жизни зачем-то нужно, даже отец, который врет тебе или вообще ушел. Время лечит любую боль. Если кто-то и сделает что-то плохое, однажды все наладится. А ты что скажешь?

— Если так на это смотреть, мне, в общем, тоже нечего забывать. Ну, разве только клоунов. Точно, сотру память о походах в цирк.

— Точно. Почему врачи до сих пор не придумали, как уничтожить клоунов? Чем они вообще заняты?

11
ПРОГУЛКИ ПО ОЧЕРЕДИ

Я стараюсь набирать побольше смен в «Лавочке вкусной еды», а то маме что-то нездоровится. Она уже два дня не ходит на работу, и это пробьет нам дыру в бюджете. Вчера Мохад даже доверил мне самому закрыть магазин. Конечно, все мои друзья узнали и потребовали устроить им вечеринку и уничтожить весь алкоголь, все сигареты и всю еду в магазине. Ну уж нет, если еще меня посадят, моя семья точно не выдержит.

А сегодня у меня первый выходной с тех пор, как мы с Томасом попали на митинг у здания Летео. Кстати, с того дня я его не видел. Мы уже договорились сегодня встретиться, а сейчас я сижу на лестнице с Бренданом и Малявкой Фредди. Брендан разложил на ступеньке миллиметровку и просроченные квитанции и сворачивает косяк.

— Я думал, твои клиенты сами сворачивают.

— А это не клиентам, — отвечает Брендан, слюнявя край бумажки готового косяка. — Я расширяю бизнес. Буду продавать в колледжах и забегаловках. Если сам сворачиваешь, никто не заметит, что ты кладешь на двадцать процентов меньше, чем обещал.

— Моему боссу нужен еще один мойщик посуды, — встревает Малявка Фредди. — Может, завяжешь с наркотой?

— Не, посуду пусть латиносы типа вас с Дэйвом Тощим моют. Мне и так нормально.

— Ладно, смотри сам. Можно мне халявный косяк?

— Только за полцены. — Это Брендан умно сделал. Видел я, как Малявка Фредди пытался курить. Если уж воруешь у клиентов траву, не надо расходовать ее так бездарно.

— Кеннет тоже любил курить... — вспоминаю я.

Брендан поднимает голову:

— Его брат мог бы получше выбрать, чью сестру дрючить. Нашел бы кого-нибудь без ствола, что ли.

Малявка Фредди его не слушает:

— А еще он обожал притворяться Кайлом, хотя сам Кайл от этого бесился.

— Может, поэтому он и решил забыть про Кеннета... — произносит Брендан, зажигая свежескрученный косяк и делая глубокую затяжку. — Отлично, из-за вас я курю чужое добро. — Он собирает готовые косяки в пакет на молнии и ссыпает туда оставшуюся траву. — Давайте лучше сыграем во что-нибудь. Хочу побегать.

— Так-то я сейчас пойду ловить Томаса. Вот вернусь — и сыграем.

— Хорошо.

Мы выходим из подъезда, и охранник, заметив в руках у Брендана пакетик, называет нас малолетними бандитами, но дает пройти.

— До скорого! — говорит мне Малявка Фредди.

Брендан тупо идет дальше. Наверно, не следовало мне выкапывать Кеннета с Кайлом из забытья.

☺ ☺ ☺ ☺

— Чем займемся?

— Мы с Женевьев часто...

— Если ты про то, о чем я думаю, даже не предлагай. — Томас хлопает меня по плечу.

— Смешно. Ладно, мое предложение все равно звучит непристойно... В общем, мы устраивали свидания по очереди.

— Это когда ты по очереди ходишь на свидание с кучей разных девушек?

— Нет. Блин, почему ни до кого не доходит?

Повторяться я ненавижу почти что больше всего на свете, но объясняю ему, что такое свидание по очереди: может, мы с ним устроим что-нибудь в этом роде... ну, ничего гейского, конечно.

— Ну я и решил: а что, если нам с тобой устроить свидание по очереди наоборот... то есть это не свидание наоборот... и вообще не свидание... Короче, давай ты сводишь меня в какое-нибудь важное для тебя место, а я — в какое-нибудь важное для меня.

— Классная идея. Ну, на крыше ты уже был, надо придумать что-то еще... Я пока подумаю, а ты первый.

Мы отправляемся в «Дом сумасшедших комиксов». Недавно я пытался устроиться туда работать, но мне сказали подождать до конца школы — там какой-то бредовый предлог, то ли закон об охране труда, то ли еще что. Не помню. Тут было бы очень классно работать.

— Это самое охренное место в мире! — сообщаю я у дверей. — Ну блин, хоть на дверь посмотри. Охеренная же дверь, охереннее некуда!

— Охеренная, — соглашается Томас. — А ты много выражаешься.

— Ага. Водитель школьного автобуса когда-то часто жаловался маме, что мы с Бренданом ругаемся, и мама очень злилась, но раз в год садилась поздно вечером со мной и братом и устраивала соревнования по правописанию из одних только неприличных слов. Наверно, хотела, чтобы мы тихо этим переболели и успокоились.

Томас хихикает:

— Твоя мама охеренна, через «о», «е» и две «н».

Он сразу направляется к шкафу с плащами и примеряет сначала костюм Супермена, потом Бэтмена, цитируя по фразе из соответствующего фильма («У Криптона был шанс!» и «Поклянись мне!»). Потом идет за мной к моей любимой тележке, выбирает комикс за доллар и замечает:

— Меня всегда бесит, что супергероям лет тридцать будет по двадцать, потому что авторам лень придумывать новых героев. Могли бы и напрячь мозги...

Несколько законченных гиков оборачиваются и сверлят его недобрыми взглядами. Они же его не убьют, правда?

— Не знаю. По крайней мере, эти толстосумы всегда дорисовывают комиксы до конца. А вот я...

— Ты нарисовал комикс?

— Он не продается.

— Где его найти?

— Здесь его точно нет.

— А можно почитать?

— Он еще в работе.

— И что?

— Тебе не понравится.

— И что? Слушай, Длинный, я позволил тебе привести девчонку ко мне на крышу! С тебя причитается.

— Мы вроде договорились, что я помогу тебе найти себя.

— Ну дай почитать комикс!

— Ладно. Скоро дам.

Я вспоминаю, где остановился: Хранитель Солнца пытается выбрать, кто не пойдет на корм дракону, девушка или лучший друг. Если бы меня спросили, кого я спасу: Женевьев или Томаса, — я бы скорее бросился в пасть дракона сам. Я собираюсь уже сказать, что со смерти отца почти не рисовал, но вдруг замечаю своего одноклассника Колина. Он тоже меня заметил.

Как-то мне неловко. Когда он рассказал, что Николь беременна, я мог бы получше его поддержать и проявить больше сочувствия. Но, будем честны, закон секса прост: в презервативе риск заделать ребенка снижается, а без презерватива обычно рано или поздно появляются дети. И я не должен хреново себя чувствовать из-за того, что он не спрятал свой хрен в резинку. И хотя я твердо верю, что все в мире рано или поздно перестанут трындеть и будут просто кивать друг другу при встрече, не тратя свою бесценную жизнь на светские беседы, — совсем промолчать я не могу.

Я подхожу к Колину. От него пахнет дешевым одеколоном из аптеки.

— Привет, чувак, как лето? Тебя во дворе не хватает. — Тут я немного приврал: он всегда считал «Дикую охоту» детской игрой. Так-то оно так, но он никогда не выкладывался по полной, как все мы. Он предпочитал спорт, особенно баскетбол.

У Колина красные глаза. Не от травки. У меня бывает такой вид, когда я очень усталый, очень задолбанный или отчаянно пытаюсь не взорваться. Неудивительно: я слышал, чтобы прокормить будущего ребенка, он пашет на двух работах, хотя становиться отцом не хотел и явно не готов. Я сделал глупость, напомнив ему, сколько веселья он упускает. У него в руках шестой выпуск «Темных сторон». Я эту серию толком и не читал, я больше фанат Скорпиуса Готорна.

Он не отвечает, и я решаю попробовать еще разок:

— Как тебе эта серия?

— Отстань, пожалуйста, — не поднимая головы, произносит Колин. — Серьезно, отвали. — Не успеваю я извиниться, он швыряет комикс на пол и почти выбегает из магазина.

Я оборачиваюсь. Томас снова надел плащ Супермена.

— Видел? — спрашиваю я.

— Не. А что, кто-то выпускал из пальцев паутину, а я проглядел?

— Нет, и, кстати, Спайдермен выпускает ее из запястья, — поправляю я (это очень важное уточнение). —

Я с этим недоумком вместе учился, а он взял и просто так меня послал.

— Расскажи мне про него.

— Он трахался без презерватива и скоро станет отцом. Конец.

— Наверно, психует. — Томас еще некоторое время изучает полки с товарами, стучит пальцами по камину. — Классное место, мне нравится.

— Спасибо. Кстати, если ты выбрал, куда пойдем, я готов.

— Я выбрал. Ты же не против пробежаться? — спрашивает он, направляясь к выходу.

— Томас...

— Чего?

— Может, повесишь плащ на место?

☺ ☺ ☺ ☺

Мы стоим на стадионе у его школы.

Ворота нараспашку, и, судя по всему, все лето сюда может ходить кто угодно. Сейчас по кругу бегут шесть человек. Двое в наушниках, остальным приходится слушать грохот проносящихся мимо поездов двух линий надземного метро. Поскольку это школьный стадион, тут занимаются и всеми остальными видами спорта, например футболом. Поле неплохо продувается, и вдвойне классно прийти сюда, когда все вокруг задыхается от жары.

— Ты в сборной по легкой атлетике?

— Пробовался, скорости не хватило, — отвечает Томас. — Но спорим, я все равно быстрее тебя?

— Ага, конечно. Видел я, как ты носишься на «Дикой охоте».

— Тогда я спасался от погони, а тут можно побегать наперегонки. Разница есть.

— По мне, никакой разницы, я всегда первый.

— Проигравший покупает нам по мороженому!

Мы отмечаем старт и финиш и скрючиваемся, как настоящие спортсмены.

— Если что, — сообщаю я, — я люблю фисташковое.

Три, два, один, марш!

Томас вырывается вперед, явно стараясь за первые несколько секунд выложиться по полной. Я бегу довольно быстро, но берегу силы. Секунд через десять он начинает сдуваться. У него, конечно, через месяц-другой будет шесть кубиков, зато я все детство бегал с Бренданом эстафеты. Ноги стучат по прорезиненной поверхности стадиона, кроссовки слишком жмут, но я бегу, бегу, бегу, обгоняю Томаса и торможу, только перепрыгнув через выброшенную кем-то бутылку, которой мы отметили финиш. Томас туда даже не добегает, валится в траву.

Я прыгаю на месте, пока не начинает ломить ребра:

— Я тебя уделал!

— Нечестно, — рвано выдыхает Томас. — Ты меня выше. И ноги у тебя длиннее!

— Ого, ты побил рекорд по бредовым отмазкам! — Я валюсь на живот рядом, на коленях джинсов остаются пятна травы. — В следующий раз подумай и выбери место, где тебе не надерут задницу. Кстати, почему мы пришли именно сюда?

— Ну, я привык все бросать...

— Да ладно? — Я пихаю его в плечо. Он отвечает тем же.

— Я серьезно. Но здесь, на этом поле, я бросил бегать, потому что меня не взяли, а не потому что надоело. Такого со мной еще не бывало.

— Ну вот, теперь мне стыдно, что я напомнил тебе, как ты плохо бегаешь.

— Да ладно, ерунда. Я же не собирался становиться профессиональным атлетом и не умер от разочарования. Зато узнал, что ты не всегда сам решаешь, кем хочешь быть. Ты можешь быстро бегать и пройти в команду. А можешь не пройти. — Он закладывает руки за голову, все еще пытаясь отдышаться. — Ну и вообще, тут спокойно, прохладно. Хорошо думается обо всяком, понимаешь?

— Теперь понимаю.

Мороженое мы в этот день так и не покупаем. Лежим, считаем проходящие над головой поезда, пока ребра не перестают разрываться, потом гоняемся друг за другом вверх-вниз по зрительским трибунам и снова валимся на траву.

☺ ☺ ☺ ☺

Наконец я возвращаюсь к себе. Друзья сидят за коричневым столом для пикника, вокруг свалены велики. В детстве мы играли здесь в «акулу». В начале игры кто-то один («акула») пытается за ноги стащить кого-нибудь со стола («плота»). Если тебя стащили, ты тоже становишься «акулой». Иногда, если «акул» набиралось слишком много, некоторые из них тупо садились на велики и наматывали вокруг выживших круги, типа запугивая.

— Привет. Сыграем в «Дикую охоту»? — Я, если честно, сегодня уже умотался бегать, но, может, найду хорошее укрытие и пронесет.

— Вообще мы собирались кататься на великах, — отвечает Нолан.

— В «охоту» мы уже сыграли, — поддакивает Деон.

— И покурили, — ржет Дэйв Тощий.

— Подождите меня, схожу за роликами, — прошу я и бросаюсь было вверх по лестнице, но меня тормозит Нолан:

— Чувак, на великах, а не на роликах.

Я бросаю взгляд на Брендана. Не знаю, почему я думал, что он за меня вступится. Глупо. Он явно до сих пор злится, что я вспомнил про Кеннета с Кайлом. И наверняка всем рассказал.

— Ладно, — примирительно произношу я, — посижу дома, почитаю про Скорпиуса Готорна или, может...

Они даже не дослушивают. Садятся на велики и укатывают.

12
ДРАКИ И САЛЮТЫ

Брендан, зараза, целых три дня на меня дулся. Подулся бы еще денек и поставил бы рекорд: последний раз он не разговаривал со мной больше четырех дней, когда нам было по четырнадцать и я выбрал партнером для соревнования геймеров на Третьей авеню не его. А Брендан думает: если ты не с ним, ты против него. Глупо, но куда деваться. Хорошо хоть он вовремя поумнел и мы можем все вместе сгонять в пиццерию.

Посреди улицы А-Я-Псих месит какого-то парня лет двадцати.

Когда я впервые подрался с кем-то, кроме брата, мне было девять. Я еще не умел сжимать кулак, и Брендан мне помогал. Каждый раз, когда Ларри, парень, с которым мы дрались, меня бил, я бросался к Брендану, и он сжимал мне кулаки. В конце концов я выдохся.

Так что мой первый в жизни бой — за пластмассовый свисток — я проиграл, и кому — парню по имени Ларри!

Зато я научился сжимать кулак, и это очень помогло мне чуть позже драться с Ноланом. Мы с ребятами боролись, и он слишком сильно треснул меня о мат. Я разозлился и засветил ему в челюсть. В тот раз я снова продул, но до того, как Брендан нас разнял, успел пару раз хорошенько двинуть Нолану.

А эту драку никто разнимать не будет. Ну блин, этот тупица сам напросился. Я называю незнакомого парня тупицей, потому что нормальный человек не будет напрашиваться на драку в присутствии А-Я-Психа. Да, он толкнул парня в пиццерии и не извинился. Но тот в ответ обозвал его «никчемным бомжом» — только потому, что у А-Я-Психа ядреные угри, желтые зубы и воняет от него всегда так, будто неделю не мылся. Конечно, этот тупица никак не мог знать, что назвать А-Я-Психа бомжом — почти единственный способ реально задеть его за живое: их с семьей дважды выселяли. Пусть же этот случай послужит всем уроком: не докапывайтесь до парней, по которым тюрьма плачет.

Короче, А-Я-Псих выхватил у тупицы поднос, впечатал его тупице в морду, а когда владелец пиццерии попросил их покинуть помещение, выволок того за шиворот.

У тупицы из носа течет кровь. Это не подносом... Это А-Я-Псих впечатал его лицом в рекламный плакат про бесплатный напиток за три куска пиццы.

— Их надо разнять! — В голосе Томаса звенит тревога. Никогда ни у кого из друзей такого тона не слышал.

— Он сам виноват, — отвечает Дэйв Тощий. Он прыгает с ноги на ногу, как будто хочет по-маленькому. Мы уже все запомнили, что это значит: он постоянно терпит до последнего, чтобы потом выбрать себе лестницу и всласть проссаться. Странный парень.

— Все равно такого с людьми делать нельзя, — говорит Томас, когда А-Я-Псих несколько раз подряд пинает тупицу по яйцам.

Он прав, конечно...

Тормозят машины, сигналят клаксонами. Одни водители вылезают поорать на А-Я-Психа, другие — насладиться зрелищем. Тупице повезло, что больница близко. Уверен, его никто и никогда так не вздрючивал. А-Я-Псих валит его на капот ближайшей машины и собирается разбить его головой стекло, но тут раздается вой сирены.

— Бежим, бежим!

— Валим, дебилы!

Мы сами тупицу, конечно, не трогали, но и разнять их не пытались. А-Я-Псих так прячется, что копы его ни за что не найдут, и никому из нас не надо оказываться перед выбором: сдать имя и адрес А-Я-Психа или сесть самому. Так что мы удираем. За мной бежит Томас — куда быстрее, чем три дня назад, когда мы соревновались. Я вбегаю в гараж, и мы прячемся за серебристой «маздой».

— И часто у вас такое? — спрашивает Томас.

— Да не.

Он явно презирает тех, кто ввязывается в уличные драки. Не буду ему рассказывать, что мы иногда забегаем в чужой район, чтобы полиция искала виноватых — ну то есть почти всегда А-Я-Психа — там, а не у нас.

— Сколько раз ты в жизни дрался?

— Один, — отвечает Томас.

— Да ладно, всего один?! — Даже Малявка Фредди дрался больше раза, а он вообще трусишка.

— Ну, я не нарываюсь.

— Да я тоже, но если меня кто-то бьет, надо же защищаться, так?

Сколько себя помню, я постоянно видел, как люди дерутся, и дрался сам. И никогда даже не задумывался, что можно как-то обходиться без этого. Но мне нравится мысль, что Томаса в детстве никто не должен был учить сжимать кулак. А мы все, похоже, постоянно что-то делаем не так.

— Да, если тебя забьют до смерти, будет хреново. Но я немного обалдел. Ты так спокойно смотрел, как того пацана избивают, — говорит Томас. Я начинаю чувствовать себя ужасным человеком, который выбрасывает в мусор сочные бургеры на глазах у семьи бездомных. И одновременно как же здорово, что кто-то так беспокоится за меня, что говорит честно, не заботясь, понравится мне это или нет.

— Ну, я боюсь А-Я-Психа. Так себе оправдание, да?

— Офигенное оправдание, нечего сказать.

Все, я завязываю гордиться своим опытом уличных драк, и чушь, что шрамы красят мужчину. Кто я вообще такой — какой-нибудь суперзлодей, властелин разрушения типа Гитлера и Мегатрона? Я смогу жить долго и счастливо, и не встревая во всякое мясо.

— Пойдем посмотрим, приехала там скорая?

Томас встает и протягивает мне руку, как на той неделе у поливалок. Я немного боюсь того, что может поджидать нас вне гаража.

☺ ☺ ☺ ☺

Видимо, с тупицей все будет нормально. Драку, конечно, видел кто-то из соседей, может, даже пялился из окна с попкорном. Но если полиция пыталась вытащить из очевидцев имя А-Я-Психа, они наверняка выбрали ложь во спасение. Он, конечно, психопат, но он свой, прирос к нам, как сиамский близнец, и мы можем только смотреть, как он убивает кого-то у нас на глазах. Да и нас может под настроение прибить.

Но это все было два дня назад. Сегодня четвертое июля, и мы собираемся весь день пускать фейерверки. Брендан просадил пять баксов на белые камни-хлопушки и осторожно насыпал их в ведерко из-под попкорна. Потом пошел на балкон, а я остался сидеть у стола для пикника — подавать сигнал, когда их сбрасывать. Мы пытались провернуть этот прикол в прошлом году, но тогда Брендан тупо высыпал все ведерко сразу, а на новую партию у нас денег не было.

Из «Лавочки вкусной еды» выходит Малявка Фредди. Я прячу руки в карманы и пинаю стену. Брендан переворачивает ведерко, и на землю сыплется поток камушков, искрясь и оглушительно хлопая. Малявка Фредди пугается до усрачки. Я даю Брендану пять — сначала по воздуху, потом, когда он спускается, нормально.

— Когда-нибудь я стану богатым и знаменитым и ни разу не заеду узнать, как у вас, дебилов, дела! — злится Малявка Фредди. Он младше нас всего на год, но мы все стебемся над ним, как над мелким братом.

— Если так и останешься Малявкой Фредди, хрен ты чего добьешься, — говорю я.

— Спорим на что угодно? Я в себя верю!

— Вера — просто самолюбие под прикрытием у бога, — изрекает Дэйв Тощий. Сразу видно, курнул травы.

А-Я-Псих достает из кармана несколько фейерверков — вообще-то носить их в карманах офигеть как опасно — и грозит ими Малявке Фредди.

— Дай-ка сюда, — вмешиваюсь я, вставая между ними. Я обещал себе, что больше не буду тупо стоять и смотреть, пока кого-то калечат. Как А-Я-Психу вообще продали фейерверки? Даже знать не хочу.

— Слушайте, — спрашивает Малявка Фредди, — а мы сможем запустить это добро с крыши Томаса? Прикиньте, наши фейерверки полетят выше всех!

Девятого Томас устраивает вечеринку на крыше, и я их всех позвал. Честно говоря, если они не придут, это будет ненастоящая вечеринка, других-то друзей у Томаса особо и нет. Без них останемся только мы с Томасом и Женевьев.

— Его соседи тоже выйдут на крышу, — отвечаю я.

Думаю, лучше обойтись без крыш. А то в прошлом году Дэйв Тощий улетел с травы до самой Луны и едва не засветил фейерверком прямо кому-то в окно. Мы сходимся на том, что пускать надо с земли, и беремся за дело. Дэйв Толстый стащенной у мамы зажигалкой для плиты поджигает первый фейерверк, хотя мы еще не успели отойти подальше. Нам повезло: он взмыл прямо в небо и разлетелся золотыми искрами где-то на уровне двадцать седьмого этажа дома Дэйва Тощего.

Мы сидим, жуем булочки с корицей и пьем сладкий ледяной чай, а Дэйв Толстый запускает новые и новые фейерверки, со свистом и ревом разрывающиеся где-то в небе.

Наконец приходит Томас. Ни слова не говоря, берет себе булочку и смотрит на салют. Я не видел его с тех пор, как вчера утром вышел из его квартиры. В ту ночь мы так и не сомкнули глаз, и мои биологические часы все еще бесятся, но оно того стоило. Мы играли в «виселицу» на стене над кроватью и изображали шпионов — крались на цыпочках на кухню греть бутерброды, пытаясь не разбудить его маму.

Дэйв Толстый протягивает мне зажигалку. Жаль, Женевьев далеко и не может сейчас взять меня за руку. Осталось четыре фейерверка. Я выбираю маленький оранжевый, остальные по виду похожи на взрывчатку, а мне еще жить хочется. Я поджигаю фитиль, фейерверк взлетает. Вот бы и моя жизнь была такой простой: загореться, взлететь и взорваться в небе.

13

БЕССЕРДЕЧНЫЙ

В субботу Томас устроил марафон поиска работы и прихватил с собой меня. Пока все складывается не в его пользу. Его мама рассказала, что на Мелроуз-авеню требуется помощник парикмахера. Конечно, Томасу не больно хотелось сметать с пола волосы, слушая тупые байки парикмахеров о женщинах, с которыми они спали, но он все равно злится, что место уже кто-то занял. Хуже того — они взяли какого-то самодовольного парня, и тот с гордым видом мыл бритву, пока Томасу отказывали.

Потом мы отправились в цветочный магазин. Томас решил, что ему не повредит размеренная работа среди цветов, но флористу не понравилось его резюме: месяц там, два сям... Потом оно не понравилось пекарю, торговцу фруктами, владельцу арт-студии и — самое обидное — двадцатилетнему парню, который заявил, что Томас вряд ли сможет выполнять духовную миссию его стартапа.

Томас пришел заворачивать подарки на дни рождения домашним животным. Какая там духовная миссия, он что, совсем тупой?

— Да пошло оно все, Длинный, — вздыхает Томас, выкидывает в мусорку оставшиеся листки с резюме и плюет сверху. Это совсем уж лишнее, но не буду портить ему удовольствие.

— Да ладно, ты же все равно не хотел там работать, — говорю я.

— Ага, но вдруг я попробовал бы что-то неожиданное — и там мне открылись бы классные перспективы?

— Есть еще куча мест, куда можно податься. — Жаль, Мохад, мой босс, сейчас никого не ищет.

— Может, пойти бассейны чистить...

— Или спасать утопающих. Или знаешь что, иди в тренеры по плаванию! Я бы к тебе записался.

— Ты не умеешь плавать?

— Не-а. Не было как-то повода научиться. Хотя неплохо было бы уметь, а то прошлым летом я чуть не утонул.

— Как ты так умудрился?

— В бассейне была очень холодная вода, я решил не растягивать пытку, заходя с мелководья, и тупо прыгнул с глубокой стороны, — рассказываю я. Тогдашний страх вновь захлестывает меня и утаскивает под воду. Я смеюсь: — Я с чего-то решил, что достаточно высокий, чтобы спокойно стоять на глубине два с лишним метра. Глупо, правда?

— Реально глупо. И о чем ты думал, когда тонул?

— Думал, что классно было бы нарисовать комикс про супергероя, который весь такой сильный, но не умеет плавать и однажды тонет.

— Как, ты не думал о семье и друзьях? О загробном мире? Не жалел, что так и не научился плавать?

— Не-а.

— Ты бессердечный, — заключает Томас. — Ты в итоге включил эту сцену в свой комикс? Кстати, ты обещал как-нибудь дать мне его почитать. Мне уже не надеяться?

— Как-нибудь дам. Просто я все откладываю, потому что... А знаешь, пошли!

Не хочу прослыть тем, кто не держит слово, так что мы идем ко мне. Томас ждет в коридоре, пока я ищу «Хранителя Солнца». И мне вдруг хочется, чтобы Томас читал его не на крыше, а здесь. Я кладу тетрадку на кровать и открываю дверь:

— Заходи.

— Я думал, ты не любишь водить к себе друзей.

— Через пять секунд передумаю. Через четыре, три, две... — Я не досчитываю: Томас не смеется. — Да заходи ты, а то мне уже стыдно! — И Томас заходит.

Он осматривается, и я слежу за его взглядом. Мне уже стыдно за запах сохнущего белья. Вернее, это А-Я-Псих как-то сказал, что у нас им пахнет. Я привык и не чувствую. Когда ко мне впервые пришел Малявка Фредди, он сразу принялся искать спальню — было бы где искать, — чтобы посмотреть на кровать, где мы все спали. Слишком уж это странно — что все спят в одной кровати, — если у тебя самого есть своя комната. Хорошо, что Брендан никогда ничего на этот счет не говорил. И Томас тоже ничего не скажет. Он рассматривает диски с играми Эрика, потом мою коллекцию комиксов и наконец выносит вердикт:

— У тебя тут прямо пещера Бэтмена! Тоже хочу.

— Иди ты! У тебя своя комната есть.

— Я бы махнулся.

— Ну, если ты не против делить комнату с Эриком, я с радостью махнусь. — Мы жмем друг другу руки.

Томас хватает «Хранителя Солнца», мы садимся на мою кровать и углубляемся в чтение. Как же офигенно, когда кто-то смеется над шутками, в которых ты все время сомневался! Потом Томас долго хвалит сцену, где Хранитель Солнца выпускает очередь огненных шаров прямо в рубиновый глаз циклопа, машущего двумя мечами размером с гору. Я так долго сидел вырисовывал каждую деталь! Наконец он дочитывает до последней страницы — той, где Хранителю надо решить, кого спасти от дракона: девушку или лучшего друга.

— Спойлер дашь? — поднимает он голову.

— Понятия не имею, что ему выбрать. — Я развожу руками. — Завяз.

Томас несколько секунд задумчиво рассматривает картинку:

— Ну, может, Хранитель научится раздваиваться? Допустим, небесное королевство пробудило в нем новую способность. Тогда он спасет и Амелию, и Колдуэлла, а потом еще пару раз раздвоится. Ну, знаешь, если все его копии одновременно плюнут солнцем, можно и дракона убить...

Томас еще минут десять рассказывает, что будет дальше. Я достаю тетрадь и рисую первый эскиз василиска с бриллиантовым хвостом, которого он предложил ввести в сюжет. Когда он доходит до того, что василиск должен превращаться в старика с Альцгеймером, который сам не помнит, что он суперзлодей, я останавливаю его поток фантазии: надо же что-то приберечь для второго выпуска.

Томас уходит в туалет — я продолжаю строчить — и возвращается каким-то не таким. Увидел что-нибудь стремное? Мамин лифчик? Учуял запах грязного белья? Не знаю, в чем дело, он явно не скажет. Он не хочет, чтобы мне было неловко, но, похоже, не понимает, что я не могу тупо сидеть и делать вид, что все нормально. Значит, спрошу прямо:

— Что такое?

— Там ванна, — признается Томас. — И я теперь думаю... — Он может не договаривать. При виде ванны, где покончил с собой чей-то отец, любому будет не по себе. — Прости.

— Все нормально.

— Длинный, кто его нашел?

— Мама. Томас, я без понятия, почему он это сделал. Мама говорит, что у него всегда что-то не то творилось с головой, вспышки гнева и все такое. Но мне кажется, у него была какая-то другая, тайная жизнь, и случилось что-то, что его доконало. — Я утыкаюсь взглядом в колени, пытаясь воскресить в памяти все хорошие воспоминания об отце, а то только грущу и злюсь, надоело уже. — Мы даже на его похороны не пошли. Ну как смотреть на человека, который ушел от тебя по своей воле?

Томас садится рядом и обнимает меня за плечи. Несколько минут мы просто сидим и молчим, потом он рассказывает, как до сих пор иногда гадает, где теперь его отец. Конечно, это разные вещи: мой отец покончил с собой, его — сбежал, но, скорее всего, жив-здоров. И всё-таки мы оба потеряли отцов. Наши жизни разделились на «до» и «после». У Томаса почти не осталось хороших воспоминаний об отце: только о том, как они один раз вместе рыбачили. Он постоянно думает, сколько упустил: папа мог научить его водить машину, болеть за него на хоккейных матчах, рассказать ему, откуда берутся дети...

— Как думаешь, мы теперь, без отцов, не вырастем нормальными? — спрашиваю я.

— Я думаю, мы свихнемся, пока будем гадать, почему они просто взяли и ушли, а так все, наверно, будет хорошо. Ну, точнее, у тебя, Длинный, все будет хорошо, если я научу тебя плавать и кататься на велике. Ты прямо не даешь мне облениться.

Я невольно улыбаюсь. Он продолжает обнимать меня за плечи. Никто из друзей никогда меня так не успокаивал. Это типа как бы вообще новое ощущение. Я совсем не бессердечный, как сказал Томас. И он тоже это понимает.

14

МЫСЛИ В ЧЕТЫРЕ УТРА

Завтра вернется Женевьев.

Наконец-то.

Она поедет из аэропорта на такси и попросила встретить ее у их дома. Конечно, я приду. Я три недели не видел свою девушку и очень соскучился.

Мне так не терпится уже с ней встретиться! Видимо, из-за этого я никак не могу уснуть, хотя все уже спят, даже Эрик. Его наконец-то доконали двойные смены, и он вырубается через час после того, как приходит домой.

Я сажусь на кровати и пялюсь в окно. Снаружи как будто все вымерло.

Я бы хотел сейчас с кем-нибудь поговорить, но на такую тему, что с кем попало ее не обсудишь. Лучше всего подходит ровно один человек, но именно из-за этого человека мне и нужно с кем-то поговорить. Я решаю порисовать: если выпустить мысли на бумагу, станет легче. Реально легче.

Я на скорую руку набрасываю портреты друзей и то, что им нравится. Дэйв Толстый любит бороться, так он может хотя бы представить, что он качок. Малявка Фредди обожает бейсбол, хотя его отец хочет, чтобы он занимался футболом. Брендану нравилось быть сыном своих родителей, а сейчас он только внук своего деда. Деон обожает драки. Дэйву Тощему для полного счастья нужен только косячок и лестница, которую можно обоссать. Женевьев полностью счастлива, когда работает над картиной, даже если не знает, как ее дорисовать. И, наконец, Томас любит парней.

Некоторые вещи даже рассказывать не нужно — их и так видно: например, всем ясно, что Дэйв Тощий любит курить травку, а Брендана засасывает пучина наркоторговли, потому что у него оба родителя в тюрьме. Точно так же я вижу, что Томас — гей, хотя никто, даже он сам, мне об этом не говорил. Возможно даже, я ему нравлюсь — хотя это бессмысленно, он мог бы выбрать кого-нибудь получше, чем гетеросексуальный парень со сколотым зубом, у которого к тому же все серьезно с девушкой.

Но я боюсь за Томаса. Может, конечно, если он когда-нибудь признается моим друзьям, им будет все равно, но что, если?.. Если они не смогут принять, что Томасу нравятся парни и это так же естественно, как то, что А-Я-Психу и Деону нравится драться? А что, если они попытаются выбить из него то, что нельзя выбить?

Я вырываю страницу из тетради.

В последний раз смотрю на рисунок — Томас целует высокого парня, — сминаю и выкидываю.

ЧАСТЬ ВТОРАЯ

СЧАСТЬЕ, НО ДРУГОЕ

1

С ДНЕМ РОЖДЕНИЯ ЕГО

Мы с Женевьев едем в лифте их дома, я зажимаю под мышкой ее багаж. Женевьев жмется ко мне:

— Поехали на будущий год вместе! Меня так классно научили делать тени, тебе для комикса тоже пригодится! И еще...

Мне бы порадоваться — она так уверена в нашем будущем, значит, я все делаю как надо. Если мы сейчас застрянем в лифте, я даже не испугаюсь. Даже если Женевьев будет дальше болтать про лагерь для художников, университет, район, куда мы когда-нибудь переедем, и прочие взрослые штуки.

Женевьев заходит в квартиру, проверяет, что отца нет дома, и впускает меня, продолжая рассказывать, с кем она там подружилась, как мерзко было в долгом походе писать в кустах... Потом говорит:

— У меня для тебя сюрприз.

Мы идем к ней в спальню, она достает из сумки картину тридцать на тридцать сантиметров.

Женевьев что-то дорисовала!

Темноволосая девушка направила серебристый бинокль в чердачное окно. А там оказался не склад поломанной ненужной мебели — в комнату вписана целая вселенная со звездами, и ярче всего сияет созвездие в виде тянущегося к ней парня.

— Охренеть, как круто!

Я сажусь, намереваясь рассмотреть картину в мельчайших подробностях, но Женевьев вытягивает ее у меня из-под носа.

Осторожно кладет картину на пол и садится ко мне на колени. Снимает с меня футболку, запускает пальцы в потихоньку отрастающие волосы на груди, обводит кончиком пальца челюсть.

— Мне так не хватало тебя, что я взяла себя в руки и рисовала как бешеная. Давай никогда больше не будем так надолго расставаться! — Она касается моего лба своим.

— Я тоже скучал.

Я смотрю ей в глаза, и все равно что-то не так. То есть я реально скучал — вроде бы скучал. Не до безумия, конечно — а должен был, — но я постоянно о ней думал. Ну, вроде бы постоянно.

Я заваливаю ее на кровать. Мы раздеваемся. Я вытаскиваю из кармана презерватив. Пока не надеваю — еще толком не настроился, слишком себя накрутил. Женевьев обнимает меня, и я закрываю глаза: если увижу, что разочаровал ее, — сигану в окно. Перед глазами вдруг встает Томас: вот он стягивает футболку, вот бежит через поливалки, отжимается... Я гоню картинки прочь, мне нужно сосредоточиться на моей красавице-девушке — и вдруг я завожусь...

😂 😃 😃 😃

Томас — не Женевьев, а Женевьев — не Томас, но мой мозг, по ходу, их путает. Дичь какая. Им принадлежит два разных места в моей жизни. Я помню об этом. Клянусь, помню.

Женевьев — моя любимая девушка, и я всегда буду безумно скучать по ней, если мы снова разлучимся. Томас — просто мой лучший друг, я во многом ему доверяю, но никогда не расскажу ему ничего такого, что скрыл бы от Женевьев. Какая разница, что с Женевьев не побегаешь по зрительским трибунам и не полежишь, считая проходящие поезда? Какая разница, что стоит мне учуять где-нибудь запах одеколона, как у Томаса, — и я тут же вспоминаю, как мы с ним тусовались?

И если бы я оказался на месте Хранителя Солнца и решал, кого спасти от дракона: девушку или лучшего друга... Да-да, в прошлый раз я ответил иначе, передумал, бывает, но дракон сожрал бы Томаса, а я бы и пальцем о палец не ударил. И я бы сделал свой выбор без тени сомнения, потому что Женевьев — моя девушка, я ее парень, а мы с Томасом просто друзья, и точка.

😃 😃 😃 😃

Это, конечно, не значит, что я не могу отмечать появление Томаса на свет в тот же день, когда моя девушка вернулась из трехнедельной поездки.

Он не заслужил, чтобы его два года подряд кидали друзья.

Я строго запретил Томасу подниматься на крышу, пока я его не позову. И, конечно, я единственный, кто пришел к нему с подарком. Вернее, еще Малявка Фредди спер у мамы из шкафчика три бутылки малиновой настойки (да, он мелкое ссыкло и зануда, но что-что, а возможность хорошенько нажраться он никогда не упустит). Надеюсь, Томас не будет смеяться над моим подарком (Женевьев, когда узнала, смеялась).

Я по наитию купил в комиссионке неподалеку несколько дешевых фонариков. Увы, его любимым оттенком зеленого горят только два. Мы врубаем через колонки плейлист для отвязных тусовок от Брендана. Вокруг Дэйва Тощего тут же начинает тереться наша соседка Кристал, а ее подруга жадно смотрит на торты, которые я купил по доллару в супермаркете. Вообще-то я хотел заказать в кафе, откуда он уволился, торт-мороженое в виде, скажем, киношной хлопушки или еще чего-нибудь этакого, но все это дохрена стоит. Грустно.

— Классная туса, — заявляет Брендан, настроив колонки. — Не думал, что ты на такое способен. Твоя пляжная вечеринка была не очень.

— Мне было двенадцать, а Орчард-бич — та еще дыра, отстань.

Я осматриваюсь. Женевьев пьет уже второй коктейль и минут десять подряд треплется с А-Я-Психом. Вообще-то провести столько времени с ним с глазу на глаз уже опасно для жизни.

— Слушай, спасешь Женевьев от этого ненормального? — прошу я и ухожу в другую сторону.

— А ты куда? — спрашивает Брендан.

— Приведу Томаса.

Мы сегодня еще не виделись. Я только позвонил ему в полночь — поздравить с днем рождения — и еще пару часов назад сказал, что мы скоро начнем все готовить. Каким-то чудом мне удалось провести всех на крышу, так что никто не подрался с парнями из «Джои Роза».

— Надеюсь, ты и мне такую же классную вечеринку закатишь, — произносит Брендан, и я вспоминаю пятый класс. Как-то раз мы ехали в школьном автобусе, и они с Малявкой Фредди поспорили, кто будет моим лучшим другом. Не все умеют делиться друзьями.

Я спускаюсь по пожарной лестнице, стучу Томасу в окно и сажусь на подоконник. Он сидит за столом без футболки и перечитывает свой дневник. Поднимает голову на стук и улыбается.

— Йо, с днем рождения! Стал на год мудрее и делишься мудростью с дневником?

Томас кивает:

— Не, с этим я уже закончил. Перечитывал вот, что записал год назад. Каким я был мелким и депрессивным!

— Ну, ты имел полное право депрессовать. Но сегодня на крыше будет классно. То есть мы, наверно, зря позвали А-Я-Психа бухать на крыше, но с этим мы потом разберемся.

— Потом — это когда он кого-нибудь оттуда скинет?

— Думаю, мы все выживем. Ну, может, кроме Дэйва Тощего. А-Я-Псих очень любит им кидаться.

— Короче, за все это с меня раз сто дать тебе пять. Уже интересно завтра почитать, что я сегодня по пьяни напишу в дневник! — Он встает из-за стола и идет к шкафу. Я изучаю плакаты, чтобы не пялиться на его спину. Томас рассказывает, сколько родственников ему сегодня позвонили. А мама подарила открытку и вложила туда двести пятьдесят долларов.

— Даже не знаю, что лучше, наша вечеринка или такая куча денег...

— Бу! — раздается из-за моей спины.

Я подпрыгиваю, едва не стукнувшись головой о край форточки, и только через секунду понимаю, что это Женевьев. Мы уже несколько минут не поднимаемся, она, видимо, решила проверить, все ли нормально. Жен заглядывает в комнату — Томас прикрывает голый торс полосатой майкой — и снова смотрит на меня:

— Вся тусовка переместилась сюда? Дуйте наверх, давайте уже напьемся! Уи-и-и-и!

Я не в восторге, когда Женевьев много пьет: она превращается в безбашенную тусовщицу и наутро всегда об этом жалеет. Сейчас она обхватывает мою голову, притягивает меня к себе и страстно целует, пихая в горло язык. У него вкус водки с малиной и клюквенного сока. Кажется, она вот-вот попросит Томаса выметаться и повалит меня на кровать. Но она только хватает меня за руку и ведет на крышу. Томас идет следом. Часть моих друзей встречает его улюлюканьем, остальные поглощены алкогольной игрой с четырьмя девчонками. Томас тыкает пальцем в ближайший фонарик, говорит, что он классный, берет его в руки, и фонарик тут же гаснет.

Ладно, бывает.

Я вызываюсь принести им с Женевьев что-нибудь выпить (хотя Женевьев и так неплохо напилась) и предоставляю их друг другу. Ко мне подходит Дэйв Толстый с налитым до краев красным пластиковым стаканом. Напиток течет ему на руку.

— Выпьем за классные сиськи твоей девчонки!

— Выпьем, — соглашаюсь я, хотя мне пока нечего пить. Наполняю три стакана на пятую часть алкоголем, доливаю соком — Женевьев уже хватит — и тащу друзьям, держа по стакану в каждой руке и один — в зубах. Я вручаю им коктейли, как раз когда Томас спрашивает Женевьев:

— Ты что, ведьма?

Я немного теряюсь: когда они успели договориться до таких вопросов?

— Что тут?..

— Он спрашивает, потому что... — Женевьев кидается к своей брошенной на пол сумочке, по пути расплескав половину стакана (все к лучшему!), и возвращается, держа в руках странного вида колоду карт, перевязанную голубой ленточкой. — Я рассказала ему про свои карты таро. Сделала их в лагере. Вместо бумаги рисовала на коре, чтобы получился реально колдовской инструмент.

— Рассуждаешь как настоящая ведьма, — замечаю я.

— Костер уже заждался, — улыбается Томас. — Длинный рассказывал, ты когда-то гороскопами интересовалась. Я вот все больше по печеньям с предсказаниями.

— Но ведь одно и то же печенье может разломать кто угодно! — вскидывается Женевьев.

— Главное — положиться на случай, — объясняет Томас. — А гороскопы в разных источниках все время друг другу противоречат, черт ногу сломит.

Женевьев продолжает спор, подавив отрыжку:

— Потому-то гороскопы и лучше! Если печенье сулит тебе богатство, а ты не богатеешь, значит, тебя обманули. Но если расклад с сайта не сбылся, можно еще почитать в газете!

Какой же бред они несут... Пристрелите меня кто-нибудь. Немедленно. Прямо в голову.

— А почему ты с ними завязала?

Женевьев описывает стаканом несколько кругов, некоторое время пялится в поднявшийся водоворот и одним глотком осушает напиток:

— Устала, что мои ожидания не сбываются.

— Давай ты мне как-нибудь сделаешь гороскоп, а я дам тебе печенье с предсказанием, — предлагает Томас.

Черт, Жен зарумянилась! А Томас-то вообще не стесняется. Мне бы было плевать, но он заигрывает с моей девушкой!

— Иди хоть торта поешь, а то ничего не достанется, — вмешиваюсь я. Мы приступили к еде сразу: здесь вряд ли кто-то станет петь «С днем рождения тебя».

— Торт?! Прости, я сейчас. — Томас хлопает Женевьев по плечу и бросается в угол.

Мы идем следом и вместе со всеми стоним, когда А-Я-Псих поддевает на палец огромный кусок глазури и отправляет в рот. Остальные берут тарелки или хотя бы зачерпывают торт вилкой. Потом А-Я-Псих тупо набирает себе полную ладонь торта, и после него никто это уже есть не будет (Томас, прости!). Я сажусь на крышу, Женевьев падает прямо мне на колени и жует торт, запивая новым стаканом бухла. С одной стороны, мне очень хочется прямо сейчас попросить кого-нибудь подержать ей волосы, когда до этого дойдет, с другой — я ее люблю и готов взять миссию на себя.

К нам подсаживается Томас с несчастным кусочком торта.

— Женевьев, я так и не спросил, как тебе Новый Орлеан.

— Ничего, я тебя так и не поздравила.

— Она нажралась, — одними губами шепчу я. Томас только отмахивается.

— В Новом Орлеане было классно. Надеюсь, через год затащу туда и Аарона. Кажется, там я влюбилась... — Она ставит стакан на крышу и берет меня за руку с такой силой, как будто у нас соревнование по армрестлингу. — В город, конечно, влюбилась. Мой любимый парень остался здесь.

— Да я понял, — говорит Томас. — Длинный все время только о тебе и трындит.

Женевьев откидывает голову и снова принимается меня целовать. Ее язык движется совершенно не в такт моему.

Потом она хватает стакан и вилку, встает и стучит пластмассой по пластмассе, как будто она зазвенит и все обернутся:

— Кто хочет сыграть в игру?

— В бутылочку! — орет Дэйв Толстый.

Ну нахрен. Реально, тут соотношение парней к девчонкам примерно как на матче по боксу.

— Лучше в «Переверни стакан»! — кричит Брендан. Тут даже стола нет, дебил.

— В «Королей»! — Да-да, карточная алкогольная игра без карт — самое оно.

— «Семь минут на небесах»! — предлагает Кристал, громко и мерзко хохоча. Честно, если она свалится с крыши, я и пальцем не шевельну.

— Я вообще хотела в «Две правды, одна ложь», — под всеобщие аплодисменты объявляет Женевьев.

Как играть в «Две правды, одну ложь»
Каждый рассказывает про себя три истории или три факта, а потом все по очереди отгадывают, кто в чем солгал. Классная игра, чтобы растопить лед.
Минус: кто научил этой игре мою девушку?

— Начинай, именинничек, — командует Женевьев.

Все собираются вокруг нас, а Томас загибает пальцы, раздумывая над ответом.

— Так, короче. Я преклоняюсь перед Уолтом Диснеем, перед Стивеном Спилбергом и перед Мартином Скорсезе. Все.

— Про Диснея соврал, — начинает Малявка Фредди. — Как можно преклоняться перед парнем, который делал мультики про принцесс?

— Как можно вообще преклоняться перед другим парнем? — встревает Брендан.

— Неправда — про Мартина Скорсезе, — вмешиваюсь я, пока никто больше не наговорил фигни. — Да, ты считаешь его классным, но его портрета у тебя в спальне я не видел.

Томас кивает и салютует стаканом.

— Моя очередь, да? — спрашиваю я у Женевьев.

Она залпом допивает коктейль.

— Ну давай, малыш, посмотрим, кто знает тебя лучше всех.

Лучше бы мы выбрали «Королей», «Переверни стакан» или даже бутылочку.

— Ну... я хорошо играю в крестики-нолики, обожаю кататься на скейте и ненавижу почти всю латиноамериканскую музыку.

— У тебя предки из Пуэрто-Рико, ты не можешь не любить латино, — говорит Деон.

— Ага, небось катаешься на скейте и качаешь бедрами в такт, — добавляет Дэйв Тощий.

— Неправда — про крестики-нолики, — чуть менее агрессивно говорит Женевьев.

— Ты катаешься не на скейте, а на роликах, — произносит Томас.

Я показываю на него и цокаю языком:

— Угадал! — И спрашиваю Дэйва Тощего: — Ты часто видел меня на скейте?

— Ни фига, ты плохо играешь в крестики-нолики! — орет Женевьев. — Я постоянно выигрываю!

— Мы на днях играли весь вечер, и я ни разу не выиграл, — возражает Томас.

Женевьев запускает ладонь в свои темные волосы. По ходу, ей резко поплохело, вот-вот блеванет.

— Томас, кажется, снова твой ход.

— Не-не, ходи ты.

Женевьев закрывает лицо рукой. Наверно, чтобы мы не увидели, когда она соврет. Или правда сейчас блеванет прямо на меня.

— Я готова. В детстве я хотела стать балериной, актрисой или медсестрой.

Учитывая, сколько она выпила, удивительно, как она так четко и уверенно говорит. Я бы поверил каждому слову. Все уже готовы начать угадывать, но она вытягивает руку:

— Пусть Аарон первый скажет. Малыш, где я соврала?

— Ты не хотела стать балериной. Легкотня.

— Ага, — к моему облегчению, отвечает она. Офигеть, я угадал.

Пока я раздумываю, кому бы передать ход, Женевьев, чуть пошатываясь, встает на ноги. Поднимает руку над головой и ведет ступней одной ноги по другой, пока не становится похожей на фламинго — фламинго-вхламинго.

— Так-то я дико хотела стать балериной! У меня даже колготки специальные были. — Она чуть не падает, ее ловит Малявка Фредди. — Но у меня ничего не получалось, и я начала смеяться над теми, у кого выходило лучше. —

Она плюхается рядом со мной и пихает меня плечом. — Ты забыл, по ходу.

Два Дэйва, Тощий и Толстый, шипят, как тлеющая петарда.

— Ты попал! — встревает А-Я-Псих.

Я осматриваю всех по кругу.

Брендан завязывает шнурки.

Томас достал телефон и явно просто бесцельно нажимает клавиши.

Остальные либо уткнулись в стаканы, либо смотрят на меня с бесконечной жалостью. Или это они ее жалеют.

— Да ладно, это просто игра, — пожимает плечами Женевьев. — Томас, откроешь подарок Аарона?

Охренеть, у моей девушки яйца больше, чем у меня.

— Подарки! — кричит Томас, разряжая атмосферу.

Пьяная подруга Кристал кидает Томасу сверток в подарочной упаковке.

— Не жди чего-то особенного, — предупреждаю я.

Томас разворачивает упаковку и чуть не опрокидывается на живот от смеха:

— Обалденно!

— Это же игрушка! — недоумевает Женевьев.

— Это же Базз Лайтер! — Томас достает фигурку из коробки и нажимает кнопку на ее запястье. Загорается красная мигалка.

— Из «Истории игрушек»? — спрашивает Дэйв Толстый.

— Психу нравится говорящая копилка! — влезает А-Я-Псих.

Томас рассказывает всем, как ему было девять и его никчемный отец пообещал подарить ему Базза Лайтера, а вместо этого уехал навсегда.

— Я столько ждал Базза! Спасибо, Длинный! — Мы стукаемся кулаками. — Не. Мало. Вставай!

Я встаю, и он меня обнимает — крепко, двумя руками, не просто хлопнув по спине.

Почему мне сейчас так тепло:
1. Я быстро выпил свой стакан и почти ничего не ел.
2. На нас пялится вся крыша.
3. Я кое-что знаю.

— Ничего гейского.
— Ничего гейского, — отвечаю я.
Все пьют дальше, а Томас не отходит.
— Длинный, реально, это лучший день рождения где-то с моего шестилетия. Тогда я отмечал в «Диснейленде». Хотя ты своим подарком даже Микки Мауса уделал.
— Да ладно, Микки Маус вообще лузер.
— Мне ж теперь на твой день рождения отдуваться, чтоб было не хуже... Хотя я уже прикинул, что делать.
— Чувак, давай не будем соревноваться.
— Ну уж нет, я в игре, — улыбается Томас и уходит за новым стаканом.

Примерно через час алкоголь заканчивается и все потихоньку сваливают. Сначала я помогаю Томасу убирать, потом понимаю, что Женевьев совсем никакая и ей бы домой, и мы тоже уходим.

И вот теперь я уже пару минут пытаюсь поймать ей такси. Пока безуспешно.

Напряжение, повиснее между нами, можно резать ножом. Будь оно человеком, я бы еще свернул ему шею и потом запинал его.

— Я снова тебя теряю! — сквозь слезы произносит Женевьев.

— Нет, Жен, я рядом...

— Нет, теряю! Нет, черт возьми, теряю!

Она ревет все громче, и я без понятия, как ее успокоить. Наконец подъезжает такси, она берется за дверь.

— Поехать с тобой?

— Аарон, твою мать, было бы тебе не насрать, ты бы даже не спрашивал! — Я пытаюсь сесть в такси, но она выпихивает меня наружу: — Хватит на сегодня! Приеду домой одна, побью подушку, все такое. Завтра будем разбираться. — Закрывает дверь и уезжает.

Я бы, может, побежал за такси, но как-то не тянет. Я мысленно играю сам с собой в «Одну правду, одну ложь»: «Для меня важно счастье Томаса. Для меня важно счастье Женевьев».

Долго врать самому себе не выйдет.

2

ВОЙНА ВНУТРИ

Пару дней непрерывно льет дождь, и это совсем хреново. Во-первых, Женевьев говорит, что в плохую погоду мы не можем сходить погулять, хотя на самом деле просто не хочет меня видеть. Во-вторых, я не могу играть с Томасом в карты у него на крыше или ходить с ним искать работу. Я даже не могу тупо выйти на улицу и убить время игрой в «Дикую охоту» или крышки, а то подхвачу воспаление легких. Сидеть взаперти в самой тесной клетушке мира наедине с мыслями, которые меня однажды убьют, конечно, хреново... но еще хреновее, если я буду сидеть взаперти и кашлять на брата, чтобы он заразился и кашлял на меня, и так далее, и так до тех пор, пока мы оба не выработаем такой иммунитет, что сможем жрать леденцы прямо с пола реанимации Центральной больницы.

А вот сегодня мама послала меня сходить на почту.

Завтра день рождения моей маленькой двоюродной сестренки, и надо, чтобы подарок за ночь добрался до Олбани. Я выхожу с зонтиком, но через пару минут ветер размочаливает его в мясо. Мне всегда казалось, что покупать зонт за двадцать долларов — бессмысленное расточительство, но, если после каждого дождя брать новый зонт за пять, эконом из меня получается фиговый.

До почты идти один квартал, и с каждым шагом гора дурных мыслей давит на меня все сильнее, как будто у меня полный рюкзак кирпичей, из которых строятся укрепления моей внутренней войны. На самых тяжелых кирпичах написано: «Женевьев меня ненавидит», «Без понятия, как быть с Томасом» и «Я до сих пор скучаю по отцу».

Последний кирпич потихоньку перевешивает остальные. Я впервые с тех пор, как отца не стало, подхожу к его работе. В детстве я любил представлять, что я охранник и сторожу спальню, и требовал за вход дать мне пять. Платила всегда только мама, Эрик просто пробегал мимо.

Посылка потихоньку намокает, а воспаление легких мне не нужно, так что я быстро забегаю внутрь, пока не вздумал пройти двенадцать кварталов до другой почты. В очереди стоять, кстати, не страшно. Никто не признаёт во мне сына покончившего с собой охранника, и это хорошо. Я получаю квитанцию и выхожу. На деревянной лавке у стола с конвертами и канцелярией сидит Эванджелин и надписывает открытку.

— Привет! — здороваюсь я. Она поднимает голову:

— Привет, приятель. Какими судьбами?

— Отправлял кузине плюшевого жирафа. У нее завтра день рождения. Кому пишешь?

— Да так, разбила в Лондоне пару сердец и пообещала иногда писать. А электронный адрес не дала. Так лучше будет. — Эванджелин показывает мне веер открыток с «Янки-стэдиум» — десять штук, — пишет всюду свое имя и дату. — Филлип был очень мил, но в меня влюбился его брат. Не разрушать же семью...

— Брат даже открытки не получит?

— Нет, я уже послала ему целое письмо с просьбой больше не писать. — Эванджелин двигается, чтобы я сел рядом, ворошит открытки. — В общем, решила я немножко тут посидеть и все разослать, прежде чем меня погонит домой зов непрочитанных книг. А ты как поживаешь?

— Мокро.

— Потому я тут и сижу.

Без понятия, почему мне вдруг хочется исповедоваться своей няне. Наверно, дело в том, что она посторонний человек, но в то же время я ей доверяю.

— Мне всю неделю дико не хватает отца. Вообще не понимаю, с чего он вдруг решил от нас уйти. — Я глубоко и медленно дышу, пытаясь затолкать гнев обратно, но, не выдержав, выпаливаю: — Это разрушает нашу с Женевьев любовь! Она говорит, что теряет меня, а я... Я запутался.

— Она правда тебя теряет?

— По ходу, я типа как бы... сам себя уже потерял.

— Это как, приятель?

— Не знаю. Может, я просто взрослею.

— В смысле, ты перестал играть в черепашек-ниндзя?

— Вообще-то я играл с фигурками суперменов! — Меня действительно немного отпустило — здорово поговорить с кем-то, кроме виновников моих проблем. Но я без понятия, рассказывать ли ей, как меня сбивает с пути истинного парень, который не может найти путь сам себе. — Ладно, пойду-ка я домой и посмотрю, не созрела ли Женевьев взять наконец трубку. Или побьюсь нахер об стенку.

— Не выражайся, — просит Эванджелин.

— Ты просто няня до мозга костей.

— Видимо.

Она отправляет открытки, раскрывает свой большой желтый зонт и провожает меня до дома. Я прямо в мокрой одежде бросаюсь на кровать и набираю Женевьев. Не очень представляю, что мне ей сказать, но все равно хреново, что она даже не берет.

3
С ОДНОЙ СТОРОНЫ

Если бы у меня были деньги на Летео, я бы отдал их Женевьев, чтобы она забыла меня. Но столько у меня никогда в жизни не будет, так что я сижу на улице и пытаюсь нарисовать, как будет выглядеть наше будущее, если мы не расстанемся. Пока что тетрадная страница пуста. Со дня рождения Томаса прошла неделя, вчера мы все-таки созвонились, обоим было неловко, и Женевьев, похоже, уверена, что я ее разлюбил.

Я откладываю тетрадь: в ворота входит А-Я-Псих, запрокинув голову и зажимая пальцами кровоточащий нос. За ним плетутся Брендан, Дэйв Тощий и Малявка Фредди. Я бегу к ним:

— Что случилось?

— Нос кровит, — хихикает А-Я-Псих.

— Избил пару членососов из «Джои Роза», — объясняет Дэйв Тощий, подпрыгивая и размахивая кулаками, как будто это он дрался. Хотя каждый раз, когда у нас бывали замесы с парнями из «Джои Роза», он всегда сливался и отсиживался в магазинах или за мусорными баками.

— Что они с ним сделали?

Брендан усаживает А-Я-Психа на скамейку.

— Мы просто шли мимо, и эти морды начали чесать языками, типа мы не просто так тусили на крыше этого твоего парня. Дэнни послал А-Я-Психу воздушный поцелуй и получил по морде.

— А-Я-Псих им всем вмазал! — вопит Дэйв Тощий.

Малявка Фредди и Дэйв Тощий идут в «Лавочку вкусной еды» за салфетками, на ходу обсуждая самую эпичную сцену драки: А-Я-Псих заставил Дэнни целовать подошву своего ботинка. Семь раз подряд. Дэнни, наверно, даже не гей, но А-Я-Псих с малейшего намека взрывается, как фейерверк. Он дикий, зато свой. У меня есть одна проблема: либо я выберу Женевьев, либо его ботинком прилетит уже мне.

☺ ☺ ☺ ☺

Я собираюсь пойти гулять с Женевьев, и вдруг оказывается, что у меня куча недоделанных дел. Сложить валяющиеся на полу носки, расставить комиксы по цвету, чтобы гостиная смотрелась более празднично... Но я справляюсь с собой: я соскучился по своей девушке — или, по крайней мере, говорю себе, что соскучился, потому что, иди я к Томасу, летел бы со всех ног.

Вчера вечером Женевьев упомянула, что сегодня открывается блошиный рынок. Я, как порядочный парень, пойду с ней.

При встрече я всегда стараюсь сказать ей что-нибудь приятное: например, о том, как мне нравится смотреть на созвездие веснушек, идущее у нее от шеи к лопатке. Я стараюсь доказать ей, что она — моя вселенная, в ней заключена вся моя жизнь, и все тут. Этому научили меня друзья. Не специально, конечно: Брендан разбрасывается девушками, как комьями грязи из-под колес, а Дэйв Тощий всегда выбирает несколько целей сразу. Но ролевые модели «не надо так» тоже очень помогают. И вроде бы Женевьев по крайней мере ценит, что я прикладываю усилия. Если не притворяется.

На блошином рынке яблоку негде упасть. Мы сразу проходим мимо торговцев всякой скукотой: пуговицами, шнурками, гольфами, трусами... Женевьев останавливается примерить изумрудные серьги, а я брожу неподалеку — вдруг попадется классный комикс? На соседнем столике табличка: «Винтажные видеоигры». Там старые картриджи «Нинтендо»: «Пакман», «Супербратья Марио 3» и «Каслвания». На всех маркером написаны цены — от двадцати долларов и выше. Я киваю парню в футболке из «Зельды» и отхожу к следующему столику, с магнитами на холодильник. Может, купить Томасу? Но это будет просто предлог, чтобы навестить его. Останется Томас без магнита, хотя по моим извилинам ползают слова и просятся, чтобы их сказали.

Женевьев, оказывается, уже отошла от стола с серьгами. Я крадусь между рядами. Она машет мне рукой, а в другой держит синий скетчбук-«молескин».

— Как тебе? Я бы сделала сюрприз, но вдруг не понравится...

— Да есть у меня где рисовать, — отвечаю я. У меня правда еще полно тетрадей со сменным блоком на спирали.

— Но, может, ты все же его хочешь?

— Нет, спасибо.

Она, конечно, не какая-нибудь богачка, но у нее, в отличие от меня, своя комната и карманные деньги каждую неделю. Она не особо понимает разницу между «хочу» и «надо». А я с детства усвоил: если чего-то хочешь — перехочешь.

Что я хочу: парочку новых игр, кроссовки покруче, ноутбук с «фотошопом», дом с кучей спален, чтобы водить ночевать друзей.

Что мне нужно: еда, вода, зимняя одежда и обувь, какой-никакой дом, хотя бы крошечный; девушка — желательно Женевьев — и лучший друг — желательно Томас, а не Брендан, который только вроде как лучший.

Женевьев хватает меня за руку, и я вымученно улыбаюсь. Она и сама до сих пор немножко грустит.

😀 😀 😀 😀

Вечером кто-то стучит к нам в дверь. Эрик собирается в ночь на склад, мама лежит пластом после двойной смены. Иногда, слыша стук в дверь, я ловлю себя на мысли: опять папа ключи забыл. Это, наверно, еще надолго. Друзья обычно кричат мне в окно. Я ставлю игру на паузу и надеюсь, что это не какой-нибудь дурацкий розыгрыш, а то держите меня семеро...

Открываю дверь — Томас.

— Привет, — улыбается он.

Я улыбаюсь в ответ.

— Не хочешь у меня заночевать? — спрашивает он, не дождавшись ответа. — Я немного переработал диаграмму жизни, хотел обсудить с тобой. Давно не общались.

Ага, восемь дней не виделись и десять часов ничего друг другу не писали. По-хорошему, мне надо остаться дома и отоспаться, а то завтра опять весь день с Женевьев. Но тогда я всю ночь не усну, буду корить себя, что не помог Томасу разобраться, кто он такой, и он теперь бродит по миру слепой и растерянный.

— Ага, я в деле. Секунду.

Я захожу к себе, вырубаю «Икс-бокс». Эрик косится на меня с таким видом, будто знает мои секреты и раскусил весь мой обман. Точно так же он смотрел, когда я выходил из дома, чтобы впервые в жизни заняться сексом.

Маму я решаю не будить: все равно вернусь даже раньше, чем она встанет в туалет. Чтобы не напороться на друзей, мы с Томасом выходим по черной лестнице. Там пахнет только что раскуренной травой. Я кладу ладонь Томасу на грудь, чтобы он остановился, и мы слушаем, не идет ли кто.

Все тихо, мы спускаемся и натыкаемся на Брендана и девчонку по имени Нейт. На самом деле она Натали, но уже года четыре всячески старается походить на парня: ее стиль — дреды, цепочки с медальонами из фальшивого золота, рэперские кепки и баскетбольные джерси.

Брендан уставился на Томаса, а спрашивает меня:

— Что ты тут забыл, Эй?

— На улицу иду. А ты?

У него в руке пакетик травы.

— Дела обделываю.

— Был бы я охранником, тебя бы замели, — замечаю я.

— Не-а. У них ключи звенят, за километр слышно.

— А если кто-то твоему деду расскажет?

— Ему плевать, чем я занят, лишь бы бабло приносил. — Брендан складывает пальцы в щепотку и потирает друг о друга. — Ты, кстати, мешаешь.

— Понял.

Мы уходим, и я слышу, как Брендан спрашивает Нейт:

— Тебе точно парни не нравятся?

Мы заходим в «Лавочку вкусной еды», Томас закупается печеньем, конфетами с шипучкой и кучей чипсов человек на шесть. Погода хорошая, мы поднимаемся к нему на крышу и играем в карты. Уже темновато, но у Томаса со дня рождения остался зеленый бумажный фонарик, и каким-то чудом он еще горит. Я раскусываю шипучку:

— Так что там у тебя нового в будущем?

— Я понял кое-что мощное. Кем я хочу стать. — Томас залпом выпивает газировку и рыгает. — Вернее, кем не хочу.

То ли я перебрал сахара, то ли не готов к этому разговору, но меня что-то потряхивает.

— И кем?

— Я не хочу быть режиссером, — объявляет Томас. Обычная фраза запутавшегося в себе тинейджера. — Похоже, я не так горю этим, как думал. Я же, если подумать, ни разу не пробовал ничего снимать, даже на ютьюбе канала не завел. Просто гуглил биографии режиссеров и смотрел фильмы, как будто в этом вся профессия.

— Но ты же писал сценарии! — возражаю я.

— Да, но, похоже, мне нечего сказать людям, — разводит руками он. — Я могу писать сколько влезет, но мне всего семнадцать, и у меня нет никакого интересного опыта, о котором можно рассказать. Унылая жизнь — унылая история.

— Иногда историю стоит прочесть именно за то, что она про унылую жизнь, — говорю я. — И ни фига твоя жизнь не унылая.

— Еще какая унылая! Я не знаю, кем хочу быть, когда вырасту. У меня толком нет друзей, кроме тебя. Мама все время работает, и мы почти не видимся, а папа — вообще не знаю, жив или сдох. — Томас тут же спохватывается и в ужасе смотрит на меня: — Прости. Фигню спорол.

Я хочу сказать: все в порядке, отец же покончил с собой не потому, что я плохой, — но тогда это прозвучит так, как будто его отец ушел из-за него. И я не отвечаю. Здесь тихо, только ветер дует. Я беру камушек и кидаю обратно на крышу.

— Мне кажется, — говорю я, — сейчас не страшно, что ты запутался. Мы еще молодые и ничего не понимаем, но наша жизнь не полное дерьмо. У меня спальня и гостиная в одной комнате, я знаю, о чем говорю.

— Я просто хочу понять, как жить дальше, — отвечает Томас и улыбается: — Может, позвать сюда твою девушку? Пусть погадает нам на таро, сразу все и узнаем.

— Мы, по ходу, скоро расстанемся, — понурив голову, признаюсь я.

— Что случилось? — удивляется Томас. Я краем глаза вижу, что он тоже смотрит в землю.

— Все не то, что раньше. Наверно, пора взять с тебя пример и устроить перерыв в отношениях. — Я перебираю пальцами рукав футболки. Все детство так делал, когда очень волновался. — Я люблю ее и хочу всегда быть рядом, но мы друг другу не подходим.

— Понимаю.

Я пристально рассматриваю свои ладони:

— Странно как-то о таком разговаривать. Парни так вообще делают? Ну, сидят и разговаривают о любви?

— Ты так спрашиваешь, как будто сам не парень. Чей-то мозг — тюрьма. Я люблю свободу. Мы разные, это нормально.

Он прав. Я не буду бояться быть другим. И докажу всем, что мир не обратится в пепел, не рухнет с обрыва и не исчезнет в черной дыре. Но сначала должен найтись смельчак, который запустит цепную реакцию.

— Я хочу кое-что тебе рассказать, но пусть это останется между нами, — произношу я. Такое ощущение, как будто эти слова говорю не я. — Только не сбегай от меня, как услышишь.

— Надеюсь, ты про то, что у тебя есть какая-нибудь суперспособность или ты потомок инопланетян. Всегда хотел быть лучшим другом супергероя и хранить его тайну, как в фильмах, — отвечает Томас. — Прости, пересмотрел кино. Конечно, Длинный, ты можешь мне доверять.

— У того, что я хочу сказать, есть две части, и не знаю, смогу ли я рассказать обе. Но очень хочу.

— Понял. Расскажи хоть первую. Сейчас или когда сможешь.

Я опускаю голову, тру виски. Признание, которое я сейчас сделаю, взрывает мне мозг.

— Слушай, ты мой лучший друг и все дела, но если после того, что я сейчас скажу, ты знать меня не захочешь, я пойму и...

— Заткнись и говори уже! — перебивает меня Томас.

— Так заткнуться или говорить? — Он злобно смотрит на меня, и на его лице написано: «Заткнись и колись!» — Ладно. К делу. Сейчас возьму и скажу. Я, похоже... кажется... типа... вроде... наверно...

— Мне начать угадывать?

— Нет, нет. Я сам скажу. Не перебивай. Я правда скажу. Я думаю, что я... может... наверно... типа... наверно... нет, точно... — Не могу выдавить из себя последнее слово. Горло перехватывает страх перед неизвестным будущим, которое тогда наступит.

— Может, мне реально начать угадывать, вдруг поможет?

— Ладно.

— Ты девственник.

— Нет.

— Ты потомок инопланетян.

— Тоже нет.

— Тогда не знаю. Давай пока я тебе кое в чем признаюсь: мне плевать, даже если ты девственник-инопланетянин. Ты

Длинный и всегда будешь Длинным, так что говори что хочешь.

Я прячу лицо в ладонях, скребу голову ногтями, как будто хочу сорвать маску и показать свое истинное лицо.

— Короче, ладно, я типа вроде как бы думаю, что я... Думаю, что мне... Короче, мне нравятся парни.

Все, слова сказаны, назад их уже не взять. Я сижу и жду, что мир вот-вот рухнет — или, что еще хуже, Томас развернется и уйдет.

— И все?

— Типа как бы да.

— Понял. И чего?

Я на всякий случай поднимаю голову: небо не зияет кровавой раной. Сигналят машины, орут пьяные. Птицы продолжают петь, а звезды выходят из своих укрытий — совсем как я. Прямо сейчас куча моих ровесников впервые целуется или даже заходит на шаг дальше. Жизнь продолжается во всех ее проявлениях.

— Тебе правда пофиг?

— На тебя не пофиг, на твою ориентацию — вполне. Ну то есть не пофиг, но не в том смысле, в котором ты подумал... — Томас чешет в затылке и задумчиво свистит. — Ну ты, короче, меня понял. Мне пофиг, гей ты или не гей.

— Может, не будем пока произносить это слово? Я еще не привык.

Томас показывает мне большой палец:

— Твое право, чувак. Если тебе комфортно называть это как-то иначе, делись.

— Что-то ничего в голову не приходит.

— Как насчет... «парнелюб»? Сухо, четко, все по делу.

— Угу. — Почему слово, обозначающее чье-то счастье, так неприятно говорить?

— Тебе выбирать, парнелюб. Никто больше не знает?

— Только мы с тобой, — отвечаю я. — Даже Жен не в курсе. Когда разберусь в себе, буду думать, что делать с ней. Может, так у всех парнелюбов бывает: вот тебе нравятся девочки, а потом — раз! — и не нравятся. Или, может, мне нравятся и девушки, и парни, я еще не понял.

Томас пересаживается поудобнее и оказывается чуть ближе: то ли случайно качнулся, то ли специально.

— Как ты думаешь, когда все изменилось?

«Когда появился ты», — думаю я, но вслух не говорю. Вокруг так тихо. В тишине мне неуютно и как будто никогда больше не будет уютно. Если я неверно разыграю карты, я лишусь не только секрета, но, может, и счастья.

— Ну, — отвечаю я, — я в последнее время чуть чаще размышлял, как бы мне жить долго и счастливо. Наверно, это твои изыскания на меня так влияют. Типа вряд ли я смогу быть счастливым, если не разгадаю, кто я такой. И выходит, что я не на сто процентов доволен своей жизнью.

— Тебе не нравится быть парнелюбом?

— Не понял еще. Во-первых, в нашем районе им быть просто опасно для жизни, но я не то чтобы прямо завтра побегу всем рассказывать. И, конечно, вряд ли я выйду с плакатом бороться за права парнелюбов или примкну к парнелюбской организации. То есть, если они отвоюют нам будущее, в котором я смогу просто взять и выйти замуж за парня и всем будет пофиг, классно, пошлю им как-нибудь корзинку фруктов или типа того.

Томас хихикает. Ну все, сейчас он наконец признается, что все это время меня разыгрывал и делал вид, что гей, просто чтобы я ему все рассказал.

— Корзину фруктов! — выдавливает он сквозь смех. — А бананы там есть? А персики?

— Придурок, не смешно!

Томас раскачивается взад-вперед, хохоча. Наконец отсмеявшись — если честно, я бы еще немножко посмотрел, как он веселится, — спрашивает:

— Что дальше будешь делать? Добывать парня, чтобы жить долго и счастливо?

— Честно, без понятия.

Томас пересаживается поближе — теперь мне точно не показалось, — складывает руки на коленях.

— Слушай, это все мне немного напоминает, как несколько лет назад отключали электричество. Помнишь? Я тогда был на улице, и стало так темно, что я свои руки-то с трудом видел, не то что сориентироваться не мог. Но я тупо шел вперед, шаг за шагом, и наконец уткнулся в знакомый угол. Иногда надо просто идти вперед и в итоге придешь куда надо.

— Ты хранишь у себя китайское печенье, с которого содрал эту мудрость?

— Не, я умею избавляться от улик.

Я улыбаюсь и, как и раньше, чувствую, что имею на это право. С Томасом всегда так. Но под ложечкой по-прежнему сосет. Не знаю, что еще ему сказать, чтобы он полностью мне доверился и тоже признался. Он никогда не врет. Интересно, что он скажет, если прямо спросить, нравятся ли ему парни? Ответит, что не нравятся, — значит, он все-таки способен на ложь. Но вот если он скажет «да», я даже не знаю, сколько буду грызть себя за то, что вытянул из него признание клещами.

— Может, я умею читать мысли, а может, у тебя просто вид напряженный, но имей в виду, Длинный: ничего не изменилось. Ты кое-что новое о себе понял, и это нормально. Все осталось как было, — произносит Томас и обнимает меня за плечи, как будто так и надо. Как же я счастлив рядом с ним!

— Спасибо за телепатию, — говорю я и похлопываю его по колену. — Это типа мне теперь нельзя говорить «ничего гейского»?

— Да пофиг, — смеется Томас. Можно каждый вечер будет вот таким? Чтобы просто сидеть в обнимку и смеяться, и все было хорошо.

Но сегодня мне хватит и того, что есть. Зеленый бумажный фонарик отбрасывает такие причудливые тени — и не догадаться, что под ним сидят рядышком два парня и ищут себя. Видны только объятия двух смутных силуэтов.

4

А ПОМНИШЬ?

Я обещал себе стать смелее, но вместо этого уже двадцать минут торчу у окна Женевьев под проливным дождем. По ближайшей луже проносится такси с рекламой института Летео, вода летит прямо мне на джинсы. Можно, пожалуйста, Женевьев забудет меня и все будет хорошо?

И можно, пожалуйста, мне сухие штаны?

Наконец я поднимаюсь, сняв кроссовки снаружи. Носки насквозь мокрые, и я чуть не проезжаю по коридору, как по катку, но Женевьев держит меня за руку, чтобы я не упал. Я почти предлагаю посидеть в гостиной, чтобы не намочить ей постель — хреновое оправдание, на самом деле мне не хочется к ней в спальню по другим причинам. Но Женевьев идет именно туда, и я плетусь за ней.

— Блошиный рынок явно закрыт, — говорит Женевьев, помогает мне стащить толстовку и щиплет сквозь футболку за сосок. Щекотно, но мне не до смеха. — У меня не лучший отец, зато его никогда нет дома.

Мы садимся на кровать. Женевьев целует меня. По-хорошему, мне бы ее оттолкнуть, но я не шевелюсь.

— Я люблю тебя, — выдыхает Женевьев и, не дожидаясь неловкой паузы (я же не отвечу), спрашивает: — А помнишь, ты мне всю кровать загадил своими мокрыми джинсами?

Мне надоела эта игра. Может, у меня просто настроение хреновое, но, думаю, дело в том, что типа как бы довольно глупо спрашивать, помню ли я то, что происходит прямо сейчас. Я неправ, да.

Я сажусь, скрестив ноги, беру ладони Женевьев в свои и подыгрываю:

— А помнишь, летом мы с тобой купили водяные пистолеты и я гонялся за тобой по всему Форт-Уилли-парку? А ты все время кричала «стоп игра!» и обливала меня, как только я тормозил.

Женевьев сплетает ноги с моими:

— А помнишь, мы в феврале катались в метро туда-сюда, потому что снаружи было слишком холодно?

— Ага, это было тупо. В час ночи нам все равно пришлось выйти, и было еще холоднее, — отвечаю я. Как сейчас помню этот адский мороз. Я мерз еще сильнее, потому что отдал ей свою куртку. — А помнишь, как мы сидели на классном часу и писали друг другу послания в кроссворде, а потом у нас его забрали? У меня больше нет улик, что ты пишешь «тарнадо».

Женевьев пихает меня.

— А помнишь, мы писали друг другу эсэмэски названиями песен?

— А помнишь, мы катались на лодке в Центральном парке, пошел дождь и я перепугался?

Женевьев хихикает. Пожалуй, играть в эту игру еще более жестоко, чем целоваться, но сейчас одновременно самый подходящий и самый неподходящий момент для воспоминаний.

— А помнишь, на мой день рождения мы путешествовали во времени и ты сказал, что любишь меня?

Женевьев садится ко мне на колени и гладит меня по рукам. Мы смотрим друг другу в глаза, она тянется за поцелуем, и я не отстраняюсь, потому что, понимает она или нет, это наш последний поцелуй. Женевьев кладет подбородок мне на плечо, я обнимаю ее крепко-крепко.

— Помнишь, я пытался быть хорошим парнем и дарил тебе приятные воспоминания? — Она пытается вырваться, снова взглянуть мне в глаза и сказать, что я и сейчас хороший парень, но я сжимаю объятия еще сильнее. Не выдержу сейчас ее взгляда. — Я уже не тот, кого мы вспоминаем.

Женевьев перестает вырываться и тоже стискивает меня изо всех сил, впиваясь ногтями в кожу:

— Так ты?.. Точно. Ты?..

Наверно, она хочет спросить, собираюсь ли я ее бросить. Хотя, может, она имеет в виду: парнелюб ли я?

Я себя знаю: та часть моей личности, которая так долго изображала натурала, подталкивает меня соврать и наобещать, что я смогу превратиться обратно в того, кто ей нужен. Только это уже буду не я, и я с самого начала не должен был быть таким. В итоге я просто киваю: «Угу», — и собираюсь извиниться и все объяснить, но Женевьев высвобождается из моих объятий, отползает на край кровати и отворачивается.

Когда отец покончил с собой, Женевьев отвела меня к себе и дала выплакаться — при друзьях-то не поплачешь. Она объясняла мне химию, чтобы я все сдал, — а я все время залипал на нее и особо не слушал. Когда ее отец оправился от смерти жены настолько, что начал таскать домой молодых девчонок, я устраивал ей по выходным вылазки: скажем, перейти Бруклинский мост, попялиться на людей в Форт-Уилли-парке... А теперь она даже не дает себя обнять.

— Это все он, — произносит Женевьев.

— Не знаю, о ком ты, — тупо вру я.

Она начинает плакать и, как обычно, прячет лицо. В меня летит моя толстовка.

— Иди отсюда.

Я и иду.

5
И СНОВА ДРАКА

Как играть в крышки
Многие каждый раз чертят игровое поле мелом, но мы много лет назад взяли ведро желтой краски и запечатлели его на асфальте раз и навсегда. Есть тринадцать квадратов с номерами — тринадцатый в самой середке, — и нужно по очереди попасть фишкой в каждую клетку. Кто первый добьет до тринадцати, тот и выиграл.

Самое классное в игре, конечно, делать фишки. Каждый раз, как чья-то семья допивает бутылку воды или молока, мы забираем крышку (иногда еще воруем их из магазинов) и заливаем внутрь свечной воск, чтобы она что-то весила и ее не сдуло первым ветерком. Моей маме нравится обезжиренное молоко, поэтому у меня синяя крышка, а воск я беру с маминых желтых ритуальных свечек.

Сегодня мы играем с Малявкой Фредди (зеленая крышка с красным воском), Бренданом (красная крышка с оранжевым воском) и Дэйвом Тощим (синяя крышка с синим воском).

Скоро должен прийти Томас.

Малявка Фредди встал на четвереньки и измеряет расстояние от старта до тринадцатой клетки (можно первым ударом попасть сразу в нее, это тоже будет победа). Запускает фишку — недолет. Дальше ходит Брендан, его крышка и выглядит как комета, и летит так же стремительно. Он попадает в первую клетку, во вторую и сбивается на третьей.

— Йо, Эй! Я вчера искал игры на продать и знаешь что нашел? «Легенду об Ириде»!

Я смеюсь. Мы купили ее, когда нам было по двенадцать, из-за слуха, что разработчица — симпатичная девчонка лет под тридцать — в качестве эротического пасхального яйца оставила где-то в игре фото своей задницы. Мы убили много часов, использовали все возможные чит-коды, чтобы дело шло быстрее, — безрезультатно.

— О да, шестой класс, время Великой Охоты за Задницей. Классно было!

— Ага.

Понимаете, в чем засада? Я прекрасно помню, что раньше мне точно нравились девушки. Я звал их на свидания, а в четырнадцать одна девчонка даже обещала мне минет, если я притворюсь ее парнем, чтобы позлить бывшего (я все сделал, как она просила, но позорно слился, когда она взялась за мою ширинку). Я смотрел только гетеросексуальное порно и даже в нем интересовался только девушками. А в январе я чуть не свихнулся, пока выдумывал, что подарить Женевьев на День святого Валентина... к счастью, через пару недель она заявила, что праздник дурацкий и отмечать она не хочет. Ладно, я тогда обрадовался, но ведь я хотел сделать ей подарок!

После Дэйва Тощего мой ход: точным попаданием с поля я выбиваю фишку Малявки Фредди. Потом хожу еще раз — и промазываю по первой клетке.

К приходу Томаса мы с Бренданом оба пытаемся попасть на седьмую. Я хожу, мы стукаемся кулаками, и я отдаю ему фишку, которую сделал специально для него (зеленую с желтым воском).

— Парни, можно мне с вами?

— Все равно не догонишь, — отвечает Брендан.

— Это вызов?

— Ага. Ладно, может, хоть Дэйва Тощего уделаешь.

Томас ставит крышку слева от старта и отправляет ее точно на тринадцатую клетку.

Брендан пинает свою фишку:

— Мать вашу, охренеть!

— Не считается, ладно? — предлагает Томас.

— Играем заново! — кричит Брендан, подняв улетевшую крышку. Он заставляет Томаса сходить первым. Мне кажется, в этот раз он промазал по тринадцатой клетке специально.

Следом хожу я и добиваю до четвертой.

— Как там Женевьев после вчерашнего? — спрашивает Томас. — Держится молодцом?

Брендан, целящийся для нового хода, поднимает голову:

— А что у вас там вчера было?

— Ну, мы типа расстались.

Брендан выпрямляется:

— Да ты гонишь!

— Чего? Не, не гоню. Дома все еще не все ладно, и...

Брендан берет свою фишку и зашвыривает подальше:

— Какого хрена этот чувак в курсе, а мы нет? Он чего, лучше нас, что ли?

— Можно подумать, ты был рядом и помогал мне разобраться с моей жизнью.

Я не успеваю ничего сделать, даже понять ничего не успеваю — мой вроде как лучший друг Брендан кидается на моего лучшего друга Томаса, бьет его снизу в подбородок, хватает за плечи и орет в лицо:

— Верни! Мне! Моего! Друга! — сопровождая каждое слово ударом.

Не дожидаясь шестого удара, я успеваю повалить его и схватить за горло.

— Отцепись от него!

Я тяжело дышу и сильнее сжимаю его горло, пока он пытается скинуть меня ногами. Это его коронный прием. Наверно, он сейчас жалеет, что научил меня драться. Я слезаю с Брендана и, пока он пытается отдышаться, смотрю, как там Томас. Крови вроде нет, но он явно с трудом сдерживает слезы.

— Все нормально, все в порядке, — успокаиваю я его, помогая встать на ноги. Он перекидывает мне руку через плечо, чтобы не упасть. Малявка Фредди и Дэйв Тощий садятся рядом с Бренданом и смотрят, как мы уходим.

— Прости, — говорит Томас. — Я не думал, что ты им не сказал...

— Хватит. Ты ни при чем. Это он дебил конченый.

Томас трет лицо и отчаянно жмурится. Одна слезинка все же стекает по щеке.

— Длинный, ты не обязан меня защищать.

Я типа вроде всегда буду это делать.

6

С ДРУГОЙ СТОРОНЫ

Я вчера не мог не вступиться за Томаса, хотя это было непросто. Если кто-нибудь однажды напишет мою биографию, там будет много про Брендана, Малявку Фредди, А-Я-Психа и всю нашу компанию. Они — мое прошлое. Но ночью я спал спокойно, потому что знал: я выбрал того, кто поможет мне строить счастливое будущее, а не побьет меня, чтобы я жил недолго и несчастливо.

Сегодня я принес Томасу пива. Кассиром в «Лавочке вкусной еды» работать удобно: я могу проверять документы, зато мои никто не спросит. Я сижу на полу у стены его спальни и допиваю третью «корону», а Томас открывает четвертую бутылку *PBR*. Я тоже тянусь за четвертой — не потому, что отстал, просто не могу спокойно смотреть, как Томас прикладывает ледяную бутылку к фонарю под глазом.

— Блин, в тысячный раз прости. Вообще не понял, что это было.

— Он решил, что я тебя у них украл, — спокойно объясняет Томас. Он, кажется, вообще не удивлен, что ему навешали из ревности. — Ты, кстати, как решил, расскажешь им когда-нибудь? Ну, про первую часть.

— Может, через много лет, когда съеду далеко-далеко, пошлю открытку: «Всем привет, мне нравятся парни. Не волнуйтесь, вы все уроды и не в моем вкусе».

Томас кидает вороватый взгляд налево, потом направо, потом через плечо, потом выглядывает в окно.

— Прости, надо было посмотреть, не затаился ли где Брендан. Хочу успеть задать вопрос, прежде чем получу в морду. — Мы оба смеемся. — А Женевьев ты когда-нибудь расскажешь?

— Не знаю. От нее вообще уже пару дней ни слуху ни духу. Я, кажется, даже нашел нужные слова, но, боюсь, это ее еще сильнее ранит. Подумает, что она меня таким сделала или типа того.

— Можно я тебе заплачу и ты дашь мне подслушать ваш разговор?

— В ближайшие пару миллионов лет он вряд ли случится, побереги деньги.

— Ты когда-нибудь влюблялся в знаменитостей?

— Чего?

— Я пытаюсь немного разрядить обстановку.

— Понял. Тогда да, в Эмму Уотсон, — отвечаю я. Томас скептически поднимает кустистую бровь. — Слушай, она офигенно сыграла Лексу-заклинательницу из «Скорпиуса Готорна», и, если она вдруг решит за меня выйти, я исцелюсь и снова буду по девочкам. А если мы про парней, тогда... пусть будет Эндрю Гарфилд. Секс в паутине — это же классно! Твоя очередь.

— Ну, я смотрел «Страну садов» и с первого взгляда влюбился в Натали Портман. Она даже в первом эпизоде «Звездных войн» классно сыграла. Без нее приквелы бы совсем никуда не годились.

Я надеялся услышать кое-что другое, но я только что выпил три с половиной бутылки пива на пустой желудок и, кажется, способен на что угодно:

— А из парней ты бы в кого влюбился?

— Типа ради кого я стал бы геем?

— Типа того.

— Хм-м. — Томас ложится на спину, кладет голову на подушку, сгибает колени, пока не кончается бутылка. — Тогда, наверно, я бы выбрал офигенного Райана Гослинга. Он шикарен. После «Драйва» я хочу быть как он.

— Да, я бы тоже с ним прокатился, — киваю я.

— Пасуй мне пиво.

Я кидаю ему бутылку, изображая верхнюю баскетбольную подачу, он ловит, и мы чокаемся. Томас открывает крышку, и его обливает пивным фонтаном. Я валюсь на пол и пьяно ржу — это то же самое, что просто ржать, только громко, дебильно и бывает исключительно по пьяни. Томас ржет не менее пьяно, переодеваясь в сухую футболку. Надо бы ему намекнуть, что мне мучительно каждый раз смотреть, как он переодевается: типа «возбудим и не дадим». Наконец он надевает желтую майку.

— Вставай! — командую я. — Буду учить тебя драться.

— Нет, спасибо.

— Тогда зачем тебе столько мышц? Девчонок от груди жать?

— Я смотрел реслинг...

— Реслинг — постановочная чушь. Давай, вставай! — Томас ставит на пол пиво и встает посреди комнаты напротив меня. — Круто. Теперь, если Брендан или кто-то еще тебя тронет, ты уложишь их на лопатки.

Как победить в уличной драке
Твое оружие — ты сам, но, если силы будут реально неравны, а у тебя с собой случайно окажется кастет или бейсбольная бита, считай, повезло.

— Так, для начала мы... — Не договорив, я делаю захват головы. — Никогда не давай противнику ударить первым.

Я отпускаю, и Томас шатается. Не успевает он возразить, как я замахиваюсь и торможу кулак в сантиметре от его лица.

— Старайся целиться в нос. Даже если промажешь, есть шансы попасть в глаз или в челюсть. А если хочешь сломать именно нос, бодай лбом. — Я хватаю его за плечи, прислоняюсь лбом ко лбу и пялюсь в его ошалелые пьяные глаза, снова и снова изображая, как надо бодаться.

— Слишком много жестокости за минуту, — говорит Томас. — На сегодня с меня хватит.

— Хватит с тебя, когда... — Я снова замахиваюсь, но Томас одной рукой перехватывает мое запястье, другой ловит за ногу, и вот я уже на полу, а Томас, улыбаясь, восседает сверху.

— Сказал же, что хватит, — хлопает меня по плечу и садится на пол рядом.

— Потом устроим второй раунд, — не сдаюсь я. — Круто, что ты умеешь пользоваться своей горой мышц. Может, мне тоже подкачаться? Хоть выглядеть буду получше.

— Мне плевать, сколько у тебя мышц, я все равно буду твоим другом, — отвечает Томас.

— Давай сделаем тебе татуировку с этой фразой, — предлагаю я, — а то забудешь.

— Никаких татуировок. А что, если я однажды решу, что мое призвание — ходить по подиуму в нижнем белье? А у меня на груди написано «Живем один раз» или что похуже... — Он шутит. Шутит же?

Я беру со стола маркер, пересаживаюсь поближе и хватаю Томаса за плечо:

— Сделаем тебе татуировку прямо сейчас. Что тебе набить?

— Отстань! — сквозь хохот выговаривает Томас. Меня не обманешь: он хочет татуировку!

— Давай предположим, что ты не пойдешь в модели. Какую татуировку ты бы сделал тогда?

— Я боюсь иголок!

— А маркером?

— Ладно, уговорил.

— Может, какую-нибудь фразочку из печенья с предсказаниями?

— Решай сам.

Я беру его за запястье, чтобы рука не дергалась, и рисую палочного человечка с хлопушкой для дублей в руках. Если Томас однажды правда станет режиссером, пусть вспоминает этот вечер. Мой шрам прижимается к предплечью Томаса. Если бы несколько месяцев назад у меня было столько надежды на счастье, сколько сейчас, шрам бы не появился. Теперь все так, как должно быть, и, мне кажется, самое время рассказать про другую сторону.

— Томас?

— Длинный?

— Ты сильно офигел? Ну, когда я тебе первую часть сказал?

— Ну, было чуть-чуть. Ты просто совсем не такой, как все мои бывшие друзья. Я, может, поэтому сразу и захотел с тобой дружить, — отвечает Томас. Забавно, что, пока он рассказывает, что ему нравится во мне, я рисую палочному человечку кустистые брови — то, что мне нравится в Томасе. — Но мне было пофиг, когда ты мне сказал. Просто здорово, что ты мне настолько доверяешь.

— Еще бы. Я тебе доверяю больше всех на свете, — говорю я чистую правду. Томас не просто классный чувак — я хочу, чтобы он был счастлив и помог мне принять себя и жить полной жизнью. — Прозвучит тупо, но ты — мое счастье.

Я глажу Томаса по плечу. Он оборачивается, я провожу пальцем вдоль его бровей и целую в губы.

Томас отпихивает меня и вскакивает на ноги:

— Прости, чувак. Ты же в курсе, я по девочкам.

Эти слова — лживые насквозь — ранят меня больнее, чем самые страшные вещи на свете: сердечный приступ, выстрел, голодная смерть, уход отца... Я моргаю, еле сдерживая слезы.

— Я думал... Я думал, ты... Блин, прости. Перебрал с пивом. — Какой же я дебил! — Черт. Прости! Прости! — Томас прикрывает рот рукой. — Скажи что-нибудь.

— Не знаю, что сказать. И что делать, не знаю.

— Знаешь, забудь. Все, что я наговорил и наделал. Я не могу потерять самого... Не могу потерять лучшего друга!

— Хорошо, Длинный, забуду.

— Пойду домой, просплюсь.

— Дождь же идет, — говорит он совершенно ровно.

У меня в голове крутятся на повторе его слова — как будто ничего другого он сказать не мог. «Ты же в курсе, я по девочкам. Ты же в курсе, я по девочкам. Ты же в курсе, я по девочкам...»

— Дать тебе зонтик? — предлагает Томас.

— Да ладно, дождь как дождь.

Томас еще что-то говорит, но его голос у меня в голове все заглушает. Тянется похлопать меня по плечу, но убирает руку.

— Потом поговорим.

Я вылезаю в окно, спиной чувствуя его взгляд, едва не сшибив по пути с подоконника Базза Лайтера. Спускаюсь по лестнице, оборачиваюсь: не пошел ли он за мной? Но он даже в окно не смотрит.

Я остался один.

Мимо с грохотом едет машина мусорщиков, под фонарями пляшут тени. Примерно на полпути между нашими домами я останавливаюсь — кажется, сейчас я никто и ничей. Оседаю на тротуар и сижу, сижу, надеясь, что Томас все-таки придет за мной. Но реальность сурова.

7

МЫСЛИ ПОЗДНО НОЧЬЮ (РАНО УТРОМ)

0:22

Луна, свали с моего лица!

Разумеется, у нас нет штор, и я не могу даже спать спиной к окну: Эрик все время рубится в компьютер до поздней ночи, и монитор светит еще ярче. Я сажусь. На детской площадке стоят Брендан, Дэйв Тощий и А-Я-Псих и курят по кругу сигарету. Я ложусь обратно, а то еще кинут мне в окно гандбольный мяч.

Я тянусь за тетрадью и вижу на пальцах черную краску маркера. Кажется, рисование отменяется.

1:19

Не помню даже, что меня так зацепило в Томасе.

Я просто прилип к первому, кто всегда мне улыбался и не сбежал, узнав мою тайну. Все мои чувства — ошибка, ничего больше. Просто я гляжу на него и вспоминаю себя четырнадцатилетнего, когда в семье перестали особо запариваться на мой день рождения и я мог надеть одну футболку — чистую! — два дня подряд и надо мной все издевались.

У него стремные кустистые брови, пара зубов кривые, а еще он так мастерски научился врать, что я уже поверил, будто он вообще никогда не врет. Но на самом деле лучшие обманщики как раз те, кто говорит, что вообще не врет.

2:45
Я прекрасно помню, чем мне так нравится Томас.

И главный врун, кстати, я, а не он. Я обманывал Женевьев, друзей — короче, всех. Но я совсем уже заврался, поэтому скажу правду: сейчас дико запутанный период моей жизни, и Томас — первый, кто нашел для меня нужные слова. Он — как начало лета, когда только начинаешь выходить на улицу без куртки. Как все мои любимые песни на повторе. А теперь он, наверно, даже не захочет со мной разговаривать.

5:58
Еще год назад, если мне ночью не спалось, я обувался и шел в соседний квартал, к папе на работу. Еще два месяца назад я мог позвонить Женевьев, разбудить ее и говорить, говорить... Еще неделю назад можно было выйти посреди ночи на улицу и потрепаться ни о чем с Бренданом и парнями, кто-то из них наверняка еще болтался на улице. И еще вчера я мог переночевать у Томаса, и это было нормально.

А теперь я их всех растерял. У меня остался только храпящий брат. Еще — реклама средства от прыщей, горячая линия для суицидников и фонды помощи животным. Я встаю выключить телевизор, пока не начали крутить повторы тупых комедий, и цепляюсь взглядом за очередную рекламу.

Летео. Можно все забыть и жить дальше.

Я крадусь к маме в спальню и беру себе брошюру.

8

ПАМЯТЬ И УДАР ПОД ДЫХ

Я хочу сделать операцию Летео.

Сначала это была просто безумная идея. Ну, знаете, в шесть утра, если не спал всю ночь и жизнь трещит по швам, чего только в голову не приходит. Но я читал про Летео все выходные и обнаружил, что они реально могут помочь. Немного тревожит, конечно, вся эта шумиха по поводу шквала неудачных операций. Но я выяснил, что за последний месяц на каждую ошибку пришлось по двенадцать успешных случаев. И если все эти люди решили, что дело стоит риска остаться овощем, я уж лучше, наверно, рискну, чем снова попытаюсь сами знаете что сделать, потому что жизнь полный тлен.

Летео — страна вторых шансов. Я прочел много историй с их сайта — разумеется, без имен и личных подробностей.

Солдату, скрытому за серийным номером Ф-7298Д, не давало полноценно жить посттравматическое стрессовое расстройство, но в Летео стерли худшие его воспоминания.

Теперь Ф-7298Д мог спокойно спать каждую ночь и избавился от кошмаров.

М-3237Е, мать близнецов, однажды бежала марафон, и рядом с ней взорвалась бомба. С тех пор женщина страдала агорафобией. Летео запрятали страшное зрелище подальше, и теперь М-3237Е спокойно выходит из дома и перед ней и ее детьми вновь открыт весь мир.

О моих ровесниках они тоже заботятся.

Семнадцатилетнюю С-0021П изнасиловал родной дядя. Он сел в тюрьму, но девушка с тех пор начала прижигать себе бедра сигаретами. Летео подавили воспоминания о насилии, что позволило девушке перестать винить в произошедшем себя и снова научиться доверять семье. Семнадцатилетний Д-1930С страдал от ужасных панических атак и каждый раз, придя домой из школы и не застав там родителей, воображал худшее. Летео установили причину его страхов и помогли от них избавиться.

Летео не отмахивается от наших проблем.

Но я теперь мечтаю об операции даже не из-за этого.

Я наткнулся на историю А-1799Р, пятидесятилетнего русского, отца семейства. Тот внезапно понял, что полжизни прожил не тем, кто он есть на самом деле, и четверть этого времени был женат на женщине, которую не любил и никогда не полюбит. Но он не мог ни бросить семью, ни сорвать ее с насиженного места и всем вместе отправиться на поиски более толерантной страны. Поэтому он слетал в Америку и попросил Летео сделать его гетеросексуалом. Летео покопались у него в голове и все поправили. В конце этой статьи я нашел ссылку на другую, про девятнадцатилетнюю П-6710С, которая страдала от издевательств сверстников и ощущения собственной неправильности. Ее родители перепробовали все, чтобы она чувствовала себя нормальной и любимой, но ничего не выходило. Тогда они обратились в Летео и сделали ее нормальной.

Я не хочу быть собой.

Не хочу всю жизнь сомневаться, примут ли мои друзья меня таким, как есть. Не хочу видеть, что будет, если не примут. Не хочу, чтобы мои особенности мешали мне дружить с Томасом. Потому что не быть с ним и так хреново, но знать, что наша дружба однажды кончится, потому что я просто не выдержу, — вообще нереально.

Конечно, перестать быть собой — это обман, но, если мне только каким-нибудь образом удастся накопить на операцию Летео, мое будущее станет радужнее. Сейчас на меня свалилось слишком много дерьма. Почему быть счастливым так тяжело?

У всей этой затеи с Летео есть большой недостаток: если ты несовершеннолетний, без взрослых тебя даже на консультацию не пустят. Отца у меня уже нет, просить Эрика сходить со мной я точно не буду, а значит, придется рассказывать маме, что именно я хочу забыть, а это примерно так же ужасно, как в детстве, когда она водила меня к парикмахеру и объясняла, какую стрижку я хочу. Вот только Летео — не парикмахерская, скорее уж клиника по удалению татуировок. Придется рассказать все.

Я бегу в Вашингтонскую больницу — перехватить ее перед ночной сменой в супермаркете. Надо только дорогу перебежать, это явно не самое сложное за сегодня. Нет, самое сложное было, когда я работал утреннюю смену, от кого-то из посетителей пахнуло одеколоном Томаса и у меня, блин, тупо разболелось сердце. Вот после этого выжить было реально сложно. Я устал.

Я добегаю до маминого кабинета. Она как раз договаривает по телефону.

— Аарон...

Я закрываю дверь и сажусь. Мое признание типа как бы сильно огорошит маму, но если я все расскажу и она со мной согласится — а она согласится, потому что желает мне только счастья, — тогда я стану счастливым обманщиком. Что самое классное, я даже этот неловкий момент забуду.

— Сынок, что случилось? Тебе нехорошо?

— Нормально, — отвечаю я и снова вру. Как мне может быть нормально, если я сам ненормальный? Меня накрывает все сразу: страх, неприятие, неуверенность. Хорошо, что рядом сидит мама и, если что, может меня обнять. В детстве ее объятия всегда меня спасали: например, когда я бегал по коридорам и меня поймали охранники, или когда мы играли в баскетбол и отец Дэйва Тощего назвал меня бестолковым дылдой, или каждый раз, когда мне было стыдно или я чувствовал себя ни на что не годным.

— Рассказывай, — говорит мама, взглянув на часы в углу монитора. Она меня не торопит — тем более она же не знает, что я собираюсь сказать, — просто не забывает, что время — деньги, а с деньгами у нас проблемы.

— Мне нужна операция Летео.

Мама перестает коситься на часы. Я не выдерживаю ее пристального взгляда и принимаюсь рассматривать стол. Интересно, когда сделана вон та фотография, где папа сидит в дедушкином кресле-качалке с Эриком на коленях и мной на плечах?

— Аарон, в чем бы ни было дело, прошу тебя...

— Нет, мам, послушай, нужно успеть побыстрее, а то я уже почти свихнулся, а что будет, если этого не сделать, даже думать боюсь...

— Что такое могло случиться, что ты хочешь это забыть?

— Надеюсь, тебе не больно это слышать, но у меня... У меня было... — Я думал, что смогу это выговорить, ведь, если все получится, мне недолго это помнить. Но даже этой мысли недостаточно для того, чтобы не бояться здесь и сейчас. — В общем, у меня было кое-что с Томасом. Может, ты и так в курсе, потому что, ну, это было очевидно.

Мама разворачивает ко мне стул и берет меня за руку.

— Ясно... Но что в этом плохого?

— Я. Я плохой.

— Сынок, все с тобой нормально. — Она обнимает меня одной рукой, кладет голову мне на плечо. — Чего ты ожидал? Что я тебя выпорю? Касторкой оболью?

— Неважно, лишь бы помогло! — выговариваю я сквозь слезы. Когда мама говорит, что ты хорош таким, какой ты есть, это реально страшно. А жить с этим всю жизнь... — Мам, мне нужно начать с чистого листа! С Томасом ничего не вышло. После того, что ты пережила в апреле, я обещал все тебе рассказывать, и вот, рассказываю: из-за Томаса у меня случилось настоящее откровение. Но он-то еще не прозрел, и не знаю, могу ли я заставить его прозреть.

— От меня-то ты чего хочешь?

— Помоги мне стать нормальным!

Мама уже тоже всхлипывает и сжимает мою руку:

— Аарон, спасибо, что все рассказал. Я всегда говорила и еще не раз повторю: я люблю тебя таким, какой ты есть. Не торопись решать насчет Летео. Давай лучше еще поговорим или сходим к твоему психологу...

— Доктор Слэттери — просто идиот! Не трать на него деньги! Только Летео может мне помочь! Нельзя выбрать, какой пол тебе нравится, но можно сделать операцию и стать нормальным!

Я высвобождаю плечо из-под маминой головы, а то такое чувство, что я прошу какую-нибудь бессмысленную дорогущую фигню. Я в курсе, что мои ровесники часто бывают импульсивными, но если твой сын уже пытался покончить с собой и теперь просит помочь ему начать жизнь заново — ты как любящий родитель просто берешь и подписываешь где скажут!

— Нет, Аарон. — Мама отпускает мою руку и встает. — Мне пора на работу. Вечером все обсудим и...

— А, забудь! — Я выбегаю из ее кабинета и только ускоряюсь, слыша, как она снова и снова зовет меня. И только на углу улицы я наконец стираю с глаз слезы.

Я достаю телефон. Очень тянет набрать Томаса или Женевьев, но нельзя. И Брендана тоже, он уже наверняка сложил все детали моего стремного пазла в форме Томаса. Остальные, наверно, тоже. Я листаю телефонную книгу: Брендан, Деон, Колин, Малявка Фредди, папа...

Набираю Эванджелин. Не берет.

Я оседаю по стенке. Нахрена я вообще нужен в этой долбаной вселенной, вывернувшей мне нафиг все мозги? Подкрадываются мысли, которые мне нельзя думать. Зовут искать забвения в краю покоя и счастья. Я реву еще громче: не хочу так, но это опять начинает казаться единственным выходом.

Звонит телефон. Не Томас, не Женевьев, но тоже классно.

— Привет, Эванджелин!

— Привет, парень. Прости, не могла взять трубку.

— Да ничего. Слушай, у меня просьба. — Я вдруг понимаю: сейчас один раз совру — и смогу всю жизнь прожить обманщиком. Смогу выбраться. Кому будет плохо, если я сейчас солгу? — Мы с мамой договорились кое-что сделать в Летео, но она не сможет пойти со мной. Ты после обеда свободна?

Некоторое время в трубке тихо.

— Через час встретимся. Займешь очередь?

У меня все-таки есть шанс на счастливое забвение.

Я уже почти час простоял в очереди к институту на углу Сто шестьдесят восьмой улицы. От скуки я спросил мужчину передо мной, почему он сюда пришел. Оказалось, хочет забыть бывшую жену-изменщицу, а то убьет и ее, и двадцатилетку, с которым она спала.

После таких новостей я пропустил пару человек вперед себя.

Наконец оказавшись внутри, я беру талон электронной очереди и сажусь в огромном, как, наверно, у президента, зале ожидания. На каждой стене висит по два телеэкрана с одинаковыми видео про Летео.

> **ВОПРОС:** Насколько это безопасно?
> **ОТВЕТ:** Это совершенно безопасно. Наш нехирургический метод позволяет выявить и изменить все нужные воспоминания с точностью до молекулы. Наши таблетки прошли санэпидемконтроль и абсолютно безопасны. Ознакомиться с возможными побочными эффектами можно в брошюре. Чтобы получить ее, обратитесь на любую справочную стойку.

> **ВОПРОС:** Почему институт называется «Летео»?
> **ОТВЕТ:** В переводе с испанского «Летео» — Лета, мифическая река забвения в Аиде.

> **ВОПРОС:** Какой ученый все это придумал?
> **ОТВЕТ:** Создатель процедуры — доктор Сесилия Инес Рамос, кандидат наук, доктор медицины, обладательница Нобелевской премии в области

нейрохирургии. Науку изменения памяти доктор Рамос открыла, изучая психические заболевания. На ее стороне уникальный личный опыт: у ее родной сестры диагностирована параноидная шизофрения. Стремясь улучшить качество жизни близкого человека, доктор Рамос обнаружила возможность накладывать воспоминания друг на друга. Из этого выросла идея Летео. В настоящее время доктор Рамос проживает в Швеции. Узнать больше об истории Летео можно из ее исследовательских дневников, а о самой докторе Рамос — в ее биографии «Женщина, благодаря которой мир забыл».

ВОПРОС: Сколько будет стоить операция? Покрывает ли ее моя страховка?
ОТВЕТ: Стоимость процедуры зависит от ее характера. Ознакомиться со списком существующих льгот можно в брошюре. Чтобы получить ее, обратитесь на любую справочную стойку.

ВОПРОС: Может ли пациент вспомнить то, что забыл?
ОТВЕТ: Да, запрятанные воспоминания могут всплыть наружу. Этот фемомен называется «размотка». Триггером может послужить точное воспроизведение забытого события, зача-

> стую — в рассказе близкого человека. Кроме того, размотку могут вызвать схожие звуки, запахи или образы.

> **ВОПРОС:** Сколько времени занимает операция?
> **ОТВЕТ:** Продолжительность лечения зависит от характера операции. Некоторые пациенты проводят в больнице сутки, большинство выписывают раньше.

ВОПРОС: Это все полный бред, правда же?
ОТВЕТ: Нет, это не полный бред.

Ладно, последнее я сам придумал, но я вполне готов был прикола ради послать им именно такой вопрос — до того, как Кайл провернул свой фокус. Очередь дошла только до номера 184, а у меня — 224. Ладно, может, Эванджелин хотя бы успеет зайти внутрь. Тут столько очередей, что мне реально кажется — если кого-нибудь толкнуть, сработает эффект домино, мы все попадаем и лишимся памяти.

☺ ☺ ☺ ☺

— Вот ты где, — говорит Эванджелин, садясь рядом. Она в шелковой майке — такую Женевьев в том году надела на свидание в кино. И все же передо мной моя старая добрая няня. — Расскажешь, что случилось?

— Все херово. Типа рассказал.

— Следи за языком, — привычно упрекает Эванджелин. — Давай, рассказывай. — Ее глаза так и бегают по залу. Не мне ее винить: когда я сюда попал, у меня тоже бегали.

— Слушай, когда ты была моей няней, тебе когда-нибудь казалось, что я могу быть... — Думал, уж в этот раз получится договорить. — У тебя когда-нибудь было впечатление, что мне могут нравиться парни?

— Не было такого. А что случилось? Ты думаешь, что ты гей?

— Я гей, но... я не хочу им быть. Хочу, чтобы меня исправили.

— Почему ты решил, что корень всех несчастий — именно твоя ориентация? — сразу же выпаливает Эванджелин. Такое ощущение, что она меня осуждает.

— У меня была любящая девушка и хорошие друзья. Теперь — никого. А я всего лишь встретил придурка, который сам не знает, чего хочет. — Я изо всех сил пытаюсь не злиться. Если Летео поможет мне забыть мои чувства к Томасу и боль прощания — пусть сделает это как можно скорее. — Мне не нравится быть тем, кто я есть. Разве этого мало?

Эванджелин всматривается мне в лицо:

— Послушай, парень. Предположим, я смогу тебе помочь. Предположим даже, ты скопил всю сумму на операцию. Все равно не получится просто прийти и записаться на ближайшие выходные. Во-первых, твоя мама должна будет подписать документы. Во-вторых, тебя заставят долго ходить к психологу — вдруг передумаешь?

Я не отвечаю.

Эванджелин гладит меня по плечу. Меня передергивает: точно так же я в пятницу гладил по плечу Томаса, перед тем как поцеловать его. Это лишь одно из множества воспоминаний, которые нужно стереть, чтобы как-то жить дальше.

— Аарон, я понимаю, что ты сейчас чувствуешь, — произносит Эванджелин.

— Ага-ага, потому что ты взрослая, а я мелкий дебил?

— Следи за языком, — одними губами отвечает она.

Дальше мы молча сидим и ждем моей очереди. Вдруг Эванджелин вскакивает. Кто-то машет ей через весь зал.

— Знакомая? — спрашиваю я.

— Сиди тут, — шепчет она. — Никуда не уходи.

Ага, как же, уйду я от ворот в рай, в безбрежное счастье! Я смотрю, как она здоровается со знакомой, потом снова переключаюсь на видео с вопросами. Через несколько минут Эванджелин возвращается, и я еще раз спрашиваю, что это была за женщина.

— Типа знакомая, да. Собеседовала меня на должность ассистента кафедры философии в Хантер-колледже. Я и не знала, что она хочет операцию. Оказывается, у нее сегодня шестая и, возможно, последняя встреча с психологом. Хочет забыть, что ее муж перед самой смертью завел интрижку. Чтобы помнить только хорошее. Забавно...

— Жесть какая...

Видимо, философы тоже за Летео. Наконец называют мой номер, и я быстрым шагом иду к стойке, едва не сбив с ног какого-то плачущего мужчину.

Брюнетка в сером лабораторном халате — на бейджике написано «Ханна» — протирает экран новенького планшета и улыбается нам:

— Добрый день. Добро пожаловать в Летео. Чем могу помочь?

Наверно, ее снимает скрытая камера. Ну не бывает таких милых администраторов!

— Я пока никуда не записан, но хочу сделать операцию.

— Поняла. Можно ваши документы?

Я протягиваю ей права с фотографией очень заросшего меня.

Ханна с бешеной скоростью вводит какие-то данные, дожидается очередного одобрительного писка планшета и снова обращается ко мне:

— Что ж, мистер Сото, что привело вас в Летео?

— Тяжко как-то жить, — отвечаю я и поступаю реально низко: кладу на стойку руку, так чтобы было хорошо видно шрам-улыбку на запястье. Вдруг это ее убедит?

— Как долго это уже длится?

— Довольно долго.

— Мистер Сото, не могли бы вы уточнить?

— На самом деле пару дней, но зрело это все несколько месяцев.

— Было ли какое-нибудь событие, спровоцировавшее ваше состояние?

— Да.

— Мистер Сото, не могли бы вы уточнить?

— Моей операцией будете заниматься лично вы?

— Нет, мистер Сото, моя задача — собрать информацию для наших врачей.

— Тогда, если можно, я пока оставлю свои тайны при себе, — отвечаю я.

Ханна обращается к Эванджелин:

— Вы его родственница?

— Друг семьи.

Ханна снова на некоторое время ныряет в планшет.

— Я могу назначить мистеру Сото консультацию с нашими сотрудниками на полдень двенадцатого августа. — Она достает из ящика папку, подталкивает к Эванджелин и, не успеваю я попросить как-нибудь ускорить дело, добавляет: — Боюсь, более ранние даты уже расписаны. До встречи в августе! — Она вызывает следующий талон, и Эванджелин выводит меня на воздух.

Я в каком-то ступоре разглядываю приземистое здание; солнце печет голову, и я без понятия, как теперь быть.

— Мне жаль, что все пошло не так, как ты хотел, — говорит Эванджелин. У нее такой вид, как будто это и ее поражение тоже. — Зато будет время подумать, правда ли ты хочешь именно этого.

— Этого хочу не только я. Все этого хотят.

Я прячу папку под матрас, как будто это порнуха или типа того, и ухожу в «Лавочку вкусной еды» за холодным чаем. Уже иду расплачиваться и вдруг вижу в крыле со сладостями Брендана. Он распихивает по карманам кексы.

— Не хватает доллара? — спрашиваю я. Он подпрыгивает. — Если обещаешь не бить, одолжу.

Он не спешит показывать мне средний палец или посылать меня в задницу, так что я подхожу и протягиваю ему купюру.

— Да есть у меня деньги, — говорит Брендан. — Просто хочу сэкономить.

— Понял.

— Настучишь, чтобы меня сюда больше не пускали?

— Не буду, просто заплачу за все это сам. Мир?

Брендан ухмыляется и отдает мне кексы:

— Мир.

Я иду к кассе и плачу Мохаду. Мы вместе выходим из магазина, и во мне начинает зреть что-то типа надежды. Когда мы ссоримся, потом при встречах всегда неловко молчим. Так было в третьем классе, когда он всем разболтал, что я сплю в одной кровати с родителями. Так было несколько лет назад на Рождество, когда он спер у меня из-под елки игровую консоль — мамин подарок, — а потом заявил, что ее подарил ему папа. Сейчас Брендан сам решил избить Томаса, а не наоборот, но мне все равно стыдно, что я вступился не за него.

— Прости, — говорю я.

— Да и я хорош. — Брендан открывает кекс. — Хочешь сыграть в «Дикую охоту»? Я как раз думал ребят позвать.

Мы идем на первый двор. Все наши стоят у поля для игры в крышки. Болтают о том, как возбудить девчонку одними пальцами, и о том, что с заднего хода можно не предохраняться. Я не пытаюсь натужно хихикать или встревать в разговор. Я никогда так не делаю, и сейчас можно притвориться, что ничего не изменилось: я стою, смотрю и по-прежнему один из них. Брендан кивает, как бы давая мне разрешение снова с ними тусоваться, и все нормально.

— К черту крышки, даешь «Дикую охоту»! — объявляет он. — Аарон уже вызвался охотником.

— Сволочь, — бормочу я. Все разбегаются.

Сначала я заглядываю под машины, где всегда прячется Дэйв Тощий. Но он, видимо, сегодня трезвый и немного подумал, потому что там его нет. Заодно проверяю, нет ли поблизости А-Я-Психа. Его я тоже не нахожу, и этой тайне, наверно, лучше оставаться неразгаданной, а то придется бегать с этим чокнутым всю игру, а я не то чтобы всю жизнь мечтал именно об этом.

Я возвращаюсь во дворик. На крыше стоит Дэйв Толстый и показывает мне голую задницу. Я выставляю средний палец. Нолан и Деон подбегают к воротам, я бросаюсь за ними. Когда они разделяются, я вдруг вижу идущего ко мне Томаса и уже тянусь его поймать, но вспоминаю, что он с нами не играет.

Все-таки пришел!

— Слушай, все странно, да, — тараторит Томас, — хотя мы вроде договорились, что все будет нормально. — Он смотрит мне прямо в глаза, и я судорожно пытаюсь отдышаться. Всплыву я сейчас или утону окончательно? — Но ты мой лучший друг, и я по тебе соскучился. Я же понял, на самом деле ты ничего такого ко мне не чувствуешь. Это все пиво виновато. Давай наложим табу и лет десять не будем об этом вспоминать. Лучше просто потусим, поговорим про Хранителя Солнца. Кстати, может, мне пойти поискать работу в...

— Почему ты не можешь мне нравиться?

— Потому что у нас ничего в конечном счете не получится, — отвечает Томас.

— Потому что я не вписываюсь в твою замороченную диаграмму жизни?

— Нет, Длинный, потому что я не гей. — В его голосе начинает проступать раздражение. — Мы же договорились обо всем забыть, не?

— Слушай, тебя послушаешь, так забыть совсем просто. — У меня перехватывает горло. — Так вот, ни фига. Я не могу сидеть рядом с тобой и притворяться, что ничего не было. Я не могу молча ждать, пока ты в себе разберешься!

— Да не в чем мне разбираться! — отвечает Томас. — Да, я дико запутался в своем будущем и постоянно чувствую себя каким-то неправильным. Но я прекрасно знаю, когда у меня сильнее бьется сердце и встает член! Не хотел обижать тебя, Длинный, я просто так устроен.

— Я раньше был таким же. Все отрицал. А потом встретил у забора тебя — и все, что я о себе знал, перевернулось с ног на голову. Я не хотел быть несчастлив и бросил человека, которого не могу любить. Я пойму, если тебе нужно время.

— Я не могу отвечать за то, что ты там себе нафантазировал! — взрывается Томас.

Не давая себе времени передумать, я обнимаю его и стою так, хотя он не спешит обнимать меня в ответ.

— Не знаю, дождусь ли я.

Эванджелин обещает, что однажды боль пройдет. Сомневаюсь. Если все время надеяться на несбыточное, недели просто покажутся месяцами, месяцы — годами, а через год я умру от старости. Если в жизни нет счастья, значит, меня ждет существование без радости и смеха, а зачем оно такое нужно?

Я отворачиваюсь и возвращаюсь к нашим домам.

Пока я шагаю по третьему двору, мне на плечи вдруг ложатся две огромные руки. Я почти верю, что это Томас решил развернуть меня на полпути и утащить в укромный уголок. Но я почему-то падаю и врезаюсь в столб у самого нашего дома, задыхаясь от страха. Вряд ли это придурки из «Джои Роза» развлекаются, я-то не виноват, что А-Я-Псих им навалял.

Нет, сейчас хотят избить конкретно меня. Причем мои собственные друзья. Я кое-как встаю на ноги. Бил меня А-Я-Псих, сзади трутся Брендан, Дэйв Тощий и Нолан — так просто не убежишь.

— Защищайся, гомик! — кричит А-Я-Псих, закатывая глаза до белков. Сейчас он начнет бить себя по голове, и мне крышка.

— Чего тебе, нахрен, надо? — спрашиваю я.

— Псих видел, как ты своего парня тискал, — отвечает А-Я-Псих.

— Чего ты на парней переключился? — встревает Нолан. — У тебя была офигенная девчонка, а Брен говорит, ты ее больше не дрючишь.

— Для тебя же стараемся, — добавляет Брендан, стыдясь даже взглянуть мне в глаза, как мужик мужику, хотя он до мужика не дотягивает, а из меня его сейчас будут делать. Брендан хрустит костяшками и покачивается взад-вперед. Вид у него такой глупый, что я еле сдерживаю смех.

Я приближаю свое лицо к его, еще чуть-чуть — и мы поцелуемся, а все они слетят с катушек окончательно:

— Ну что, парни, давайте, выбейте из меня всю дурь, если не слабо!

Четких правил уличного боя нигде нет, но один мой знакомый — кстати, Брендан — избежал мощного мордобоя от парней из школы, с которой мы враждовали, потому что надрал задницу одному из них и остальные его зауважали. Может, если я хорошенько набью морду Брендану или Дэйву Тощему — он тупо слишком длинный, чтобы нормально драться, — от меня отвяжутся.

Брендан толкает меня. Я восстанавливаю равновесие, толкаю его в ответ и со всей дури бодаю головой в лицо, так что едва не вырубаюсь сам. Брендан, слегка шатаясь, проводит ложный хук справа и одновременно бьет меня в подбородок мощным апперкотом слева. Я со всей силы пинаю его в коленную чашечку, как он меня учил. У него подгибаются ноги, я добавляю коленом в нос. В это время Дэйв Тощий бьет меня под дых, но на землю меня валит А-Я-Псих, и это уже конец. Из его захвата не вырваться. Боль захлестывает меня. Сопротивляться все труднее, с каждым ударом по лицу и груди все вокруг меркнет и расплывается. А-Я-Псих с ревом душит меня, Дэйв Тощий и Нолан топчут меня ногами.

Я воплю, извиваюсь, реву и пытаюсь защитить лицо чудом освободившейся рукой. А-Я-Псих наконец слезает с меня, и я надеюсь, что все закончилось. Дико кружится голова. Я лежу на земле, и земля подо мной тоже кружится, то в одну сторону, то в другую. Я даже не пытаюсь отползти. Кажется, я куда-то падаю...

Нет, это меня кто-то поднимает. Где верх, а где низ? Но жуткий захват А-Я-Психа в режиме максимального разрушения ни с чем не перепутаешь. Он перекидывает меня через плечо и куда-то бежит, Брендан орет ему в спину, чтобы тормозил, что хватит уже, но А-Я-Псих бежит дальше. Я без понятия, куда меня тащат, — и вдруг мной пробивают стеклянную дверь моего же дома, и я лечу на пол вестибюля.

В затылке что-то взрывается, происходит какая-то запоздалая реакция. Рот заливает кровь. Вот она, смерть... Я визжу, как будто во мне проворачивают сотню ножей, и плююсь кровью. И плачу — но не от боли. Внутри черепа крепнет новый шум: сначала тихое эхо вдали, потом гром неразборчивых голосов... Разматывается все то, что я когда-то забыл.

ЧАСТЬ НУЛЕВАЯ

НЕСЧАСТЬЕ

ВСЕ ПРОЙДЕТ БЕЗ СЛЕДА

ДЕВЯТЬ ЛЕТ

Давно пора спать, но мне не спится. Меня преследует жуткий ночной кошмар наяву — я сам. Дома в последнее время и так часто плачут, но я просто не могу успокоиться. Мама поит меня на кухне клюквенным соком, пытаясь успокоить. Это тупо, но я реву еще громче — от зависти к Брендану: у него и дом больше, и сок вкуснее, и видеоигры круче, потому что у родителей денег больше.

Мама прижимает меня к себе. Я сижу за кухонной стойкой, уткнувшись носом ей в плечо.

— Сынок, ты можешь рассказать мне что угодно. Я люблю тебя таким, какой ты есть.

Не хочу никому рассказывать, но, кажется, если не расскажу, мне будет совсем плохо.

— Маленький мой, все будет хорошо. Никто тебя не тронет, обещаю.

— Я, кажется... — Вздыхаю поглубже. — Не могу это сказать. Боюсь!

Из-за старого раздолбанного музыкального центра выбегает Эрик с воплем:

— Ты гей! Всем пофиг!

— Нет! Нет! А вдруг я чокнусь, как дядя Коннор, объемся таблеток и умру? — Я бью кулаком пластмассовое ведерко с пакетиками соли, перца и кетчупа — мама собирает их в кафе, — и все летит на пол. — Придурок!

Плохой характер и длинный язык у меня от папы. Я спрыгиваю на пол и кидаюсь на брата с кулаками, мама меня оттаскивает:

— Аарон! Аарон, стой! Эрик, иди спать!

Обычно, когда мама, папа или двоюродные братья меня от него оттаскивают, Эрик принимается дразниться. На этот раз он только плечами пожимает:

— Я просто сказал за тебя, урод. — Я урод, урод, урод, урод.

ДЕСЯТЬ ЛЕТ

К Рождеству мама купила нам последнюю модель Плейстейшен и игру «Люди Икс» по скидке, потому что скопила немножко денег. Мы с Эриком садимся играть, и он выбирает Росомаху. Ему нравится играть за главных героев. Он называет себя «человек-армия», потому что всегда выигрывает. Я выбираю Джин Грей, потому что она умеет превращаться в Темного Феникса и открывать новые сверхспособности. Например, в рекламном видео в магазине я подсмотрел, что она может стрелять на лету. Круто же!

— Хватит уже играть за девчонок! Ты же парень!

Ладно, выбираю Циклопа.

ОДИННАДЦАТЬ ЛЕТ

Как и каждое лето, ровно в одиннадцать приходит с гаечным ключом начальник пожарной станции и пускает фонтан воды из гидранта. Часть ребят раздеваются, другие вбегают под живительную холодную струю прямо в одежде.

Брендан снимает футболку.

Он мой лучший друг с первого класса, мы почти что неразлучны, и все же я пялюсь на него до тех пор, пока Малявка Фредди не объявляет, что мы играем в догонялки и я вода. Я всю игру гоняюсь только за Бренданом, меня тянет к нему, как к магниту. Наконец догнав, я осаливаю его по голому плечу и не убираю ладонь чуть дольше, чем нужно.

Брендан провел все каникулы у родственников в Северной Каролине и наконец-то вернулся. Без него, чтобы убить время, пока не с кем играть, я незаметно увлекся комиксами. Один даже ему в подарок нарисовал.

Это раскрашенный цветными ручками комикс про покемонов. Я не очень аккуратно рисовал контуры, и видно следы ластика, но он даже не заметит. В комиксе Брендан становится хозяином покемонов и всесильным победителем всех битв в спортзале. Надеюсь, ему понравится.

☹ ☹ ☹ ☹

ДВЕНАДЦАТЬ ЛЕТ

Сегодня миссис Оливия рассказывала нам про Шекспира и его пьесы.

Отец с Эриком смотрят баскетбол, я сижу рядышком на диване. Мне скучно. С тех пор как узнал, что такое театр, и выяснил, что в школе есть целый театральный кружок, я хочу стать актером и сыграть главную роль в каком-нибудь реально классном боевике — типа фильмов про Скорпиуса Готорна, обязательно с драками на мечах и магическими дуэлями. Так что я сейчас предпочел бы не пялиться, как потные парни пытаются закинуть мяч в кольцо, а посмотреть какой-нибудь фильм, последить за игрой актеров. Тем более со времен Шекспира столько всего поменялось (если вообще были эти «времена Шекспира»; мне кажется, он выдуманный, как Санта Клаус и Иисус, хотя взрослые и врут, что они есть)!

— Пап, а ты знал, что в пьесах Шекспира женские роли играли мужчины? Забавно, правда?

Папа впервые за вечер отрывается от экрана.

— Ты парень, — произносит он. — Никогда не веди себя как девчонка.

ТРИНАДЦАТЬ ЛЕТ

Ко мне подбегает Брендан:

— Йо! Йо! Мне сейчас впервые в жизни отсосали!

Меня бросает в жар. Ну, знаете, от удивления.

— Ого, круто! А кто?

— Какая-то девчонка, подружка Кеннета и Кайла. Она считает, что Кайл из них самый классный, у него ведь уже почти усы растут. Но я уговорил ее залезть ко мне в штаны! Я бог!

Я хлопаю его по спине:

— Молодец, чувак. Молодец.

Из нашего дома выходит Малявка Фредди, навьюченный формой для бейсбола.

— Погоди, — подрывается Брендан, — пойду этой мелочи расскажу!

Он убегает, а мне как-то нехорошо.

ПЯТНАДЦАТЬ ЛЕТ

Между нами явно что-то происходит. Мы всю географию перекидываемся записками с рисунками, не слушая, как мисс О. с сильным пуэрториканским акцентом коверкает названия минералов. Мы постоянно придумываем какие-то бредовые предлоги, чтобы встретиться после школы. Мы сидим в уютной забегаловке, жуем куриные крылышки и травим байки. Мы ходим в кино и насыпаем в ведерки с попкорном конфеты и шоколад. Наши локти постоянно соприкасаются. И мы все время вместе играем в парке, вдвоем, как будто это тайна. Видимо, мы плохо ее храним — все уже подозревают, что мы встречаемся. И я все равно немного офигеваю, когда слышу:

— Давай ты будешь моим парнем?

Если честно, я всегда думал, что придется всю жизнь довольствоваться развлечениями на одну ночь, как Брендан и Дэйв Тощий. Или, как Малявка Фредди, все время гоняться за недостижимой целью. Я не думал, что буду с кем-нибудь держаться за руки. Видимо, я совсем себя не знаю. Мы с Женевьев сидим на скамейке в парке. Я пододвигаюсь чуть поближе, сжимаю ее руку:

— Хорошо. Давай попробуем.

☹ ☹ ☹ ☹

Ничего не понимаю.

Я согласился с ней встречаться, и это было так… правильно. В тот момент я был самым гетеросексуальным парнем в мире, а потом пришел домой и снова стал думать о парнях. Уже не о Брендане — мое увлечение им прошло, когда он начал считать секс боевым трофеем. Теперь я думаю о парнях, которые вместе со мной снимают одежду в раздевалке или сидят напротив в автобусе, смотрят в никуда и наверняка думают о девушках.

Я совсем не думаю о Женевьев. Она смотрит с таким видом, как будто на свете нет никого и ничего кроме, как будто я должен тянуться к ее губам так же нетерпеливо, как она тянется к моим. Ну я и тянусь, чтобы раз и навсегда разобраться в себе. В последнюю секунду передумываю, и мы стукаемся лбами.

— Ой! — хихикает Женевьев. — Смотри, куда прешь, тупой придурок!

— Прости, — потираю лоб я.

— Дубль два?

Я киваю. Женевьев, смеясь, отшатывается, как будто боится получить травму. Потом притягивает меня к себе, поворачивает лицо налево, я на нервах — тоже налево, и мы снова сталкиваемся. Может, теперь она поймет сигнал вселенной: целуй какого-нибудь другого парня.

Не то чтобы я ее обманываю — или обманываю кого-то другого. В этом-то и проблема: если бы не Женевьев, мне бы и некого было обманывать. Я снова обнимаю ее, и на этот раз все получается. Отстранившись, я начинаю хихикать — не самый деликатный поступок в такой ситуации. Но Женевьев улыбается — и пихает меня в плечо.

— У меня предчувствие, что я теперь часто буду тебя бить.

☹ ☹ ☹ ☹

ШЕСТНАДЦАТЬ ЛЕТ, ОКТЯБРЬ, ДЕВЯТЬ МЕСЯЦЕВ НАЗАД

Я сижу в школьной библиотеке, перечитываю «Скорпиуса Готорна и Легион Дракона». Он стоит у шкафов с фэнтези и смотрит в мою сторону. Колин Вон тоже в одиннадцатом классе, мне нравится называть таких, как он, недоспортсменами: он с девятого класса пытается пройти в сборную по баскетболу, но его не берут, что не мешает ему выделываться на физкультуре.

Колин берет две книги, подходит к моему столику и отодвигает стул напротив:

— Можно я сяду?
— Садись.

— Я видел, ты и на уроках, и на обеде читал какую-то серию фэнтези. — Взгляд его карих глаз падает на книгу про Скорпиуса Готорна. — Что скажешь вот об этом, стоит почитать? — Он пододвигает ко мне «Автостопом по галактике» и «Хоббита».

— «Автостопом по галактике» охеренно смешная штука, — отвечаю я. Библиотекарша закатывает глаза и снова утыкается в дешевенький любовный роман. — «Хоббита» не читал, — добавляю я, — но фильмы классные.

Колин в ответ стучит пальцем по обложке «Скорпиуса Готорна»:

— Ха. А я как раз эту серию не читал, но видел фильмы.

Некоторые готовы душу продать за книги Джейн Остен, Уильяма Шекспира или Стивена Кинга, но я вырос на приключениях юного мага-демона, и, если кто-то из ровесников говорит, что не читал их, у меня перед глазами вылетает в небо заклинание Жатвы — детство загублено.

— Какого черта ты еще не прочел?

— Руки не дошли, — улыбается Колин.

— То есть ты с чистой совестью сходил в кино и расслабился?

— Кино, книга — не одно и то же?

— С тобой невозможно разговаривать, — вздыхаю я. — Значит так, завтра принесу тебе первую книгу серии. Прочтешь за выходные?

— Попробую. Завтра здесь же?

— Мы будем встречаться здесь, пока ты не выучишь все семь законов гибридной магии!

☹ ☹ ☹ ☹

Когда Колин заходит в библиотеку, я притворяюсь, что дочитываю «Легион Дракона». Он садится напротив — в этот раз без спроса.

— Принес? — спрашивает таким тоном, как будто покупает наркоту.

Я подталкиваю к нему рюкзак. Там первые две книги про Скорпиуса Готорна, а еще «Король былого и грядущего», «Игра престолов» и парочка комиксов — на случай, если Колин вдруг относится к тому крошечному проценту обитаемой вселенной, которому не по душе маг-демон, герой целых семи фильмов. Да что там, в его честь целый чертов парк развлечений отгрохали!

— Я туда немного вечной классики добавил. Кстати, как тебя вообще в фэнтези занесло?

Колин расстегивает рюкзак и открывает первую страницу первой книги — «Скорпиус Готорн и скипетр чудовища». Если бы все выдумки про Летео были правдой и мне вдруг перепала бесплатная операция, я бы забыл, что уже выучил все части от корки до корки, чтобы снова прочесть их в первый раз.

— Ну, люблю выдумывать. — Страницы пожелтели от времени, на полях я нарисовал рогатого Аластора Риггса, Властелина Школы Серебряной Короны. — Рисуешь?

— Да, я такой! — Обычно я не хвастаюсь, какой я классный художник, потому что надо же быть скромнее... Но Колин так пялится на мои рисунки, как будто на дурацком школьном аукционе отвалил бы за них кругленькую сумму. — И, кстати, ты удостоился великой чести — я одолжил тебе свои единственные и неповторимые экземпляры. Испортишь — уничтожу не хуже Костедробителя.

— Эту отсылку я, кстати, понял, — замечает Колин. Может, он все-таки не безнадежен? — Это ведь такие тролли из первого фильма? — Надежда умирает: как можно сравнить бескожего демона с каким-то тупым троллем?

☹ ☹ ☹ ☹

Через пару недель Колин возвращает мне «Скорпиуса Готорна и Низины» — последнюю книгу серии. Внутри — записка: «Скажи "да" или "нет"». Без вопроса. Но я знаю, о чем он спрашивает, и раньше, думая о такой возможности, я ожидал испугаться сильнее.

Я обвожу «да» и толкаю записку на его край стола. Колин читает, прячет бумажку в нагрудный карман и кивает:

— Круто.

После уроков баскетбольный матч. Я сказал Женевьев, что останусь посмотреть. Она удивилась, но особо вопросов не задавала: хоть уроки нормально поделает, не отвлекаясь на мои звонки. Колин сказал своей девушке, Николь, что посмотрит, годятся ли на что-то те, кого таки взяли в команду.

На матч мы, конечно, не идем.

Я загоняю его на верхний этаж и там, запыхавшись, спрашиваю:

— Почему я? Только вот плечами не пожимай и не говори, что я классный!

Он пожимает плечами. Я притворяюсь, что иду к лестнице. Он хватает меня за руку:

— Я понял, что ты не такой, как все, хотя на первый взгляд это не видно. Чтобы понять, кто ты такой, надо сперва хорошенько тебя узнать, понимаешь? Я тебя узнал, и ты мне нравишься. Сойдет за ответ?

— Да, ты даже немного переборщил с пафосом.

— Придурок. Твоя очередь. Почему я?

Я пожимаю плечами, приближаю свое лицо к его и говорю, что он классный.

Мы синхронно оглядываемся на лестницу: не идет ли кто? — и целуемся.

☹ ☹ ☹ ☹

ШЕСТНАДЦАТЬ ЛЕТ, НОЯБРЬ, ВОСЕМЬ МЕСЯЦЕВ НАЗАД

— Буду учить тебя кататься на велике, — объявляет Колин и катит мне навстречу побитый десятискоростной велосипед со слетевшей цепью. — Тебе шестнадцать. Твой папа уже десять лет как прозевал свой шанс научить тебя самому. — Он встает на четвереньки и ставит цепь на место. Мне видно полоску кожи у него на пояснице.

— Может, я слишком большой, чтобы учиться.

— Как ты собираешься права получать, если даже на велике кататься не умеешь? Ну давай, сделай вид, что это метла Скорпиуса! Алый Дух, да?

— Уговорил.

Я залезаю на велик, и Колин объясняет правила. Я надеюсь, что он поддержит меня за плечо или будет страховать со спины, но мы рядом с его домом, и нас могут спалить его друзья. Я кручу педали и падаю, чудом не воткнувшись головой в пожарный гидрант. Колин протягивает руку:

— Может, у него была метла с дополнительными колесиками?

☹ ☹ ☹ ☹

Колин уже два раза лишился девственности. Первый раз — в четырнадцать, с девчонкой по имени Сурия, после того как она дрочила ему под трибунами в спортзале. А прошлым летом он ездил на каникулы в Поконо, и там какой-то чувак его нагнул. Я еще девственник в обоих смыслах. С Женевьев мы пока дальше второй базы не продвинулись. Но с Колином я хочу попробовать пойти дальше.

Мы недавно пытались заняться этим на лестнице соседнего дома, но не успели даже толком раздеться, как наверху раздались шаги. Пару дней назад вечером пробрались к заброшенному крыльцу на балконе — та же история. На самом деле это было рискованно, но оно бы того, пожалуй, стоило. И, наконец, сегодня мы ушли подальше от моего дома и наткнулись на укромный уголок за колючей проволокой, между мясным и цветочным магазинчиками. Между царством смерти и царством жизни.

— Пахнет дохлой коровой, — замечаю я. — Но, знаешь, приятно. Я запутался.

— Мне пойти купить тебе букет? — спрашивает Колин, показывая мне средний палец. Мы постоянно показываем друг другу средние пальцы — ну, надо же как-то помнить, что мы оба парни.

Колин перешагивает ржавый остов велосипеда — интересно, он будет меня еще учить кататься? — берется за нижнюю часть забора и отгибает, чтобы можно было заползти внутрь.

Уже темно, а мы так далеко от друзей со двора и девушек. Наверняка даже луне с неба нас сейчас не видать. Я толкаю его, он меня. Я вжимаю его в стену, расстегиваю на нем рубашку, а дальше — только презервативы и стыдные воспоминания.

☹ ☹ ☹ ☹

Сегодня прохладно, заняться сексом в нашем убежище не получится. Мы решили вместо этого оставить там свой след. Я одолжил у Женевьев баллончики с краской: они остались от какого-то проекта и все равно год валяются без дела. Колин поддержал мою идею, и я прыгал от радости: значит, у нас с ним не просто секс, а что-то большее.

Колин черным и синим рисует на грязной стене земной шар. Вдалеке гудят сирены, мне надо быстро что-то придумать и, если что, успеть смыться. Я дорисовываю над шаром зеленую стрелку. Получается научное обозначение самца. Что-то в этом есть: чем бы мы с Колином ни занимались, все же мы оба парни. Колин дорисовывает корону — мир принадлежит нам.

Сирены затихают вдали, и мы не торопясь украшаем — менее гейского слова не подобрать — наше убежище. Колин рисует на второй стене какое-то странное бесформенное создание.

— Поцелуй не подаришь?

— Хрен тебе.

— Ладно, попытка номер два: поцелуй меня, а то покрашу! — грозится Колин.

Я с улыбкой подхожу к нему, он наставляет на меня баллончик.

— Не смей, Колин Вон! — Я делаю шаг назад, голубая струя бьет мне в грудь. — Засранец!

Я тоже хватаюсь за баллончик и обстреливаю спину бегущего Колина зеленым. Мы так бесимся минут десять. Теперь мы оба по уши сине-зелено-черные, и я без понятия, как буду объяснять это родителям.

☹ ☹ ☹ ☹

ШЕСТНАДЦАТЬ ЛЕТ, ДЕКАБРЬ, СЕМЬ МЕСЯЦЕВ НАЗАД

Охренеть. Вчера застрелили Кеннета. Потому что Кайл, мать его, мудак. Мог бы удержать свое хозяйство в штанах и не трахать сестру долбанутого Джордана. Хотя, мать его, весь двор знал, что Джордан прибабахнутый на всю голову и убьет нахрен любого, кто ему не понравится. Он, мать его, должен был пристрелить дебила Кайла, но нет, пуля угодила в Кеннета, который, мать его, спокойно шел домой с занятия, мать его, на кларнете! Теперь мы, мать его, никогда не увидим, как Кеннет выступает на сцене, и никогда не назовем его мелким сопливым педиком, хотя на самом деле мы бы все, мать его, гордились им, потому что он достиг бы хоть чего-то!

Как же хорошо, что рядом Колин. Он, мать его, настоящий друг, можно уткнуться ему в грудь и пореветь. Он обещает отвлечь меня кино и комиксами, но самый охренненный способ меня отвлечь — просто обнимать, когда мне плохо и страшно.

☹ ☹ ☹ ☹

Мы с Колином предвкушали, как круто будет вместе посмотреть новых «Мстителей», — но наши девушки решили, что пойдут с нами. Мы, конечно, парни порядочные и не спорим. Женевьев пыталась отвоевать себе место рядом с Николь, чтобы вместе сюсюкать про Роберта Дауни-младшего и всякое такое, но Колин заявил, что фильм мужской, а значит, сидеть рядом будут парни. Даже изобразил, что ревнует свою девушку к актерам. Бред какой.

Через час после начала фильма я тянусь за попкорном — ведерко стоит на коленях у Колина — и незаметно глажу его по руке. Мне немного стыдно: слева сидит Женевьев, а я при ней лапаю парня. Но с Колином я счастлив, куда деваться?

— О-хре-нен-ный фильм, — шепчет Колин, легонько касаясь губами моего уха.

Я неслабо возбудился, но вот засада — домой-то мы расходимся в разные стороны.

— Видал и получше, — шепчу я в ответ.

— Хрен там!

Я хлопаю его по руке и пихаю локтем (лайфхак: если вы с другом постоянно бьете друг друга, ваши девушки не заподозрят, что вы с ним спите).

— Постеснялись бы! — шипит Николь, стряхивая с колен попкорн (или заподозрят?).

Колин снова наклоняется к моему уху, я оборачиваюсь к нему, и в это время Женевьев окликает меня по имени. Отсмеявшись над дебильным анекдотом из серии «Мартышка и дракон входят в бар...» и взбесив весь зал, во главе, наверно, с Женевьев, я подумываю спросить ее, что она хотела сказать. Но я же не могу спалиться, что был слишком занят своим тайным парнем — или кто мы друг другу — и проигнорировал ее. Я наклоняюсь и шепчу ей на ухо:

— Жду не дождусь вечера, Жен.

Женевьев стягивает с меня ремень и затаскивает меня на кровать. Ее отец до завтра уехал из города, не помню уж зачем, и с самого начала было ясно, что меня ждет после двойного свидания. Если я хочу быть с Колином и дальше, придется подыграть, чтобы она ничего не заподозрила. Женевьев залезает на кровать, садится на колени и застывает, глядя мне в лицо:

— Ты же хочешь?..

По-хорошему, я должен честно ответить: «Вообще не особо», — выйти отсюда и позвонить Колину. Вместо этого я хватаю ее за плечи, прижимаю к себе, целую в шею, лицо, губы...

— Какая ты красивая... — шепчу ей на ухо.

Вроде бы пока я все делаю правильно.

Она снимает с меня футболку и швыряет на другой конец комнаты.

— Расстегни мне рубашку, — просит она, чертя пальцами круги на моей груди.

Каждую пуговицу она сопровождает низким стоном. Звучит как-то фальшиво, но мы же не можем оба притворяться? Это у меня уже паранойя. Наконец ее рубашка летит на пол, и мы просто сидим и смотрим друг на друга. На ней зеленый лифчик, наверняка купленный специально ради этого вечера, а я даже трусы со вчера не переодел.

Женевьев ложится на спину и выключает прикроватную лампу:

— Иди сюда.

Надеюсь, при луне не видно, как я боюсь. Чтобы это скрыть, я играю бровями и шаловливо ухмыляюсь, надвигаясь на нее. Обнимаю за талию, собираюсь поцеловать — и вдруг хватаюсь за голый живот со стоном:

— Блин... Слушай, я ща блевану... Попкорна переел, по ходу. Он такой жирный, жесть!

Странная незнакомая искусительница тут же превращается в нормальную Женевьев:

— Принести тебе что-нибудь с кухни? У меня есть имбирный эль и хлеб...

— Думаю, мне сейчас лучше поспать. Обычно помогает.

— Ладно, но... Малыш, может, подождешь немного, вдруг пройдет? Сегодня у нас единственный шанс наконец-то это сделать. Кто знает, когда теперь сможем?

— Да понимаю. Слушай, я хочу тебя, но...

В общем, неважно, что говорить дальше. Самое главное я уже сказал: я не хочу.

☹ ☹ ☹

ШЕСТНАДЦАТЬ ЛЕТ, ЯНВАРЬ, ПОЛГОДА НАЗАД

Я немного в шоке. Колин подарил мне на рождество подарочную карту «Дома сумасшедших комиксов» на двадцать долларов.

Я давно умолял Мохада, гордого владельца «Лавочки вкусной еды», взять меня на работу, и он наконец сказал, что скоро, может, нужен будет кассир. Пока что я помогал по хозяйству папе: мыл ему машину, носил сэндвичи из «Джои» — и он выдал мне пятнадцать долларов на подарок для Женевьев. Потратил я их, конечно, не на нее.

Ладно, если точно, я взял за четыре доллара чистый блокнот и нарисовал ей мультик. Но на остальное я купил нам с Колином по экземпляру первого выпуска «Темных сторон». Это новая серия «Марвела», в которой герои сражаются со своими темными двойниками, а вокруг Средневековье, стены огня и горы трупов. На следующий день после Рождества мы садимся у него в коридоре и читаем их от корки до корки.

Второго января, когда «Сумасшедший дом» выходит с каникул, я иду туда и сразу направляюсь к стойке, чтобы случайно не истратить двадцать долларов на какие-нибудь классные комиксы не из моей любимой тележки. Расспросив Стэна, как прошли его каникулы, я перехожу к делу:

— Можно мне подписку на «Темные стороны»?

— Читал уже первую часть? Чувак, она эпична! Я офигел, когда в их дом влетело торнадо!

— Ага, моему другу тоже это место понравилось.

Стэн пробивает мне подписку по новогодней акции, выходит двадцать четыре доллара. Я трачу всё с карты и еще доплачиваю.

— Всего семь выпусков, да?

— Ага, счастливое число. По одному в месяц.

Значит, мы с Колином прочтем вместе еще шесть комиксов. Кайф.

☹ ☹ ☹ ☹

Чтобы отвлечься от всяких неприятных штук: ну, там, Кеннет погиб, Кайл к нам носу не кажет, я обманываю Женевьев, и мне стыдно, — я решил погрузиться в новый проект. Я рисую комикс про героя, которого назвал Хранителем Солнца. Когда-то мне приснился сон, что я от голода проглотил солнце и у меня все кости раскалились, но я не взорвался, не растаял и вообще неплохо себя чувствую. Вроде прикольная идея. Когда дорисую, наверно, подарю Колину.

☹ ☹ ☹ ☹

ШЕСТНАДЦАТЬ ЛЕТ, ФЕВРАЛЬ, ПЯТЬ МЕСЯЦЕВ НАЗАД

— Аарон, если что, ты можешь мне все рассказать.

Мы с мамой сидим у нее в спальне, и у меня бешено стучит сердце.

— Я тебе с самого детства это повторяю. Помнишь, ты не хотел мне говорить, что?..

— Мне нравятся парни, мам, — выдавливаю я, не отрывая взгляда от валяющегося на полу грязного белья. — Прости. Просто... Ну ты поняла.

Мама шагает ко мне, берет за подбородок и приподнимает мою голову, но я все еще не могу взглянуть ей в глаза.

— Сынок, тебе не за что просить прощения.

— Ну, типа я врал и вел себя как придурок... — Мама берет меня за руку, и мне хочется расплакаться. Колин сказал бы «заскулить как сучка», потому что парни не плачут. — Может, мне свалить куда-нибудь? Не решил пока куда, но если...

— Аарон Сото, никуда ты отсюда не денешься. Пока школу не закончишь. Тогда выметайся в приличный колледж, учись, ищи работу и возвращай мне все деньги, которые я на тебя потратила! — Мама улыбается, и я вымученно улыбаюсь в ответ.

— И что теперь? Скажешь, что всегда подозревала или типа того?

— Сынок, я выше этого.

— Спасибо. С меня причитается.

— С тебя примерно миллион долларов причитается, но это мы потом обсудим. Я рада, что ты готов и вроде бы в ладах с собой. Я всегда боялась именно того, что ты не поймешь.

Я понимаю, о чем она. Я стал меньше времени проводить с Бренданом и ребятами, и они несколько раз видели, как я перехожу дорогу и иду встречаться с Колином. Иногда он, правда, приходит к нам во двор, но обычно я больше никого к нему не подпускаю. Но я догадываюсь, что вряд ли они нормально примут то, чем мы занимаемся. Да и Кеннета недавно убили, всем и так нелегко.

— У тебя появился молодой человек? — спрашивает мама.

— Ага. Но не притворяйся, что не раскусила. Это Колин. — Я все время о нем рассказываю. Когда ты счастлив с кем-то, скрыть это становится почти невозможно.

Мама садится ко мне на кровать — ту самую, где мы спали все вместе, пока мне не исполнилось тринадцать и я не переехал к Эрику в гостиную, где у нас хотя бы кровати свои.

— У тебя есть его фотка?

— Мне шестнадцать. Конечно, есть! — Я пролистываю фотографии на телефоне, мама смотрит через плечо. На очередном снимке — мы с Женевьев.

— Значит, вы с ней только притворяетесь, что встречаетесь?

☹ ☹ ☹ ☹

Маме признаться оказалось довольно просто. А вот отцу...

Он сидит в гостиной, курит и смотрит, по его словам, очень важный матч «Янкиз». Идет девятая подача, у команд ничья. Может, забить, подождать еще недельку? Но, с другой стороны, может, я просто признаюсь и все будет нормально? Может, он поймет, что я такой, какой есть, не по своей воле, и забудет все, что говорил раньше:

не веди себя как девчонка, не играй за женских персонажей? Может, он сможет меня принять?

За мной в гостиную заходит мама, садится на кровать Эрика:

— Марк, прервись на минутку. Аарон хочет сказать тебе кое-что важное.

Отец выдыхает клуб дыма:

— Я слушаю, — и смотрит дальше.

— А, ладно, потом скажу. — Я разворачиваюсь и собираюсь уйти в спальню родителей, но мама ловит меня за руку. Она понимает, что я, наверно, никогда не буду готов ему рассказать и могу откладывать признание до самой его смерти, а потом, может, когда-нибудь приду к нему на могилу и вот тогда признаюсь. Но лучше сделать это сейчас — тогда я смогу наслаждаться жизнью с Колином и не стыдиться хотя бы родителей.

— Марк, — повторяет мама.

Отец не спускает глаз с экрана. Я глубоко вздыхаю.

— Пап, я надеюсь, ты спокойно воспримешь, но я типа как бы кое с кем встречаюсь... — Я уже вижу, что он растерян, как будто я предложил ему решить уравнение, только без бумаги, ручки и калькулятора. — Это мой друг Колин.

Папа наконец оборачивается. И из растерянного сразу становится злым. Как будто «Янкиз» не просто продули с разгромным счетом, но все дружно разом ушли из спорта. Папа наставляет на маму кончик сигареты:

— Это все ты виновата. Ты и скажи ему, чтобы прекращал нести чушь.

Как будто меня тут вообще нет.

— Марк, мы же всегда повторяли, что будем любить детей во что бы то ни стало, и...

— Бред сивой кобылы, Элси. Пусть завязывает с этим или валит.

— Если ты хочешь получше разобраться, что такое гомосексуальность, можешь спокойно сесть рядом со своим сыном и все обсудить, — произносит мама ровным тоном, пытаясь одновременно поддержать меня и не разозлить отца. Все мы знаем, на что он способен. — Можешь притвориться, что ничего не слышал, можешь взять время на подумать. Все в порядке, Аарон никуда не денется, мы подождем.

Папа кладет сигарету в пепельницу и пинает корзину с бельем, на которую положил ноги. Мы пятимся. Мне редко хочется, чтобы Эрик был рядом, но сейчас он бы очень, очень не помешал, а то здесь начнется мясо. Отец тыкает в меня пальцем:

— Тогда я сам его вышвырну!

Мама заслоняет меня своим телом.

Отец огромными лапищами хватает ее за горло и начинает трясти:

— Все еще думаешь, что так и надо?

Я хватаю пульт, бросаюсь к отцу и бью его по затылку с такой силой, что из пульта вылетают все батарейки. Отец толкает маму на домофон, она падает на пол и лежит, пытаясь отдышаться. Не успеваю я подбежать к ней, как мой папа — мы с ним, блин, когда-то в мяч играли! — бьет меня по затылку, и я валюсь на кучу видеоигр Эрика. Отец хватает меня за шиворот и выталкивает из квартиры:

— Будь я проклят, если доживу до того дня, когда ты притащишь домой парня, чертов пидор!

Щелкает замок, и я принимаюсь реветь навзрыд, как не ревел ни разу в жизни. Мне не перестать быть тем, кто я есть. А отец так легко перестал быть папой.

☹ ☹ ☹

Вчера меня выгнали в коридор, и я час с лишним молотил в запертую дверь. Если отец меня задушит или забьет до смерти, будет хреново, но за маму-то страшно! Я так шумел, что кто-то вызвал полицию. Стоило им постучать в дверь, как отец без лишних слов ушел с ними. Даже не взглянул на меня, пока на него надевали наручники и зачитывали ему права. Мама пошла в больницу: кто знает, что он ей отбил?

Худшего кошмара в своей жизни я не припомню.

К счастью, у меня был Колин, и сегодня мы ездили в Пелэм-парк. Он учил меня ориентироваться в городе: я здесь вырос, но все равно всегда путаюсь. Мы почти не говорили о том, что случилось вечером, но решили, что пора уже расставаться с девушками. Они, конечно, служат неплохим прикрытием от повторения вчерашнего, но нельзя же постоянно их обманывать, спасая собственную шкуру.

— Только не липни ко мне, как Николь, — шутит Колин, когда мы садимся в обратную электричку. — Прикинь, она постоянно звонит по ночам, а я вообще-то сплю!

— Не буду, — обещаю я, хотя вряд ли удержусь. Удивительно: когда кто-то очень нравится, становишься страшным собственником и начинаешь сходить с ума. Хочешь первым узнавать о нем все самое важное, а кое-чем вообще ни с кем делиться не хочешь.

Я толкаю его коленом, он толкает в ответ. Если бы мы были парнем и девушкой, можно было бы обниматься, целоваться, и всем было бы насрать. Но вот двум парням в электричке посреди Бронкса лучше вообще никаких чувств не показывать, а то будет хреново. Я всю жизнь это знал, просто надеялся, что пронесет. Раздается свист. Не пронесет.

Парни, которые еще пару минут назад соревновались, кто больше раз подтянется на поручне, направляются к нам. Тот, что повыше, в подвернутых джинсах, спрашивает:

— Эй, вы чо, педики?

Мы говорим, что нет.

Его приятель с вонючими подмышками тыкает средним пальцем Колину между глаз. Тот судорожно вдыхает сквозь стиснутые зубы.

— Гонят. Я так и вижу, как их маленькие болтики встают.

Колин бьет его по руке. Это он зря. Так же зря мама вчера пыталась за меня заступиться.

— Да пошли вы!

Кошмар за кошмаром.

Один парень впечатывает меня головой в поручень, другой избивает Колина. Я пытаюсь двинуть своему противнику в нос, но слишком кружится голова, и я промахиваюсь. Понятия не имею, сколько раз меня еще бьют и в какой момент оказывается, что я лежу на липком полу, а Колин пытается заслонить меня, но его отшвыривают пинком. Он смотрит на меня, и на его добрых карих глазах невольно выступают слезы боли и страха. Его бьют по голове, глаза закатываются. Я зову на помощь, но никто даже не пытается их оттащить. Никто не чешется сделать доброе дело.

Поезд тормозит, открываются двери, но спастись можно даже не мечтать. Ну, нам с Колином. Избившие нас парни, смеясь, выбегают на платформу. Заходят новые пассажиры. Часть из них тупо побыстрее садится на свободные места. Часть делает вид, что нас нет. Пара человек все же приходит нам на помощь. Но уже слишком поздно.

Колин наотрез отказался идти в больницу. Сказал, ему не по карману. Моя мама наверняка не взяла бы с него денег, зато она точно позвонит его родителям и, возможно, расскажет им все, даже то, в чем он не собирается признаваться.

Через полчаса я добираюсь до дома, не отнимая от носа скрученной в комок футболки, чтобы кровь не капала на землю. Захожу через гараж: не хочу в таком виде попадаться друзьям. Дверь приоткрыта, внутри горит свет. У Эрика сейчас смена в игровом магазине, мама осматривает пациента в тюрьме.

Я открываю дверь. При виде человека, сидящего в ванне, футболка выпадает у меня из рук и кровь заливает лицо и грудь.

Охренеть.

Папа.

Глаза открыты, но смотрят в пустоту.

Он сидит прямо в одежде.

Вода ярко-алая, из его разрезанных запястий все еще течет кровь.

Он пришел домой и покончил с собой.

Он покончил с собой, чтобы не дожить до того дня, когда я приведу домой парня.

Он покончил с собой из-за меня.

Сколько крови...

Слишком много красного... Все вокруг темнеет.

Дико болят ноги, но я бегу и бегу по парку. Запрыгиваю на скамейку, больно приземляюсь на пострадавшую в драке ногу и бегу дальше. Когда мы с Колином бегаем наперегонки, я обычно поддаюсь, чтобы ему было не так стыдно. Но не сегодня.

У перевернутой мусорки клюют хлебные крошки голуби, я ввинчиваюсь в их гущу, и они разлетаются. Я бегу дальше, но меня преследует лицо мертвого отца в залитой кровью ванне, и я бегу, пока не наступаю на шнурок и не лечу в грязь.

Колин наконец догоняет меня и падает на четвереньки, тяжело дыша:

— Ты... как?

Я весь трясусь, хочется молотить кулаками по земле, как капризный ребенок. Колин кладет руку мне на колено, я вскидываюсь и обнимаю его так крепко, что у него в спине что-то хрустит.

— Ай! Блин... — Он вырывается. — Аккуратно!

Я оглядываюсь: не видел ли кто? Мы тут одни. Но Колин тоже боится каждой тени. Мы оба помним, что случилось, когда я всего лишь невинно толкнул его коленом. Если нас застанут в обнимку, нас же на костре сожгут!

— Прости.

Прошло всего два дня, но я скучаю по виду его лица без синяков и фонаря под глазом.

Колин встает. Я надеюсь, что он протянет мне руку, но это он тянется почесать в затылке:

— Надо бы умыться, меня Николь ждет. Поговорить хочет.

— Не уходи еще немножко! — Он явно сейчас отмажется. Я быстро добавляю: — Забей. Иди делай свои дела.

И он уходит.

☹ ☹ ☹ ☹

ШЕСТНАДЦАТЬ ЛЕТ, МАРТ, ЧЕТЫРЕ МЕСЯЦА НАЗАД

На похороны никто из нас не пошел. Говорят, хоронили в закрытом гробу. Я вообще сомневаюсь, что там было так уж много народу. Его не очень любили, он тоже много кого не любил. Думаю, он и сам бы не хотел, чтобы я пришел. Я упустил возможность помочиться ему на могилу. Но в итоге во время похорон я встретился с Колином, тоже сойдет за красивый прощальный жест.

Я сижу на земле, Колин ходит взад-вперед. Он толком не пытался меня поддержать и даже не обнял. Это действует на нервы.

— Он из-за меня это сделал, — говорю я, хотя Колин это уже раз сто слышал. — Из-за нас с тобой.

— Может, пока сделаем перерыв? — отзывается Колин. — Тебе, наверно, лучше меня пока не видеть.

— Поверь, это сейчас последнее, что мне нужно. — Я не повторяю очевидного: нас с ним только что обоих избили, потом покончил с собой мой отец. — И нам скоро надо поговорить с девчонками. Тебе... Нам надо уже со всем разобраться. Я не переживу еще одной потери.

— Слушай, Аарон, может, сейчас не в тему, но у меня никак не получится расстаться с Николь. То, что было между нами, ошибка. Видишь, сколько плохого это тебе принесло? А мне? Ну ты понял, надо завязывать.

Иногда бывает такое ощущение, что ты спишь и тебе снится кошмар. Но нет, это реальная жизнь выдает беду за бедой, и наконец ты остаешься совсем один.

— Ты меня бросаешь? — спрашиваю я. — Я рассказал про тебя маме! Из-за нас покончил с собой мой отец! Нас избили в поезде, потому что мы — это мы!

Колин шагает взад-вперед и боится смотреть мне в глаза:

— Значит, нам надо меняться. Так больше просто нельзя! Николь беременна, и я как мог отговаривал ее оставлять ребенка, но не смог. Придется снова быть мужиком.

Хреново, конечно, но хотя бы ожидаемо. Если спишь с девушкой, она может залететь.

— Ну беременна и беременна, дальше что? Ты все равно гей и никогда не...

— Не надейся, Аарон.

Он подходит к ограде. Кажется, сейчас развернется и будет ходить взад-вперед дальше, но он подныривает под забор и молча уходит.

Во мне что-то ломается, хочется плакать.

Все было ошибкой.

Ладно, пофиг, у меня тоже есть девушка. Пусть он делает что хочет.

ШЕСТНАДЦАТЬ ЛЕТ, АПРЕЛЬ, ТРИ МЕСЯЦА НАЗАД

Я точно знаю: отец покончил с собой из-за меня.

Мама думает, что он так и не оправился после прошлой отсидки и шестеренки у него в голове окончательно разладились.

Теперь я повсюду ищу счастье, чтобы не кончить так же.

Оказывается, в Техасе есть город Хэппи, то есть Счастливый. Наверно, там очень здорово жить.

Я учу, как пишется и произносится слово «счастье» по-испански, по-немецки, по-итальянски и даже по-японски. Японский вариант дико сложно рисуется.

Самое счастливое в мире животное — квокка — мелкий мохнатый щекастый засранец, который вечно улыбается.

Но всего этого мало.

В голове по-прежнему скачут воспоминания, ввинчиваясь в меня штопором. Не хочу сидеть и ждать, какую еще трагедию подкинет автор моей ужасной жизни. Я вскрываю упаковку бритвы, оставшейся от папы, и режу запястье — совсем как он. Режу по кривой, и получается улыбка. Пусть все знают, что я умер ради счастья.

Я надеялся, что станет легче, но боль делает хуже, хуже, чем когда-либо. Я ни на секунду не прекращаю чувствовать себя пустым и недостойным спасения, даже когда кровь из тонкого пореза заливает все вокруг.

Я не хотел умирать — и не умер.

Несколько дней провалялся в больнице. Познакомился с психотерапевтом по имени доктор Слэттери. Терпеть его не мог. Сначала я думал, что только у меня с ним не сложилось, потом прочел отзывы в сети. Не я один считаю его хреновым врачом.

«После доктора Слэттери я свихнулся еще сильнее!»

«Доктор Слэттери все время трындит о своих проблемах!»

И так далее, и так далее.

Вместо этого клоуна мне вправляет мозги Женевьев. Мама впервые выпустила меня из-под своего неусыпного ока — и из-под неусыпного ока Эрика. Они оба часто пропускали работу, пока я поправлялся дома. Теперь меня выпустили отпраздновать юбилей — мы с Женевьев вместе ровно год.

Мама, наверно, думала, что мы будем гонять по городу, развлекаться и не думать о плохом. Вместо этого я валяюсь у Женевьев на диване, уткнувшись головой в ее колени, и реву, не в силах сделать что-нибудь со своей болью. Но есть кое-кто, кто в силах…

— Мне не кажется, что операция Летео — хорошая идея, — говорит Женевьев. — Когда умерла мама, было ужасно, и…

Она не понимает.

Ей не пришлось наткнуться на ошметки маминого тела — или что там остается после крушения самолета? — как я наткнулся на труп отца.

— Я хочу забыть, что я его нашел. Думаю, это достаточно адская жесть для Летео.

— Да… — Женевьев тоже начинает плакать. — Пожалуй.

Мы громко включили телевизор, чтобы отец Женевьев не слышал, как я плачу. Мне не стыдно, мне кажется, это ему было бы неловко. Идет реклама нового фильма, «Последняя погоня», и я едва не задыхаюсь при мысли о том, сколько фильмов мы с Колином не сможем вместе посмотреть, сколько комиксов не прочтем плечом к плечу... Он вообще делает вид, что меня не существует.

Он решил начать с чистого листа. Возьму пример с него.

☹ ☹ ☹ ☹

ШЕСТНАДЦАТЬ ЛЕТ, МАЙ, ДВА МЕСЯЦА НАЗАД

Выйдя от доктора Слэттери — весь час я захлебывался злыми слезами, — я решаю немного побыть на улице, пусть даже маме придется бросить все дела и сидеть рядом. Перед сто тридцать пятым домом припаркован грузовик. Я иду разведать, что у нас за новые соседи. Из подъезда выходит Кайл, катя перед собой тележку для покупок, забитую коробками, и выгружает их в открытый кузов. Я все еще удивляюсь, что за ним молчаливой тенью не тащится Кеннет.

Из тележки падает одна коробка. Я поднимаю ее и отдаю Кайлу. Он старается не смотреть мне в глаза.

— Уезжаете?

Кайл кивает и зашвыривает коробку в кузов.

— Куда?

— Плевать. Здесь жить уже просто невозможно.

К нам стекаются Брендан, Малявка Фредди, Нолан и Дэйв Толстый. Брендан кивает мне, остальные пялятся на мое перебинтованное запястье. Брендан заглядывает в кузов, садится на пандус подъезда и спрашивает:

— Чего за движуха, парни?

— Кайл переезжает, — отвечаю я. Пусть лучше он отдувается, чем я. — И не сказал куда.

— Да потому что насрать, где жить! Лишь бы свалить! Я захожу в магазин — Мохад называет меня Кеннетом! Я играю с вами в крышки — надо оставить фишку для Кеннета, хотя ему уже не надо! На тебя, Аарон, я вообще смотреть не могу! Ты пытался сдохнуть и все равно выжил, а от Кеннета остались одни кости!

Из подъезда выходят его родители, он забирает у матери ящик и швыряет в грузовик прямо через голову Брендана. Что-то разбивается.

— Забудьте про меня, и все!

Он снова ныряет в подъезд, и мы уходим на третий двор, чтобы ему не мешать.

— Некрасиво вышло, — говорит Малявка Фредди.

Брендан отмахивается и спрашивает меня:

— Ты как, нормально?

Я киваю, хотя, если честно, мне хреново.

— Этот, как его, Колин к тебе ходит?

— Не. Да ну его, — отвечаю я, и мы меняем тему.

Брендан даже похлопывает меня по спине. Некоторое время мы болтаем все вместе, как будто я и не выпадал из компании, потом меня подзывает мама, и я бегу к ней, собираясь попроситься еще погулять.

— Звонил доктор Слэттери, — говорит мама, сжимая в руке телефон.

— Решил вернуть деньги, которых он не стоит?

— У него есть знакомая в Летео. — Мама зажмурилась, как будто боится даже смотреть на меня. — Он поговорил с ней, ее зовут доктор Касл или как-то так. Она готова назначить консультацию.

Охренеть.

Я оглядываюсь на друзей. Теперь я знаю, как все исправить, чтобы они никогда меня не возненавидели. И я перестану постоянно думать про Колина.

— Давай запишемся.

ШЕСТНАДЦАТЬ ЛЕТ, ИЮНЬ, МЕСЯЦ НАЗАД

Доктору Эванджелин Касл хватило одной консультации, чтобы установить: корень всех проблем — моя ориентация. Все равно пришлось сходить еще на несколько приемов, прежде чем мне назначили процедуру, но вот наконец этот день настал. Мама не может пойти со мной: она и так слишком часто отпрашивалась с работы, и терпение начальства начинает иссякать. Кому-то же надо платить за квартиру и за мою операцию. Зато со мной пойдет Женевьев.

— Сынок, все будет хорошо.

Когда-то мама обещала, что со мной никогда не случится ничего плохого. Потом я вырос, и все пошло куда-то не туда, но сегодня я ей верю. Худшее, что может случиться, — не случится вообще ничего.

— Будет.

— Аарон, имей в виду: я подписала все документы только ради тебя. Я не хочу тебя менять. Не считаю тебя ненормальным. Просто нам всем нужно начать с чистого листа. И ко мне наконец вернется мой любимый сын, который не будет обманывать Женевьев и не захочет навсегда меня покинуть.

Она не выпускает меня из объятий, и ее слова больно ранят. Как хорошо, что мне не придется больше помнить, как я разочаровал и мать, и отца.

☹ ☹ ☹ ☹

ШЕСТНАДЦАТЬ ЛЕТ, 18 ИЮНЯ

Я веду пальцем по шраму-улыбке и хочу улыбнуться сам. Как же я счастлив!

Мне одобрили процедуру коррекции памяти. Звучит жутковато, есть риски — новые технологии, работа с мозгом, все дела, — и врачи очень осторожничают, прежде чем назначить операцию лицам младше двадцати одного года. Но мне разрешили вытрясти из головы немного прошлого и немного правды о том, кто я такой, пока я сам себе не навредил.

В зале ожидания, как всегда, людно, не то что в больнице, куда я ходил к доктору Слэттери. К нему-то никто не готов часами стоять в очереди. Зато по его рекомендации нам дали неплохую скидку. Надо всюду искать плюсы.

У Женевьев дрожит нога и бегают руки. Вот поэтому я и хотел пойти один, но они с мамой не желали ничего слушать. Чтобы убить время, можно взять со столика какой-нибудь журнал про душевное здоровье, брошюру или анкету, но я уже знаю все, что надо.

В Летео отказывают клиентам, которые хотят забыть спойлеры к «Игре престолов» или несчастную любовь. Мы же не в кино. Здесь помогают стереть воспоминания, из-за которых люди начинают сами себе делать хуже. От разбитого сердца не умирают. Умирают, ну, например, от успешной попытки суицида.

Вон, скажем, сидит пожилой латиноамериканец и без остановки повторяет выигрышные номера лотереи, в которую проиграл. Его наверняка сразу завернут.

Я замечаю в зале пару знакомых лиц с групповой терапии, на которую меня гоняли, чтобы проверить, не лечатся ли мои раны временем.

Забавно: от этой терапии мне хотелось сдохнуть еще сильнее.

Женщина средних лет воет раненым зверем, качается на стуле и бьет кулаком в стену. К ней бросается медбрат и пытается ее успокоить. Я ее знаю — не по имени, конечно. Ей не дает покоя память о том, как ее пятилетняя дочь погналась за птичкой, выбежала на загруженную трассу... Ну да, вы уже догадались.

Я опускаю глаза и пытаюсь не слушать ее крики, но тут подходит второй медбрат со смирительной рубашкой, и я невольно поднимаю глаза и смотрю, как ее уносят в ту самую дверь, куда скоро войду и я. Интересно, сколько ей придется забыть, чтобы жить без смирительной рубашки (и, пожалуй, кляпа, чтобы заглушить крики)?

Все затихли. Смолкли разговоры. На кону стоят жизни людей.

Вон тот очень-очень пухлый парень — кажется, Мигель — сказал на групповой терапии, что сможет победить переедание, только если забудет детскую травму. На его футболке осталось от завтрака пятно кетчупа. Хочется подойти и обнять его. Надеюсь, Мигеля признают достаточно больным, сделают операцию, и он будет снова здоров — физически и духовно.

Я, как и он, пришел сюда потому, что больше не хочу быть тем, кто я есть. Я хочу быть так счастлив, что незваные тени плохих воспоминаний навсегда поблекнут.

Доктор Касл попросила меня составить список радостных вещей, на которые можно отвлекаться от нежелательных мыслей. На терапии я всегда натягивал улыбку, хотя разговаривал с ней о совсем невеселых вещах. Слишком уж она хорошая. И старается помочь.

Я беру Женевьев за руку, чтобы она не боялась, хотя вроде как логично наоборот. У нее на ногтях следы засохшей голубой и оранжевой краски.

— Что сейчас рисуешь? — спрашиваю я.

— Ничего интересного. Поиграла немножко с идеей, про которую тебе рассказывала. Ну, типа солнце не садится над океаном, а тонет. Не знаю только, что из этого сделать. — Понятия не имею, о чем она. Ожидаемо.

Женевьев накрывает ладонью мои пальцы: оказывается, я перебирал ими рукав футболки. Она изучила все мои привычки, а я даже толком ее не слушаю.

— Все будет хорошо, малыш. Все же будет хорошо?

Пустые слова. Ни один человек в мире не думает, что когда-нибудь заболеет раком. Никто, входя в банк, не ждет, что там начнется перестрелка.

— Если операцию запорют, это еще не самое страшное. Вдруг она вообще не поможет?

В списке возможных побочных эффектов — обширная потеря памяти, антероградная амнезия и прочая дрянь. Но голос на задворках моего сознания твердит, что лучше стать овощем, чем продолжать быть тем, кто я есть.

Женевьев оглядывает зал ожидания — слепяще-белые стены, психов и терпеливых сотрудников. Наверняка жалеет, что не может все это нарисовать. Увы, чтобы сегодня сопровождать меня, она подписала соглашение о неразглашении, и теперь ей нельзя никому рассказывать, что здесь происходит, а то сдерут дофигища долларов штрафа.

— Да вроде нечего бояться, — говорит она. — Мы же тысячу раз перечитали все брошюрки и видео про счастливых пациентов на целый сериал насмотрели. У всех потом все хорошо.

— Да, но нам же не покажут тех, кого потом всю жизнь с ложечки кормят. — Я изображаю улыбку. Надоело уже что-то из себя изображать. Какая ирония, если вспомнить, зачем я здесь. Но я хотя бы не буду знать, что всех обманываю. Сойдет.

Вдруг, взглянув мне за спину, Женевьев начинает плакать. Я оборачиваюсь. В дверях стоит доктор Касл. Ее глубоко посаженные глаза цвета морской волны почему-то всегда меня успокаивают, даже сейчас; а копна ее чуть растрепанных рыжих волос напоминает бушующее пламя. Я борюсь с подступающей паникой. Доктор, наверно, специально не подходит, чтобы дать мне время попрощаться с Женевьев — и, пожалуй, с самим собой.

Я подхватываю Женевьев за талию и кружу пару оборотов. Знаю, заработать головокружение прямо перед тем, как у тебя поковыряются в мозгу, — дурацкая идея. Я даже не успеваю ни о чем попросить — Женевьев берет меня за руку:

— Пойдем вместе.

С каждым шагом навстречу доктору Касл мне все сильнее кажется, что я шагаю на казнь. В каком-то смысле так и есть — надо казнить ту часть меня, без которой всем станет лучше. Паника куда-то исчезает.

— Я готов, — говорю я доктору без тени сомнения.

Напоследок целую Женевьев — девушку, которая, сама того не зная, помогала мне хранить тайну. Или все же она с самого начала догадывалась? Мы встречались целый год и за все это время ни разу даже не признались друг другу в любви. Это, конечно, ничего не значит, но у Женевьев хватит самоуважения не говорить «я тебя люблю» тому, кто никогда не полюбит ее в ответ.

Я никогда не думал, что однажды ей признаюсь, надеялся унести секрет с собой в могилу, но теперь говорю:

— Жен, ты же все про меня поняла. Завтра все будет иначе, обещаю. Мы будем счастливы друг с другом — по-настоящему.

Она не знает, что ответить. Я целую ее в последний раз, и она вяло машет рукой — наверно, навсегда прощаясь с тем, кого научилась любить несмотря на все преграды. Ничего, скоро я их разрушу.

Я решительно разворачиваюсь и вхожу в дверь. Ужас. Я так запутался и столько врал, что в итоге попал сюда. Но иначе быть не может. Я не Колин, чтобы притворяться, что между нами ничего не было, и тупо забыть все, что было.

Я больше не позволю ни одному парню сломать мне жизнь. Я больше не буду ломать жизнь девушке, которая верит, что я ее люблю.

У порога доктор Касл кладет мне руку на плечо.

— Не забывай, ты делаешь это ради собственного блага, — говорит она с британским акцентом.

— Типа я пришел сюда забыть, что вообще это сделал, — пытаюсь я пошутить. Доктор улыбается.

Скоро я забуду, зачем мне понадобилась операция, и саму операцию забуду. Больше не буду помнить, что у нас было с Колином. Перестану выть от тоски по нему. Меня больше никогда не изобьют в поезде за то, что мне нравится парень. Я больше не буду скрываться от друзей, чтобы заняться чем-то запретным. Та часть меня, которая все портит, сегодня умрет. Мне будут нравиться девочки. Отец был бы доволен.

☹ ☹ ☹ ☹

Операция не гарантирует, что я перестану быть сами знаете кем, но изменить свою природу научными методами — мой последний шанс.

Я лежу на узкой койке, на лбу и у сердца наклеено по электроду. Я уже сбился со счету, сколько раз мне что-то кололи и сколько раз спрашивали, все ли в порядке и точно ли я не передумал. Я постоянно повторяю: «Да, да, да».

Вокруг бегают врачи и техники, настраивают мониторы. Другие что-то печатают на компьютерах, колдуют над данными из моего мозга. Доктор Касл не отходит от меня ни на шаг. Она наливает из крана в углу стакан воды, бросает туда две голубые таблетки и отдает мне. Я пялюсь на таблетки и не спешу пить.

— Доктор, со мной все будет нормально?

— Больно не будет, приятель, — отвечает она.

— А сны вы тоже подавляете?

Иногда сны приносят нежеланные воспоминания, иногда оборачиваются кошмарами. Например, этой ночью мне приснилось, как Колин посадил меня на велосипед, не слушая моих протестов, столкнул с крутой горы и, хохоча во все горло, ушел.

— Да. Они могут свести на нет всю нашу работу, — объясняет доктор. — Если бы мы просто стирали память, такой проблемы бы не было. Но для безопасности пациентов мы только перемещаем дурные воспоминания поглубже. Когда мы примемся за работу, тебе не придется даже переживать их. Это было бы слишком сурово. Ты просто крепко-крепко уснешь.

— Обычно так говорят про смерть.

— Мы не жнецы, а скорее добрые духи.

— Я ничего не заподозрю, когда вы станете меня навещать?

— После операции ты будешь думать, что я когда-то была твоей няней. Всех, кто знает об операции, подготовят, и они будут поддерживать легенду, — объясняет доктор. Я все это уже знаю: раз десять прочел в брошюрках и посмотрел на видео. Сотрудники Летео всегда с разрешения пациентов внедряются в их воспоминания, чтобы потом наблюдать за их состоянием, не вызывая подозрений.

Я не рискую вспомнить про Колина. У меня ничего не осталось на память. Я выбросил его кривые рисунки, дебильные подарки, свитер с «Людьми Икс»... Даже сжег на газу все его смешные записки. Как будто от того, что они обратились в пепел, я мог забыть, что там написано.

Доктор Касл взбивает мне подушку. Интересно, она обо всех пациентах так заботится?

— Аарон, можно один вопрос? Личный?

— Ага.

Она отводит глаза, явно сомневаясь. Не знаю, чего и ждать.

— Извини, если я тебя расстрою... С тех пор как мне поручили твое дело, я видела, насколько тебе тяжело, и все же... Не могу не спросить. Если бы все нормально приняли твою ориентацию — ты все равно хотел бы ее поменять?

Хорошо, что я уже обдумал это даже до того, как отец покончил с собой.

— Дело не в том, чего я хочу. Дело в том, что мне нужно.

К нам подходит техник:

— Все готово, доктор Касл. Дайте знак, когда можно приступать.

Я залпом выпиваю стакан и отдаю ей.

— В бой!

Один из врачей надевает мне маску, техник поворачивает какие-то переключатели. В нос ударяет усыпляющий газ — свежая тугая струя с металлическим вкусом, совсем как жгущая горло лава, поднимающаяся изнутри. Не заснуть становится все сложнее. Эванджелин не перебирает пальцами рукав, но тоже явно нервничает. Когда глаза совсем слипаются, я кое-что вспоминаю. Приподнимаю маску, вдыхаю чистый воздух:

— Пока не забыл — спасибо. — Маска падает обратно.

Врачи начинают обратный отсчет от десяти. На восьми я отключаюсь. Проснусь у себя в кровати обычным гетеросексуальным парнем.

ЧАСТЬ ТРЕТЬЯ

ЕЩЕ МЕНЬШЕ СЧАСТЬЯ

1

С ЧИСТОГО ЛИСТА

Да ладно, я все еще жив?

Боль выкручивает кости. Я и не думал, что бывает так больно. Помню, на мое девятилетие я плакал, разбив колени. Как это было глупо и смешно. Даже то, как меня избили в электричке, потому что я коснулся Колина, — кажется дружеским щипком. Сейчас меня по-настоящему избили, желая мне смерти. Это даже хуже, чем разрывающая сердце тоска по Томасу.

Вся прежняя жизнь рушится мне на голову — все мои ошибки, которые я, сам того не ведая, сделал снова, все удары по моему разбитому сердцу. Наверно, внутри меня сейчас бьются два сердца, отданные двум людям, — будто настал конец света и Луна и Солнце вместе вышли на небо моей личной планеты.

Два моих мира столкнулись и раздавили меня. Как подняться на ноги?

☹ ☹ ☺ ☺

Перед операцией я просто вырубился, а в Летео уже разложили по полочкам все то, с чем я проснусь. Одни мои воспоминания чуть-чуть поменяли, завернули в новую упаковку, чтобы не говорить мне правду. Другие забили лопатами, похоронили заживо и затолкали поглубже. Но в Летео налажали. Что-то недочистили в потаенном уголке сознания, и вот я уже снова тот, кого хотел убить.

Я хотел забыть, что я гей. Легко сказать, конечно. Это отец думал, что ориентацию можно переключить по желанию, одним щелчком. В Летео бросили вызов природе и стали растить из меня гетеросексуала (недолго же он прожил), прицельно подавляя все воспоминания о моей ориентации: встречи с Колином, папины кулаки, детскую влюбленность в Брендана... Пока я твердо верил, что я не гей, я не был геем. Жить было легко. Но, оказывается, Летео не всемогущи, хотя и я, и врачи надеялись на обратное.

Веки отяжелели и не поднимаются.

Трудно дышать, точно на мне сидит Дэйв Толстый.

В голове гудит, как будто внутри играют в кости. Мысли прыгают мячом-попрыгунчиком.

Лицо, похоже, опухло. Наверно, виноваты друзья. Те, которые избили меня из ненависти.

— Аарон, моргни, если слышишь меня, — доносится до меня голос доктора Касл. Эванджелин.

Не могу сейчас смотреть в глаза ни ей, никому другому. Лежу, зажмурившись, в темноте, и меня затапливает жуткая боль.

☹ ☹ ☺ ☺

Больше спать не могу, хотя пытаюсь.

Один глаз открывается нормально, второе веко тяжелое и болит, побудет пока закрытым. Одним глазом видно половину незнакомой комнаты в темно-синих тонах беззвездной ночи. Чуть поворачиваю голову — на стуле уснула Эванджелин с планшетом на коленях. Как ей удалось заснуть? Может, конечно, стулья для посетителей мягче, чем у нее в кабинете. Там он, по виду, бетонный, чтоб не расслаблялась. Рядом с ней — мама. Сидит, уронив голову на руки, и молится.

— Ма... — еле-еле выдыхаю я, горло саднит. Каким-то чудом мама меня слышит. Эванджелин тоже — вскидывается и открывает глаза, как будто заснула на работе и ее застукал начальник.

— Сынок, мальчик мой! — Мама целует меня в лоб. Больно адски. Она снова и снова извиняется и благодарит бога, что я жив. Эванджелин мягко отстраняет ее. Хоть вздохнуть можно.

— Аарон, — сообщает она, — твое состояние стабильно. Постарайся поменьше шевелиться. — Просит маму напоить меня водой из трубочки и прижимает к больному глазу и ко лбу завернутый в полотенце лед. — У тебя сейчас, наверно, дико голова трещит, но нас очень радует, как быстро ты поправляешься.

— Сынок, очень, очень радует, — добавляет мама.

Я делаю еще глоток. Пить больно, но становится чуть легче.

— Почему я... не... в больнице?

— Сперва тебя туда и доставили, но ты кричал о том, чего не должен был помнить, и твоя мама связалась со мной, — произносит Эванджелин. Я поднимаю голову — посмотреть ей в лицо. Болит шея. — Скорая привезла тебя сюда, и мы четыре дня стабилизировали твой рассудок, чтобы размотанные воспоминания совсем его не разрушили. Когда оклемаешься, проведем несколько проверок, убедимся, что все в порядке.

Четыре дня. Я четыре дня провалялся в отключке.

Вроде бы я помню все, что должен. Хотя как проверить? Я помню, как думал, что Эванджелин — моя няня. Помню, что мамина сантерия — чушь собачья, а я сам кретин и трус.

— Вы... что-нибудь меняли?

— Ничего не трогали, приятель. Там и так все запутано.

Сознание снова захлестывают кошмары: тело отца, его ужасные слова; уход Колина, его поцелуи; тупые придирки Эрика; осуждающие взгляды парней со двора. И самое худшее — наш с мамой разговор перед операцией.

Воспоминание о том, как я впервые признался ей, кажется одновременно знакомым и незнакомым, как давно выросший школьный хулиган, совсем изменившийся, но в чем-то прежний. Я знаю, что мама знает, а мама знает, что я знаю. Об этом можно не говорить, есть более важные вопросы.

— Когда можно повторить операцию? — С каждым словом говорить все легче. — Я хочу снова стать нормальным. Только на всю жизнь, пожалуйста.

Эванджелин не отвечает. Тишину нарушает только мамин плач.

В моем тоне звенит сталь:

— Ваша операция не сработала... Мы дохренища за нее заплатили, потрудитесь сделать ее нормально.

— Если сердце помнит то, о чем забыл мозг, операция ни при чем, — отвечает Эванджелин.

— Бред собачий.

— Я же тебя предупреждала, что наша область науки еще очень молодая и стопроцентных гарантий пока нет, помнишь?

— Помню. Не хочу помнить.

Я поднимаю взгляд на маму. Она мотает головой:

— Нет, больше я ничего подписывать не буду. Мне чудом вернули сына, я отказываюсь снова тебя терять. Лучше бы экзорциста мне вызвали, или в конверсионный лагерь на все лето сослали, или еще что-нибудь придумали.

— Можете, пожалуйста, обе уйти? Мне надо побыть одному.

— На пять минут можем, — соглашается Эванджелин. — Больше, боюсь, в текущих обстоятельствах небезопасно.

— Ладно, пять так пять.

Эванджелин берет маму под локоть и подталкивает к выходу.

Мне надо в туалет, но писать в пакет — увольте. Я срываю со лба и груди провода и пытаюсь устойчиво встать. Меня шатает. Какая-то жуткая смесь головокружения и похмелья.

Кое-как, навалившись на стену, доползаю до ванной. Гляжу в зеркало — и мой мочевой пузырь не выдерживает.

Один глаз подбит. Другой весь распух и лиловеет перезрелой сливой.

На лбу красуются несколько зашитых ран, местами присохла кровь — наверно, медсёстры побоялись оттирать.

Губа рассечена.

По лицу текут слёзы.

Из саднящего горла рвётся дикий вой, кулак врезается в зеркало, разбивая его.

☹ ☹ ☺ ☺

В кожу впились осколки стекла. Медсёстры вынули их и перевязали мне руку. Одним боевым ранением больше. Теперь меня не оставляют одного ни на секунду — боятся, что в этот раз, не получив желаемого, я вырежу улыбку на горле. Рядом сидит мама, говорит, с утра заглядывал Эрик, но брат волнует меня в последнюю очередь.

— Больше никто не приходил?

— Женевьев и Томас каждый день тебя проведывают, — отвечает мама. — Женевьев ушла вчера поздно вечером, Томас сегодня утром несколько часов сидел. У тебя верные друзья. — Я молча пялюсь в синюю стену. — Женевьев сказала, ты её бросил.

— Типа в этот раз я тебя не разочаровал?

Мама снова плачет, закрывая лицо ладонями:

— Ты не должен был помнить...

Но я помню. И мне нужна её помощь, чтобы снова забыть.

2
ВСЯКАЯ ЖЕСТЬ

Мне снова снится кошмар, который преследовал меня после смерти отца. Он входит в ванную, раздевается, повторяя, что я педик и ради меня не стоит жить на свете. Включает воду, ложится в нее и режет себе вены. Меня затапливает алая волна. Казалось бы, на этом моменте я должен проснуться, но нет. Я задыхаюсь, и задыхаюсь, и задыхаюсь. Несправедливо, что я так страдаю. Я не хотел быть тем, кого он ненавидел. У меня вообще не было выбора. Я просто был тем, кем был.

Таким, как есть.

— Снова кошмар? — спрашивает мама.

Киваю.

Завтракаю, отвечаю на вопросы врачей о самочувствии («дерьмово я себя чувствую») и читаю миллион сообщений от Брендана с извинениями. Не отвечаю. Через пару часов Эванджелин говорит, что ко мне пришли. Томас и Женевьев. Вдвоем. Еще два мира столкнулись против моей воли.

Мама провожает их ко мне и уходит.

Я должен радоваться, что они пришли. Они должны радоваться, что я живой. Но никто не улыбается.

— Раньше ты был посимпатичнее, — наконец произносит Томас. У него темные круги под глазами и вообще вид не лучший. Если бы мы только сегодня познакомились, я бы решил, что ему двадцать два, а не семнадцать. — Ничего гейского, — на автомате добавляет он, не смотря мне в глаза. — Прости, тупая шутка.

— Все нормально, — отвечаю я. Повисает молчание, только Женевьев стучит костяшками по спинке кровати. — Спасибо, что пришли.

— Спасибо, что очнулся, — отвечает Томас, по-прежнему не глядя мне в глаза.

Но он хотя бы пришел. Интересно, сказал ли кто-нибудь Колину. Хотя ему, наверно, пофиг. Вот бы и мне было на него плевать. Хотя тот, на кого мне не плевать по-настоящему, сейчас стоит рядом. Это вообще нормально? Так не должно быть.

— А-Я-Психа арестовали, — говорит Женевьев. — Мать Малявки Фредди рассказала Элси, его переведут в исправительный центр для несовершеннолетних где-то в северных районах.

— Давно пора.

Томас поглаживает ладонью сжатый кулак.

— Когда Брендана выпустили из тюрьмы, я хотел ему двинуть, как ты меня учил, но он мне все не попадался. Наверно, они там огребли от родителей и сидят по домам.

Вряд ли.

— Да забей, — отвечаю я. Двинуть Брендану в челюсть я и сам не прочь.

Мы снова молчим. Похоже, пока я валялся в отключке, они много разговаривали. Надеюсь, не обо мне — с другой стороны, надеюсь, что обо мне. Как они могли разговаривать о чем-то еще, если знакомы только через меня и ничего друг для друга не значат? А если все-таки говорили обо мне, надеюсь, Женевьев не рассказала Томасу, из-за чего я обратился в Летео; я должен был бы сказать ему сам, но не помнил. Рассказывать об этом — не ее дело. Ну и, надеюсь, Томас не рассказал, как я поцеловал его, а он меня оттолкнул.

— Женевьев, можешь пару минут погулять?

У нее такой вид, как будто я ударил ее в челюсть, повалил и запинал ногами.

— Если что, я на улице, — говорит она Томасу, а не мне... и пихает его в предплечье.

Снова кружится голова. Женевьев хлопает дверью, у меня звенит в ушах.

Томас ходит взад-вперед, но я не спускаю с него глаз, как бы ни ныла шея.

— Ну, чего нового? — спрашиваю я.

— Да так, дела сердечные, дела безумные, — отвечает Томас. Внутри меня зреет что-то дурное. Надеюсь, он сейчас не про Женевьев. — Я работал над диаграммой жизни, и вдруг по радио сказали что-то про зависимость от любви. Прикинь, такое бывает. Люди жить без любви не могут. Кажется, я такой. Теперь понятно, почему после периода острой влюбленности я всегда отдаляюсь от девушки и начинаю искать новую. Длинный, как я устал от этого порочного круга!

— Так вот о чем ты думал, пока я тут валялся?

В наступившей тишине слышно, как пищит в такт моему сердцу монитор.

— Не знаю, что ты хочешь услышать, — наконец отвечает Томас. — Вернее, прекрасно знаю, но не могу тебе этого сказать. Я даже не уверен, что знаю, с кем разговариваю.

— Ты разговариваешь с парнем по прозвищу Длинный, который не хотел ничего чувствовать к парням и попытался что-то с этим сделать, — отвечаю я.

— Стоп, стоп, ты пришел в Летео, чтобы забыть, что ты гей?

— Ага. Ты-то думал, я тебе уже все рассказал... Черт, даже я сам думал, что ты все обо мне знаешь, а ты понятия не имеешь, сколько я всего пережил.

Томас садится, повесив голову.

— И кто ты теперь?

— Не знаю. Я чувствую себя двумя разными парнями, которые хотят очень разного, но я все равно знаю, кто ты, и меня убивает, что ты сам этого не понимаешь.

Томас чуть приподнимает голову, но роняет ее обратно, не в силах на меня взглянуть.

— Что мне делать? За что-то извиняться? Сходить к твоему дому избить тех парней? Сидеть здесь и думать, кто ты такой и не лучше ли мне свалить в туман для твоего же блага? Просто не понимаю. Чего ты хочешь?

— Тебя. — Я наконец произношу это вслух. Я хочу его так же, как хотел Женевьев, когда был натуралом, как несколько месяцев назад хотел Колина. Только его я хочу сильнее. Он мне нужен. — Если ты не готов, мне, наверно, надо побыть одному и постараться о тебе забыть.

— Понял. — Томас встает и стучит по моему вялому кулаку своим. Он наконец смотрит мне в глаза, и я понимаю, что наказываю его точно так же, как себя самого. — Если что, пока ты валялся в отключке, я не только самоанализом развлекался. Я просто пытался отвлечься и не думать, что ты можешь никогда не очнуться или очнуться овощем. А то я бы нахрен сдох. Я скучал. Надеюсь, это-то можно сказать.

Он уходит. Какой же я кретин.

3

ТУПИК

Заходит Женевьев, садится на кровать и берет меня за руку, как будто в нашу прошлую встречу я ее не бросил. Спрашивает, как я себя чувствую. Я отвечаю, что все нормально. На самом деле я еще не переварил того, что Томас взял и ушел из моей жизни, но этого ей, наверно, лучше не рассказывать.

— Как тебе синие стены? — спрашивает она. — Это я предложила, чтобы они были синие. Чтобы ты пришел в себя в спокойной обстановке.

Ну конечно, как же без нее. Я тяну к ней руки — все еще ноют, — Женевьев обнимает меня, и наши лбы соприкасаются.

— А помнишь, я типа признался, что я по парням, но мы будем жить вместе долго и счастливо? А помнишь, каким придурком я был до этого и как я тебя использовал?

Женевьев садится и подносит мне палец к губам:

— Хватит, хватит! Ты запутался в себе и имел полное право психовать. Я же вижу, как тебе плохо. — Она опускает голову. — А я сама должна была вовремя все прекратить. Я знала, что ты со мной только потому, что тебе промыли мозги в Летео, и меня это устраивало. Так себе стратегия.

— Прости, что я тебя бросил.

Женевьев всхлипывает:

— Аарон, мы не должны были встречаться. Мы зашли в тупик, а я все пыталась пробить стену.

А в тупик мы зашли из-за меня.

— Можешь честно ответить на один вопрос? Ты не рассказывала Томасу, зачем я делал операцию?

— Я сначала думала, ты сам ему сказал. Я даже решила, что твои воспоминания начали разматываться, еще когда я была в лагере. Я ведь вернулась, а вас друг от друга не оттащить. А потом поняла, что он ничего не знал. Аарон, я никогда бы не выдала твои секреты. Даже те, которые от меня.

Я сломал ей жизнь. Я ее не стою.

— Ты даже убить меня не хочешь?

— Конечно, не хочу. Но я твой друг и должна сказать тебе правду еще разок. Насчет Томаса. — Женевьев собирается с силами, монитор несколько секунд пиликает громче и чаще. — Я боюсь, что ты станешь ждать его, как я ждала тебя. Но тебе же лучше поскорее понять, что он никогда не ответит тебе взаимностью, и жить дальше.

— Стой, типа ему нравишься ты или чего?

— Сказала же, нет! Чего ты опять спрашиваешь? — Женевьев наклоняет голову и странно на меня смотрит. — Все нормально?

Она сжимает мое плечо, и меня затапливают воспоминания: как Томас меня куда-нибудь разворачивал со спины, как мы толкались с Колином, чтобы лишний раз друг к другу прикоснуться.

— Аарон, мне позвать Эванджелин? Или медсестру? — Она плачет.

— Не, все нормально. Задумался. — Ощущение такое, как будто я пробежался. — Слушай, Томас точно не по девушкам. Поверь, уж я-то его знаю.

— Его никто не знает, даже он сам, — поправляет меня Женевьев.

Не нравится мне, как она спокойно рассуждает о парне, которого я знаю лучше всех. Хотя она, конечно, не специально хвастается, как хорошо его изучила.

— Жен, это ты у нас любишь парней, которые никогда не ответят взаимностью, а не я.

— Фигасе... — Женевьев встает, явно борясь с желанием мне двинуть. — Чтоб ты знал, Аарон, ты не за то извинялся. Я понимала, зачем ты со мной встречаешься, и ничего с этим не делала, тут я виновата, да. Но это не давало тебе права встречаться с Колином за моей спиной! Ты так меня унизил! Если прошлое тебе не нравится, не делай вид, что его не было.

Я дышу быстро и рвано — начинаю закипать.

— Ты права. Прости, что я гей. Прости, что был с тем, к кому реально что-то чувствовал. Прости, что скрывал это, чтобы меня не забили до смерти какие-нибудь незнакомые парни. Прости, что из-за меня покончил с собой мой папа. И прости, что мое прошлое так ужасно, что я не смог больше о нем помнить. Но давай забудем прошлое. Давай забудем, что когда-то были вместе.

Женевьев не заливается слезами, не показывает средний палец, даже не бьет меня. Молча разворачивается, идет к двери, берется за ручку. У нее дрожат пальцы. Она напоследок оглядывает стены, которые сама попросила покрасить в синий.

— Ты забыл, что все это время я была рядом и плакала вместе с тобой.

Наверно, это не все, что у нее накипело, но она находит в себе силы выйти. Дверь закрывается. Меня внезапно накрывает страх: вдруг я ее больше не увижу?

4
ПСИХУЮ У ПСИХОЛОГА

Скоро у меня сессия с Эванджелин. Я почти соскучился.

Когда я пришел сюда впервые, я даже не верил, что операция по изменению памяти реально существует. Даже заходя к Эванджелин, я думал, что она меня завернет, потому что я просто подросток, который сам не знает, что ему от Летео надо. Я точно знал, что хочу забыть, как нашел отца. Но мы долго говорили, и с каждым словом я все отчетливее понимал, что корень моих бед гораздо глубже. Наконец пазл сложился, и проступила фигура парня, который не понимает, как жить дальше.

Прошло несколько месяцев, и вот я снова здесь: белые стены, новенький стол, планшет, на стенах дипломы, в которые я так толком и не вчитался, — и архитектор моей памяти, которой надо объяснить, зачем мне снова понадобилась операция.

Эванджелин, конечно, классно замаскировалась. Я до самого конца не раскусил, что она работник Летео. Ее тайну знали только мама, Эрик и Женевьев. Брендан с парнями, конечно, не помнили, чтобы у меня в детстве была няня, но после Дня семьи все об этом забыли: кто вообще мог подумать, что она залезла мне в голову, чтобы за мной следить? Я только сейчас понимаю, что мама не случайно отправила меня на почту, как раз когда там сидела Эванджелин. А когда она ходила со мной стоять в очереди и отошла поговорить якобы с преподавателем кафедры философии Хантер-колледжа, на самом деле это наверняка была пациентка или коллега.

За справочной стойкой стоит уже знакомая мне Ханна. Я все это уже видел. Надеюсь, к концу забуду весь сюжет.

Эванджелин для начала заводит светскую беседу, наверно, чтобы оценить, в каком я настроении. Я говорю напрямик:

— Меня разрывает сотня разных чувств. Боль предательства. Разочарование. Вина. Отчаяние. Мне продолжать?

— Ты пока назвал только четыре. А остальные девяносто шесть?

— Сожаление. Любовь. Раздражение. Горе. Поверьте, это не все.

— Верю, приятель.

Я по очереди щелкаю костяшками пальцев, потом начинаю перебирать рукав:

— Так исправьте меня.

Она качает головой:

— Не я подписываю бумаги. Давай обсудим то, что произошло за несколько месяцев. Ты смог увидеть, как бы поменялась твоя жизнь, не будь ты геем. Твоя сущность сломала наши преграды. Я мало что имею право разглашать, но множество других клиентов, заказавших процедуру с похожими целями, спокойно живут с новыми воспоминаниями. Точно ли проблема в твоей ориентации?

Я знаю ответ, но ничего не говорю.

Почему в голове больше не шумит? Нечем заглушить память о разбитом сердце. В Летео облажались, мне теперь разгребать кучу воспоминаний, а она хочет услышать, как мне повезло, и успокоиться? Нет. Нет, не буду ее успокаивать. Я не был счастлив. Думал, что счастлив, но искал счастье не в тех людях, поэтому не считается. Колин не считается, Женевьев не считается, и Томас теперь тоже не считается.

— Как мне жить дальше? — спрашиваю я. — Почему-то в тот раз вы прекрасно поняли, как мне тяжело. Теперь мне еще хуже. Неужели ни до кого не доходит?

— Парень, я же сказала, не мне решать. Я согласна, что с такими воспоминаниями жить сложно, особенно в твоем возрасте и с твоим прошлым... — Она кидает взгляд на мой шрам-улыбку. — Когда мы с тобой сюда ходили, Ханна записала тебя на двенадцатое августа. Вообще-то запись на консультацию, но, если твоя мама подпишет документы, мы все сделаем... — Она начинает жалеть, что с самого начала не смогла меня отговорить, и я перестаю слушать.

Двенадцатое августа. За два дня до моего дня рождения.

Постараюсь дожить.

5
ПОВЕРНУТЬ ВРЕМЯ ВСПЯТЬ

Мне нужно его увидеть.

Воспоминания все перемешались. Я пытаюсь запихать подальше память о самоубийстве отца. Если еще и в этом себя винить, просто сдохну.

Хочу повернуть время вспять. Вернуться в те дни, когда мной не выбивали стекло просто за то, что я — это я. Когда мы с ним бегали наперегонки и ржали. Когда, несмотря ни на что, могли быть счастливы.

Внутренний голос говорит: «Не надо!» — но я все равно достаю телефон и набираю номер, как будто никогда его не забывал. Нажимаю «вызов» и не жду, что он возьмет трубку.

— Ты живой, — выдыхает он.

— Бывал и живее, Колин.

6

ЕЩЕ РАЗ

Я думать забыл про Томаса с Женевьев даже без помощи Летео.

Мы три дня подряд перезваниваемся с Колином, и я быстро иду на поправку. Мы не предаемся воспоминаниям и прочей хрени. Как будто оба стараемся вести себя нейтрально и не как геи. Разговариваем обо всяких пустяках, например о фильмах (он согласен, что «Последняя погоня» — отстой) и о комиксах (мне надо срочно прочесть все части «Темных сторон»: скоро выйдет последняя, сюжет пока совершенно убойный). Главное — не обсуждать беременность его девушки. Он об этом даже не заговаривает.

Сегодня меня наконец выписывают из Летео. Эванджелин, конечно, хочет еще пару дней подождать, лишний раз все проверить, но я повешусь на капельнице (нет), если просижу тут еще хоть час. Я обещаю сказать, если начнется головокружение, рвота или память будет как у золотой рыбки.

По пути домой я говорю маме только одну фразу: спрашиваю, не уволил ли меня Мохад за прогулы — я же кучу смен пропустил, пока валялся избитый. Оказалось, мама с ним уже говорила, и с работы меня никто не гонит. Хоть что-то.

Наконец мы подходим к нашему дому. Я немного на нервах. Пусть Брендан, Дэйв Тощий и Нолан мне даже не попадаются. Мама крепко сжимает мою руку, ей тоже не по себе. У мусорок кидают мяч Малявка Фредди и Дэйв Толстый. Увидев меня, Малявка Фредди бросает мяч и бежит к нам.

— Стоять! — Мама заслоняет меня собой. — Руки прочь от моего сына, а то все в тюрьме сгниете!

Малявка Фредди пятится. Ему явно очень неловко.

— Простите, просто хотел увидеть, как он. Аарон, мне за них стыдно. Чокнутые. — Он убегает, не дожидаясь, пока мама исполнит свою угрозу.

Мы входим в вестибюль, и я судорожно вдыхаю полной грудью. Я бегал здесь ребенком, играя в догонялки, и подростком прятался от «Дикой охоты». Я спешил придержать дверь соседям, и они говорили маме, какой воспитанный мальчик у нее растет. Теперь от стеклянной двери осталась только рама. Через нее, как через скакалку, скачет взад-вперед маленькая девочка, как будто тут никто не валялся полумертвым.

Вот мы в дверях — а вот уже едем в лифте.

Когда мама наконец-то впервые за неделю падает в собственную кровать, я переодеваюсь в чистое и сбегаю к Колину.

☹ ☹ ☺ ☺

До старенькой кафешки «Джава Джек» на Сто сорок второй улице я добегаю почти мгновенно и по памяти сажусь за столик у окна. Мы с Колином всегда сидели именно здесь, отсюда удобнее всего ржать над прохожими. Раньше Колин ненавидел кофе, сейчас наверняка уже думает, что кофе пьют все настоящие мужики или типа того. Это тупо, но он загоняется по всяким таким вопросам куда серьезнее, чем обе версии меня, не буду его мучить. И ни жестом не выдам то, что когда-то между нами было, чтобы никого не злить. Я подзываю официанта:

— Можно мне еще кофе?
— Сейчас принесу.

Открывается дверь, я вскидываюсь. Не Колин. Какой-то парень в мешковатой одежде и с длинными волосами под серфера. Если бы я мог по щелчку пальцев заменить его кем-то из знакомых, не уверен, что дал бы ему баскетбольную джерси, высокий рост и золотистые кудри Колина. Может, я бы превратил его в Томаса: кожу сделал бы чуть темнее здешнего водянистого кофе, скучные обычные брови вырастил бы огромными и кустистыми, как те, что я зачем-то гладил перед роковым поцелуем.

Не знаю.

«Щелк, щелк».

Кто-то щелкает пальцами у меня перед носом.

— Все нормально? — спрашивает Колин, садясь напротив, как будто мы и не расставались. — Выглядишь не очень.

Мой распухший глаз чуть поджил, но все еще лиловеет, и на меня все пялятся, даже когда я тупо иду по улице.

— Угу, столкнулся с парой-тройкой тяжелых кулаков. Кто тебе рассказал?

— Подруге Николь сказала подруга Женевьев. А еще что нового?

Он берет меню. Можно подумать, он не заказывает каждый раз одно и то же — омлет и хашбраун. Согласен, неплохая тактика. Искать что-то новое, думать только на шаг вперед и оттягивать то, зачем пришел.

— Эй там! Можно мне кофе?

— Дайте два!

— Зачем тебе два? — удивляется Колин.

— Я свой уже выпил.

Колин тыкает пальцем в исходящую паром чашку у меня перед носом. Я готов поклясться, что уже ее допил, и мой лопающийся мочевой пузырь готов клясться вместе со мной. Наверно, официант принес вторую, когда я выпал из реальности.

Официант, несущий две чашки, тоже немного растерян. И немного зол:

— Какого?.. Ты еще вторую не допил!

— Да, не допил. Прошу прощения.

— Ну зашибись. Пойду налью про запас. Захочешь еще продукты попереводить, дай знать.

— Слышь, хрен, не хреней? — говорит официанту Колин, насыпая себе в чашку сахар.

Официант уходит, матерясь себе под нос. Колин любит препираться со здешними хамоватыми официантами, они все равно тут дольше месяца не задерживаются. В итоге мы придумали игру: я брал у официанта ручку и рисовал на чеке что-нибудь неприличное. Из кожи вон лез, чтобы рассмешить Колина. Вот бы снова вернуться в то время. Будет тяжело и неуютно, зато никакой больше неразделенной любви.

— Так что у тебя нового? — спрашивает Колин.

— Ничего, так, разок пробил головой дверь.

Он смотрит в свой кофе:

— А Женевьев где была, когда тебя избивали?

— Я ее типа бросил. — Он поднимает голову, наши взгляды встречаются. — А у вас с Николь как жизнь? Как протекает ее беременность?

Колин поперхнулся кофе и прикрывает рот рукой, у него течет по подбородку.

— Ну... скоро третий триместр.

— Мальчик или девочка?

На секунду замешкавшись, Колин отвечает:

— Мальчик.

Вот бы мне сейчас хрустальный шар, только чтобы реально показывал будущее, — посмотреть, будет ли Колин хорошим отцом своему сыну. И я сейчас не только про то, будет ли он с ним играть и кормить микстурой с ложечки, если тот заболеет. Будет ли Колин давать сыну слушать женские песни? Разрешит ли встречаться с парнем, если в этом будет его счастье?

— Поздравляю.

— Можешь не притворяться.

— Да не, правда рад за тебя, — вру я.

— Жаль, что вы с Женевьев расстались.

— Можешь не притворяться, — с ухмылкой передразниваю я.

Потом мы просто смотрим друг на друга, как переглядывались в школьных коридорах.

— Пошли наружу?

— Давай попросим счет, — говорю я.

— И ручку!

☹ ☹ ☺ ☺

Мы идем в «Дом сумасшедших комиксов», хихикая и швыряя друг в друга стащенной у официанта ручкой, как гладиаторы метали копье. Мы с Колином с самого начала заходили в магазин комиксов, когда снаружи было слишком холодно. Мне было пофиг, главное — вместе. Мы часами сидели у полок, прижавшись друг к другу как можно ближе, и читали все, что попадалось под руку, но было не настолько крутым, чтобы покупать. Я столько пропадал в этом магазинчике, что Женевьев начала таскать меня туда на свидания по очереди. Хотя она и придумала-то эти свидания только потому, что у нас разладились отношения — тоже из-за Колина.

Меня всегда заставало врасплох, когда он заговаривал не о комиксах и фэнтези. Однажды мы уже собирались выходить из магазина, но вдруг Колин утянул меня обратно на пол. Я надеялся и боялся, что сейчас он меня поцелует, но он вдруг заявил, что больше не будет париться о чужом мнении. Это решение продержалось не дольше, чем теневой василиск в бою с фениксом Черного солнца, но тогда я ему поверил и был счастлив. А потом я вдруг остался без него, его касаний, разговоров и не смог ничем заполнить дыру. Пришлось забыть, что она вообще есть, — грустно, зато сработало.

А теперь он, кажется, вернулся.

У дверей стоит Стэн, безуспешно пытаясь собрать автомат со жвачкой от Капитана Америка.

— Помирились? — улыбается он.

Колин странно на меня смотрит, как в тот раз, когда забыл, что уже рассказывал мне про свою неудачную стрижку, и я дорассказал за него. Я его выслушал, показал, что мне не все равно, и обещал всегда быть рядом.

— Все нормально, — отвечает он и увлекает меня в отдел графических романов.

— Это он в каком смысле?

— Я пару раз заходил сюда без тебя, и Стэн все время спрашивал: «Бэтмен, где твой Робин?»

— Да ну нафиг, Бэтмен — это я!

Колин хихикает.

— Я сначала придумывал отмазки, типа ты заболел или на работе, но потом признался, что мы больше не разговариваем и это, по ходу, насовсем. Было хреново, но я же сам тебя бросил. — Он проводит пальцем вдоль корешков книг. — Кстати, можно вопрос?

— Валяй.

— Слушай, в тот раз ты ко мне подошел и начал выжимать дебильные общие фразы — это ты пытался впечатлить того парня? Ты теперь с ним?

Я уже и забыл тот случай, а тогда даже не помнил, что связывало нас с Колином. Два мира оказались в паре метров друг от друга — и только Колин что-то понял, только Колина это коснулось.

— Мы с ним не встречались, а ты для меня был вообще чужим. Я сделал операцию Летео и забыл все, что у нас было.

— Ага, конечно.

Он мне не верит. Неудивительно. Но я сказал правду.

Мы сидим на полу у книжного шкафа, соприкасаясь локтями, и читаем графический роман про нападение зомби на суперохраняемую свалку, где валяется отрубленная голова их предводителя. Без понятия, что они будут делать с его головой, если ее добудут. Нам быстро надоедает.

— А помнишь наше место, ну, за оградой? — внезапно спрашивает Колин.

Вряд ли он решил сыграть в игру Женевьев.

— Давно там не был, — отвечаю я.

— Пошли?

Я закрываю книгу, и мы прощаемся со Стэном. Интересно, он нас раскусил? Хотя плевать, лишь бы не сдал.

Мы идем в наше место, между мясным и цветочным. У ограды я кладу Колину руку на плечо и подталкиваю, он стряхивает мою руку, и я не докапываюсь, хотя вокруг ни души — и ни одного бездушного гомофоба. Сегодня запах сырой говядины совсем забивает цветы. Кто-то повесил объявление: «В пятницу 16 августа пройдет встреча по общественным работам». Что бы это значило? Но наше граффити никуда не делось, класс.

Мы проползаем под забором. Воздух на той стороне напоен памятью нашего первого раза, второго, третьего... ну и так далее. Колин осматривается: нет ли прохожих, не летают ли птицы с камерами на головах — и берется за пряжку моего ремня. Тут так темно, что кто-то мог бы нас зарезать и спокойно смыться. Нам все нравится — потому что темно, а не потому что нас могут убить. Я грубо целую Колина и точно знаю: целуя Николь, он каждый раз представляет вместо нее парня, может, даже меня. А я сам, целуя его сейчас, тоже представляю на его месте кое-кого другого. Как же все это тоскливо.

Колин протягивает мне презерватив, я сдираю обертку зубами.

7

РАЗГОВОРЫ ПО ДУШАМ И ДУШЕВНАЯ БОЛЬ

Прошел всего день без Колина, а я уже чуть не свихнулся. Он пашет на двух работах — официантом в итальянском ресторане и грузчиком в магазине — и постоянно не высыпается. Но он безумно мне нужен. Я бессовестно им пользуюсь. Страшная смесь надежды и подлости.

Перед сменой у Колина есть пара часов свободы, и в два часа мы встречаемся на стадионе, где мы валялись с Томасом и считали поезда. Я и сейчас высматриваю Томаса: вдруг он лежит в траве или сидит на трибуне, размышляя, как бы выстроить свою жизнь. Но его здесь нет. Все нормально, все хорошо, у меня есть Колин, мой первый шанс на честное счастье. Ему я сказал, что здесь можно круто побегать, чтобы он пришел в форму к отборочным по баскетболу. Мы бежим, он дико отстает, и я вспоминаю, как отставал Томас. Но, в отличие от Томаса, Колин не сдается: не бросает работу, не отступается от мечты, не выбывает из гонки. Он добегает до финиша и только потом валится ко мне на траву.

— Может, поговорим о?..

Я не ожидал такой просьбы:

— О чем?

Он оглядывается и осторожно трогает пальцем мой шрам.

— Все было так плохо?

— Да. — Я лежу и смотрю на солнце, пока не начинают болеть глаза. — Мне казалось, что жизнь — это невыносимо долго. Я решил свалить.

— Не из-за меня же? — быстро спрашивает Колин.

Я мотаю головой по траве:

— Да не, не из-за тебя. Я не такой, чтобы закатывать истерики, если мне не отвечают взаимностью. — Это ложь. Даже забыв все, что привело меня в Летео, я хотел забыть еще раз. Из страха и разочарования. Именно потому, что мне не ответили взаимностью. А еще я очень подлый и, чтобы достичь желаемого, прикрылся попыткой самоубийства. — Много всего сошлось. Просто было слишком сложно жить дальше, когда мой собственный отец выбрал смерть — только из-за того, что я — это я. Его поступок сломал меня, и я не знаю, как починиться обратно.

— Как я тогда на тебя злился, ты не представляешь! — говорит Колин. — Николь рассказала, что ты пытался сделать. Я как раз играл в «Сельский самосуд», никак не мог пройти уровень и чуть не швырнул приставкой в телевизор. Но сдержался. Не хотел портить ей жизнь так же, как испортил тебе. Я всегда думал, что в конце концов мы останемся вместе. Даже когда понимал, что не могу себе позволить быть тем, кто я есть.

— Ты просто встал и ушел!

— Я только через несколько месяцев понял, как по тебе скучаю. Да, моя жизнь — обман, но, Аарон, мне нужно думать о ребенке. О моем сыне. Когда тебя воспитывает отец-гей, кем ты вырастешь? Иногда я думаю, лучше бы меня вообще в его жизни не было. Но на такую подлость я все же не способен.

Я сажусь:

— От меня-то ты сейчас чего хочешь? Снова небось свалишь?

— Пока не знаю, честно, — говорит Колин. Читать: «Да, свалю». Он тоже садится и на секунду сжимает мою руку. — Только, пожалуйста, доживи до дня, когда я что-нибудь пойму.

Значит, плюс один шанс, ради которого стоит жить. Может быть, Колин никуда не денется — или денется, но через много лет вернется. Может, Томас дозреет признаться, что он гей, и будет со мной. Может, в Летео починят мне мозги, и все будет хорошо. Из всех этих «может быть» выше всего шансы у Колина.

☹ ☹ ☺ ☺

Назавтра мы снова приходим на стадион, но в этот раз не бегаем, а садимся на трибуны и перечитываем «Темные стороны». Последняя часть будет уже на этой неделе.

Колин листает пятый выпуск. Я не видел его таким счастливым с тех пор, как сказал ему, что мама все знает и рада за нас. Все его деньги уходят Николь и ребенку, и почитать комиксы ему удавалось только в магазине, и то в спешке, пока не отобрали покупатели. На двадцать четвертой странице темный двойник Тора избивает его до полусмерти и бросает в пабе подыхать. Улыбка Колина меркнет.

— Помнишь, на нас напали в поезде? — спрашивает он. — Я тогда до усрачки испугался. Думал, нам крышка.

— Когда меня избивали друзья, я чувствовал то же самое.

— Как они вообще додумались?..

Я каждый чертов час себя спрашиваю о том же. Из ненависти, невежества, ревности — факт тот, что они меня избили и теперь это нельзя ни забыть, ни исправить.

— Им не нравилось, что я дружу с Томасом, — говорю я чистую правду. — Ну, тем парнем, с которым мы тогда зашли в «Дом сумасшедших комиксов». Не то о нас подумали.

— У вас с ним что-то было?

Не буду ему рассказывать о поцелуе.

— Он по девочкам. — По крайней мере, так говорит сам Томас. Я ему не верю, но это мое дело. Даже если мое чутье не врет и однажды он мне таки признается, не хочу предавать его доверие. Он моего не предавал.

— Хреново. Но ничего ведь не случается без причины...

Все началось с Колина. Круг замкнулся.

Вчера мы так и не повидались, перед работой Колин ходил с Николь к врачу. Сегодня мы приходим на стадион в третий раз. Пока мы разминаемся перед пробежкой, я вдруг смотрю на трибуны: там сидит Томас и ест китайскую еду. Вдвоем с Женевьев. Это как удар под дых. Я не могу вдохнуть. Еще никогда ничье счастье не причиняло мне такой боли.

Женевьев разламывает китайское печенье. Надеюсь, предсказание гласит: «Не волнуйся, он тоже тебя бросит».

Томас привел Женевьев сюда. В место, где ему хорошо думается. И теперь делится своими мыслями с ней. Может, он уже даже водил ее смотреть фильмы на крышу, может, даже снимал при ней футболку. Если все зашло настолько далеко, я уже не в силах за них радоваться. Тем более что он ей врет, а она в очередной раз врет себе.

Я бросаюсь бежать — нафиг, нафиг отсюда, пока не заметили. Но Колин окликает меня, Томас и Женевьев поднимают головы на звук. Томас пялится прямо на меня, а у Женевьев глаза так и бегают. При виде Колина она бледнеет.

Я бегу еще быстрее и торможу только на углу соседнего квартала.

Меня нагоняет Колин. Я скорчился над мусоркой, меня сотрясают спазмы. Я сплевываю вязкую слюну, прижав ладонь к ноющей груди.

— Ты живой? Красный, как черт.

Я прикрываю рот рукой. Пусть не видит, как меня выворачивает.

— Там сидела Женевьев с этим твоим парнем, Томасом. Она же не сдаст меня Николь?

— Не думаю... что они еще общаются, — выдавливаю я. На самом деле не удивлюсь, если Женевьев превратится в собственного темного двойника и включит ябеду. — Пойду-ка я домой, отлежусь. Еще увидимся на неделе?

— Тебе до сих пор нравится Томас, да?

Не хочу ему врать. Но, боюсь, скажу правду — потеряю и его.

Колин разводит руками:

— Хреново, но все к лучшему. На неделе увидимся, Аарон.

Он уходит. Я смотрю ему в спину. Можно меня просто снова изобьют? Если мне в лицо летит кулак, значит, я стою хотя бы этого. Томас и Женевьев болтают и смеются — без меня. Колин взял и спокойно ушел, когда мне плохо. Кажется, если я просто исчезну, никто не заметит.

Может, операция Летео дарит забвение только тем, кого и самого легко забыть. Никто не хочет быть настолько неважным. Но я готов.

8
НЕРЕАЛЬНО ЛЕГКО ЗАБЫТЬ

Я стараюсь не заставать Эрика дома. С тех пор как моя память размоталась, только с ним у меня все по-прежнему. Я вспомнил, как он меня дразнил, — ну и что? Мы всегда действовали друг другу на нервы, подумаешь. Но мне типа как бы очень неловко: он все знает, но я ему никогда лично не рассказывал. Тем не менее мы с мамой каждый день долго и громко спорим насчет второй операции Летео, а квартира у нас тесная.

С утра я пораньше ухожу на работу, чтобы Эрик еще не проснулся.

Мохад ни разу не упрекнул меня, что я неделю не работал. Во вторник я сам попросил дать мне побольше смен, чтобы не сидеть дома. Мама разрешила мне их взять только потому, что Мохад запретил Брендану, Дэйву Тощему и Нолану даже заходить в магазин. И сказал мне, если вдруг придут в его отсутствие, вызывать полицию. И совсем огромное ему спасибо, что вчера не уволил меня, после того как я натурально вырубился на очередном покупателе и дважды выдал ему сдачу с пятидесяти баксов. Эта сволочь взяла бабло и свалила, но Мохад посмотрел по камерам, что я не спер деньги, а просто задумался.

Весь вечер я страдаю одной и той же фигней: стою на кассе, делаю опись продуктов, отбрехиваюсь от разговоров о предательстве моих друзей, подметаю, снова стою на кассе, снова отбрехиваюсь. В конце смены Мохад просит меня подмести в отделе с напитками. Я ставлю табличку «Осторожно, мокрый пол», макаю в ведро швабру и едва не роняю ее при виде Томаса и Женевьев. Они медленно подходят.

Он опустил голову, как тогда, в Летео. Не может смотреть в глаза.

Женевьев, напротив, идет с гордо поднятой головой. Как будто заполучила награду, которая мне не по зубам.

Моя голова просто кружится, как будто я перебрал собственной беспомощности.

— Аарон, привет, — заговаривает Женевьев. — Сможешь поговорить после работы?

— Говорите здесь. — Я начинаю мыть пол. В нос ударяет одеколон Томаса, и я отхожу к стойке.

Женевьев заходит в соседний отдел и говорит оттуда:

— Твоя мама говорит, ты хочешь еще одну операцию. Зачем снова мучить и себя, и близких?

— Ты не поймешь.

Как объяснить, что творится у меня в душе? Я забыл кусок своей жизни, потом вспомнил, и воспоминания наслаиваются друг на друга. С каждым днем я все глубже погружаюсь в хаос, и такое ощущение, что мне уже не стать нормальным — и я сейчас не про ориентацию. Всяко лучше начать с чистого листа, чем совсем закончить. Кстати, должны же быть группы поддержки для тех, чьи удаленные воспоминания размотались. С другой стороны, у меня и так тоскливая жизнь, зачем еще о чужих бедах слушать?

— Нет, Аарон, это ты чего-то не понимаешь, — возражает Женевьев. — Что-то в Летео лечат, да, зато калечат все остальное. Я была рядом с самого начала, ну, старалась быть рядом, а чего не видела, о том думала. Так ты свое счастье не найдешь.

Швабра со стуком летит на пол. Жен морщится.

— Да не могу я найти свое счастье! Зачем мне еще и этот груз с собой таскать? — Из всех голосов в моей голове громче всех тот, что орет о чувствах к Томасу. Если он заткнется, может, я снова стану собой — хоть каким-то.

Томас шагает ко мне:

— Длинный, я просто пытаюсь понять. Насчет этого Колина... Ну, который наорал на тебя в «Доме комиксов», а потом вы с ним на стадион пришли. Ты его забыл, но при этом помнил, кто он?

— Я забыл, чем мы с ним занимались, — отвечаю я.

Томас смотрит мне в глаза. Я отворачиваюсь.

— А со мной тогда что будет? Ты меня потом узнаешь хотя бы? Или забудешь о нашей дружбе?

— Все может быть. — Вот бы сейчас оказаться где угодно, хоть дома с Эриком, только не тут. — Я без понятия, как в Летео редактируют воспоминания.

Томас шмыгает носом. Я поднимаю взгляд. Его глаза покраснели и слезятся. Он не плакал при мне с тех пор, как его избил Брендан.

— Помнишь, — спрашивает он, — мы в июне наткнулись на митинг у Летео? Ты тогда согласился, что все зачем-то да нужно. Наша дружба совсем, получается, ничего не стоит? — Я не отвечаю. Он говорит Женевьев: — Я пошел.

На приглашение не тянет. Но она, напоследок взглянув на меня, уходит за ним.

Женевьев права, Летео не в силах дать мне то счастье, которого я хочу. Но лучше ничего не помнить и радоваться жизни, чем помнить все и умирать от тоски.

☹ ☹ ☺ ☺

После смены я сразу иду домой, хотя Малявка Фредди издалека зовет меня поболтать. Навстречу мне из подвальной прачечной выходит мама, толкая перед собой тележку с кучей белья. Я отбираю у нее тележку, и мы идем к лифту.

— Заходили Женевьев и Томас. — Я стараюсь говорить спокойно.

Мама даже не пытается сменить тему или оправдаться:

— И Томас с ней пришел?

Я вызываю лифт.

— Ага. А ты только Жен отправляла?

— Она к тебе ближе всех, не считая нас, — отвечает мама. — Может, хоть ей бы удалось.

Может, и удалось бы. Но Жен, видимо, решила, что лучше прихватить с собой парня, с которым я хотел быть счастлив. Чем она думала?

— Аарон, мне надоело спорить. Я твоя мама и должна помогать тебе жить так, как ты хочешь. И я уже не смогла дать тебе отдельную комнату и хорошего отца без тараканов в голове. Но я не хочу снова терять сына.

Приходит лифт, но мы стоим, как стояли.

— Мне кажется, я такой же, как он.

— Нет, ты совсем другой. Ты добрый, хороший и слишком много пережил. Если ты уверен, если ты прямо сейчас обещаешь мне, что сможешь меня за это простить, я все подпишу.

Я обнимаю маму, снова и снова повторяя, что я хочу забыть, что мне нужно забыть, что ей не в чем себя винить.

— Постой, — произносит мама. Так я и знал. — Одно последнее условие. В субботу ты сходишь в гости к Кайлу.

Я увижу Кайла. Конечно, я согласен!

9

КАЙЛ ЛЕЙК, ЕДИНСТВЕННЫЙ РЕБЕНОК

В детстве у Кайла и Кеннета — они тогда были настолько похожи, что даже я их путал, — была игра под названием «Потехе час». Они еще не понимали пословицу «Делу время, потехе час», но наслушались ее от взрослых. Теперь они, придя домой из школы и не желая садиться за уроки, орали: «Потехе час!» — и могли целый час играть, валяться и развлекаться, а потом уже делать уроки или помогать по дому. Когда они стали подростками, «потехе час» стал значить право часик поныть на несправедливость мира и чтоб никто не нудел над ухом. Кому Кайл теперь будет ныть?

Чтобы устроить нам встречу, маме с Эванджелин пришлось попотеть. Мама подписала разрешение на встречу, соглашение о неразглашении и еще несколько документов, где написано, что она не имеет права говорить адрес Лейков никому, кроме меня.

Не знаю уж, какое там предусмотрено наказание. Как минимум она сама себе не простит, если все наши ринутся на поезд до Симпсон-авеню и оттуда повалят на Сто семьдесят четвертую улицу. Видимо, у Лейков после операции было реально туго с деньгами, иначе они бы переехали на дальний конец Квинса, а не за тридцать кварталов на север и парочку — на восток.

Наконец я подхожу к их многоэтажке. Рядышком — видеопрокат с табличкой «Мы переезжаем». Я трясущимися пальцами звоню в домофон.

— Кто там? — раздается голос миссис Лейк.

— Аарон.

Дверь тут же открывается. Я иду к квартире 1Е и дважды стучу. При виде меня мистер и миссис Лейк — забыл их имена — вздрагивают. Видимо, мое лицо до сих пор выглядит не очень. Как я, оказывается, рад их видеть! Хотя вроде почти о них и не думал. Но теперь вспоминаю, сколько раз у них ночевал и как миссис Лейк играла с нами в видеоигры. А когда мы всем классом ездили в зоопарк, мистер Лейк ехал с нами и всегда брал для нас каких-нибудь сладостей. Я обнимаю их обоих.

Мы заходим в квартиру. Мне больно видеть, насколько она непохожа на ту, где выросли все мои друзья: стены не ржаво-рыжие, а бежевые, на окнах решетки, как в тюрьме. В гостиной стоит огромный телевизор, хотя мистер Лейк только в прошлом году выиграл в лотерею плоскоэкранный. Игровые приставки остались, но диски Кеннета — футбол и викторины — убрали. В гостиной больше не висят часы в виде кошки, которые Кайл подарил Кеннету на их десятилетие. Как будто Кеннет даже не рождался.

— Хочешь ледяного чая? — предлагает мистер Лейк.

— Воды, если вам не сложно. — Ледяной чай навевает новые воспоминания: когда мы по субботам завтракали у Лейков, мы разводили чаем хлопья, потому что все ненавидели молоко.

Мистер Лейк приносит мне воду, а потом они с женой садятся напротив меня.

— Как вы? — спрашиваю я.

— Тебе честно? — уточняет мистер Лейк.

Я киваю, хотя правда мне не понравится.

— Каждый день — это ад, — говорит миссис Лейк. — Легче не становится. Видишь Кайла — и ждешь, что за ним тенью пройдет Кеннет. Я до сих пор иногда по утрам еле себя одергиваю, чтобы не попросить Кайла разбудить брата. Да, прошло десять месяцев, мы переехали, неважно. Мы потеряли одного из наших мальчиков, и это кошмар.

Мистер Лейк молчит. Раньше он всегда шутил, что Кайл на самом деле не Кайл, а блудный Кеннет из параллельной вселенной.

— Как Кеннет злился, когда его называли Кенни... — выпаливаю я. И тут же об этом жалею.

Мои откровения здесь никому не нужны, но фонтан уже не заткнуть. Сколько я всего о нем помню! Он обманул окулиста, чтобы ему прописали очки и их с Кайлом наконец перестали путать. Как-то на Хэллоуин они оделись как имперские штурмовики. А однажды мы с ним и Бренданом курили косяк в каморке оркестра, и так Кеннет узнал, что классно играет на кларнете. Надеюсь, его кларнет до сих пор лежит где-то в недрах этой новенькой фальшивой квартиры, а не достался чужим людям. Наконец я замолкаю — кончается дыхание. Родители Кайла плачут.

— Простите.

— Не надо... Спасибо тебе, Аарон, — говорит мистер Лейк, уставившись в мой стакан, который все еще держит в руках. — Нам теперь нельзя о нем вспоминать. То, что кто-то его помнит и любит... дорогого стоит. А то иногда мне кажется, что я сам его выдумал.

— Как вы справляетесь? Как еще не ночуете у дверей Летео, умоляя позволить вам тоже забыть?

— Мы не могли взять и выбросить память о нем, — отвечает миссис Лейк. — Куча родителей так и сделала, и это ужасно. Надо жить дальше, куда деваться... но нельзя забывать.

Мистер Лейк смотрит на микроволновке время:

— Клара, скоро Кайл вернется. Надо подготовить Аарона.

Они рассказывают легенду, которую он теперь помнит. А-Я-Псих регулярно бил его (здесь этого урода тоже не любят): сначала просто по спине хлопал, потом стал толкать на школьные шкафчики и наконец просто бил кулаками. Не знаю, кто конструировал воспоминания Кайла — мне сказали только, что не Эванджелин, — но он явно знал, на чем сыграть. Вышло очень правдоподобно, теперь Кайл к нам и носа не сунет. Здесь у него новая жизнь, он ученик парикмахера и встречается с какой-то девчонкой. Миссис Лейк надеется, однажды они поженятся.

Звонит домофон.

— Забыл ключи, как обычно, — вздыхает миссис Лейк. — Подождешь у него в спальне? Скажем ему, что ты пришел.

Я иду куда сказано. Мистер Лейк напоследок напоминает еще раз, как будто такое забывается:

— Аарон, никакого Кеннета!

Я киваю, хотя ему меня уже не видно. Кое-что в спальне осталось прежним — запах недельных носков и трусов. Кеннет тоже не очень любил ходить стирать, и они оба копили белье до последнего, пока миссис Лейк это не надоедало и она не стирала все сама. Но остальное поменялось. Раньше они спали на двухэтажной кровати, теперь у него двуспальная. На стенах висят фотографии и сувениры из новой жизни.

Открывается дверь, входит Кайл, беззаботный единственный ребенок, и ржет:

— Аарон, кто тебе так морду набил?

Ни обняться, ни стукнуться кулаками, ни расспросить, как дела. Как будто мы вообще не расставались.

— А-Я-Псих и до меня добрался, — отвечаю я, тщательно подбирая слова. Я хожу по минному полю. Хочется сказать ему, что А-Я-Психа посадили, но тогда он, чего доброго, решит, что теперь к нам можно ходить в гости. А с наших кретинов станется шутки ради взять и рассказать ему, что он побывал в Летео. И хрен знает, что будет, если его память тоже размотается. — Теперь понимаю, чего ты свалил.

Кайл прислоняется к стене. У него над головой висит на кнопках карта.

— Я жить хотел. Хорошо, у нас вовремя истек срок аренды квартиры и можно было сменить обстановку. Район хреновый, но люди классные.

— Слышал, у тебя теперь девушка. — На прикроватной тумбочке лежит мяч для гандбола. Я пасую ему. — Кто наставил тебя на путь истинный?

Мы перекидываемся мячом, и Кайл рассказывает. Ее зовут Тина, ее родители китайцы. Она привела к нему в парикмахерскую младшего брата, Кайл стриг его «цезарем» и едва все не запорол. Начальник решил, что он устал, но на самом деле он просто пялился на Тину. Я притворяюсь, что мне интересно его слушать, но почти ухожу в свои мысли.

— Как у вас с Женевьев? — вдруг спрашивает он.

— Расстались. — Я вспоминаю слова Томаса про Сару. — Мы перестали друг другу подходить.

— Блин, чувак, фигово. Уже нашел кого-то?

— Не-а, — вру я.

Мне хочется во всем ему признаться, но, если я попрошу устроить «потехе час» и не осуждать меня, он не поймет. Он изменился. Не в смысле повзрослел, а в смысле его изменили. Может, новый Кайл нормально воспримет мою первую сторону. Может, ему не понравится. Раньше я хорошо его знал, и теперь мне хочется вернуть его, размотать ему память. Он сам виноват в смерти брата, пусть живет со своей виной. Пусть помнит, что Кеннет умел ходить на руках, что обожал фастфуд и у него даже кариеса не было, что иногда он звонил соседям в дверь и убегал, чтобы нас посмешить.

Кайл должен знать, что у него был брат-близнец по имени Кеннет. Но это не мне решать.

Мы еще какое-то время болтаем, потом он говорит, что у него свидание с Тиной и надо еще помыться. Теперь девушка для него важнее друзей, это классно. Я обещаю еще как-нибудь зайти, он просит передать всем привет. Я снова обнимаю его родителей. В их глазах — безмолвная мольба: «Не забывай».

10

ЛЕТЕО, ДУБЛЬ ДВА

В день операции я стою на углу у института Летео. Воспоминания могут дать под дых, могут помочь жить дальше, могут остаться на всю жизнь, а могут незаметно померкнуть сами. Если уйти с поля битвы, где беды свищут как пули, никогда не узнаешь, какие есть какие. И если повезет, от плохих можно защититься хорошими.

Моя беда не в том, что я гей. И в прошлый раз она была не в этом. Конечно, будь у меня другая ориентация, много чего бы не произошло: не покончил бы с собой отец, не сбежал бы Колин, нас бы не избили в поезде, и сейчас меня бы не мучила неопределенность. Но я ничему не научился на своих ошибках, потому что забыл их. А теперь понимаю, что забывать нельзя.

Иногда будет нелегко, но я справлюсь. Томас, сам того не зная, очень мне помог. Да я и сам не думал, что смогу найти себя без помощи Летео. Парень, который искал смысл жизни, научил меня кое-чему незабываемому: счастье придет снова, главное — впустить его.

Я зажмуриваюсь и считаю до шестидесяти, отрешаясь от всего, как учил меня Томас. Открываю глаза, разворачиваюсь и иду домой. Надо извиниться перед мамой и братом.

11
МОЙ УНЫЛЫЙ ДЕНЬ РОЖДЕНИЯ

С тех пор как мне исполнился год, мама пишет мне на день рождения письма про самые крутые достижения за год. Она вкладывает их в альбом с моими детскими фотографиями. К письмам приклеены вырезки из газет, чтобы я знал, что в это время творилось в мире.

Когда мне исполнилось двенадцать, я сел и прочитал их все. Первое письмо, что неудивительно, было довольно коротким: все, что я отчудил, — это срыгнул маме на мантию выпускника на вручении дипломов. Перед двухлетием я сделал первый шаг, когда домой вернулся неделю отсутствовавший папа (как мне потом сказали, в тот раз мама выгнала его из дома, потому что он бросился на нее с кулаками на улице). Из пятого письма я узнал, что в детстве любил собирать брелоки от ключей. К восьмому письму мама приклеила мой рисунок, где мы с ней держимся за руки.

Эти письма — карта моей жизни. По ним я восстанавливаю годы, которых не помню. Больно это понимать, но иногда мама как будто оставляла мне послания. Зачем иначе она записала, что я обожал петь женские попсовые песенки? Зачем вспомнила, как мы с Эриком пошли покупать игрушки, и он твердил, чтобы я купил синего рейнджера, а я хотел играть фигуркой Джин Грей и настоял на своем? Мне кажется, она пыталась мне сказать: «Я уже тогда все о тебе знала».

Я сам, наверно, понял, когда мне понравился Брендан. Может, когда пел девчачьи песенки, тоже что-то подозревал, но тут наконец картинка сложилась, и я начал догадываться, что, наверно, не такой, как надо. Забавно через столько лет вернуться к тому, с чего начал. Пару лет назад мама оставляла в туалете старые журналы, и я их выбрасывал, но сначала выдирал страницы с рекламой одеколона (каких горячих мужчин там снимали!) и клал к себе в папку понятно для каких дел. Перед операцией я ее, конечно, выкинул.

Я пока не нашел в себе сил извиниться перед мамой и Эриком, но непременно извинюсь. По крайней мере, я уже порадовал их — сказал, что передумал делать операцию. Туча, нависшая над нашей маленькой квартиркой, рассеялась, и я пошел спать.

Пока я просто притворяюсь, что не было никакого Летео. Эрик согласился поиграть со мной в «Мстители против Уличных бойцов». Эту игру мама подарила мне утром, и я притворился, что не заметил царапин на диске. Я не заслужил маму, которая пашет без продыху, чтобы хватило на дико завышенную квартплату, еду и еще оставалось на подарки сыновьям. Эрику я продул, потому что играл за

Капитана Америка, а не за Черную Вдову. Мне все больше хочется уже поговорить с братом и жить дальше, но, пока я не дозрел, лучше не буду привлекать внимание.

Перед уходом я захожу к маме еще раз сказать «спасибо». На кровати разбросаны счета, на коленях у нее лежит альбом моих детских фотографий. Обычно на мой день рождения мы садимся и листаем его вместе, но, видимо, она сообразила, что я сейчас меньше всего хочу вспоминать прошлое. Альбом открыт на фотографии, где пятилетний я сжимаю куклу Белль из «Красавицы и чудовища».

— Первая любовь...

Мама гладит фото пальцем, как будто хочет взъерошить мои детские кудряшки.

— Ты повсюду ее таскал.

— Всем говорил, что она моя девушка. — И даже сам в это верил.

— А потом ты ее бросил ради розового рейнджера, — улыбается одними губами мама. — История стара как мир.

Мама листает дальше, и та пора моей жизни стирается из головы. Вот я сижу на плечах у отца — тогда он еще был папой. Вот мы с Эриком, совсем мелкие, принимаем ванну. Вон я, завернутый в полотенце, лежу у него на коленях. Еще снимок, еще, еще, и на каждом то, чего нам сейчас так не хватает, — улыбки.

— Пойду пробегусь немного.

Мама всматривается в мое лицо, в почти сошедшие желтые синяки. Иногда я гляжу в окно, высматриваю Брендана — вдруг успею выбежать и дать ему по морде.

— Все будет нормально.

— Как там Женевьев?

— Счастлива, — вру я. Конечно, вру: нельзя найти счастье рядом с тем, кто тебя никогда не полюбит.

— Это ты к ней сейчас пойдешь?

— Не. — Она не звонит, не пишет.

— Томаса проведаешь?

Это больно. От него тоже никаких вестей.

— С Колином погуляю.

Мама берет меня за руку и кивает:

— Поняла, сынок. Хорошего дня. Предохраняйтесь.

Попрощавшись, она еще долго не выпускает меня из объятий. А потом вцепляется в альбом с такой силой, будто висит над обрывом и больше ухватиться не за что.

☹ ☹ ☺ ☺

Колин, по ходу, вообще забыл, что у меня день рождения. Ничего, он просто на нервах. Поскольку он спит со мной за спиной Николь, она, конечно, тоже хочет внимания. Еще его бесит куча всякой ерунды. Например, недавно Николь потянуло на кубики льда. Как они мерзко хрустят!

Чего он вообще ноет? Сам виноват, что она залетела. Ладно, мы оба виноваты, что прикрывались девушками. Но в том, что она в него влюбилась, он точно сам виноват. Никогда не понимал, что он вообще в ней нашел. Может, конечно, во мне ревность говорит, и я к ней несправедлив. Нет, она такая милая заботливая девчонка, каждый час поздравляет тебя с днем рождения и дарит продуманные подарки. Но я не могу во всем винить одного Колина. Тогда, получается, я тоже полная сволочь, ведь позволил

Женевьев полюбить меня. Значит, Томас тоже сволочь, потому что... Потому что тупо смотрел, как я в него влюбляюсь, и не почесался ответить взаимностью. Зато у меня есть Колин. Я никогда не признавался ему в любви, даже тупо чтобы заглушить одиночество. Когда он сказал «пошли», я ждал сюрприза ко дню рождения. Но мы просто в очередной раз спрятались в уголке за оградой, быстро занялись сексом, и он ушел работать. Даже на прощание не поздравил: застегнул штаны, хлопнул по плечу и свалил.

Домой я иду долгой дорогой, мимо дома Томаса: вдруг он будет на улице или хотя бы в окно выглянет. Конечно, есть риск увидеть, как они с Женевьев, держась за руки, идут наверх заниматься сексом, чтобы он почувствовал себя натуралом. Ничего, это я уже проходил с Колином, а хоть на секунду увидеть его хочется.

На той стороне улицы у светофора стоит Дэйв Тощий. Загорается зеленый свет, но он заметил меня и не двигается с места. А-Я-Психа уже посадили, меня лучше не трогать.

Домовые службы наконец забили дверь досками. Я лезу в почтовый ящик. Восьмидесятилетняя тетушка с деменцией прислала мне две открытки. То, что их две, меня почти не удивляет. Странно, что вообще вспомнила. Я иду к лифту и застываю. Как в тот день, когда меня чуть не убили, — ко мне пришел Томас.

Стоит, прислонившись в стене. Меня тянет улыбнуться, но он серьезен.

— Я не делал операцию, — говорю я.

Он на секунду поднимает глаза. Круги под ними с последней встречи стали еще темнее. Он открывает дверь на лестницу и выкатывает оттуда темно-синий горный велосипед. То ли совершенно новый, то ли очень хорошо начищенный и подкрашенный. Даже не знаю, от Томаса можно ждать и того, и другого. Он ставит велик на подпорку и подходит ко мне. Вот сейчас молча пройдет мимо — и все. Но он крепко обнимает меня, и я обнимаю его в ответ, не менее крепко. Похоже, это прощальные объятия.

Он первый размыкает руки, я тоже отпускаю его и сразу же об этом жалею. Томас идет к двери.

— Томас, я тебя...

Он даже шага не замедляет. Просто уходит, а я остаюсь стоять у велосипеда. Он как-то пообещал, что научит меня кататься, раз уж никто до этого не научил. Тогда мы оба не знали, что Колин уже пытался и я безнадежен.

Наконец я нахожу в себе силы подняться домой, крепко сжимая руль своего новенького синего велика. Валюсь на кровать, велосипед падает у ног. Я действительно хотел увидеть Томаса. Нет, мне нужно было его увидеть, чтобы день стал хоть чуть-чуть нормальнее. Но теперь я тупо сижу, смотрю на часы и гадаю, напишет ли Женевьев до полуночи.

И тут происходит неведомая фигня: раз — и на часах шестнадцать минут второго.

Эрик уже спит. В ногах моей кровати стоит тарелка из-под ужина. Я всегда ее туда ставлю, только не помню, чтобы что-то ел или вообще собирался ужинать. В 23:59

пришло сообщение от Женевьев: «С днем рождения». Надо бы поблагодарить, но она, наверно, уже спит.

Последнее, что я помню, — как свалился на кровать. Больше ничего. Пусто. От страха я заплакал, но не помню даже во сколько. Я смотрю на часы: там уже двадцать семь минут второго — и реву еще сильнее. Со мной творится какая-то дичь.

Я расталкиваю Эрика, он матерится спросонья, но потом в его глазах загорается беспокойство. Сначала я даже не знаю, что сказать, — может, мне просто кошмар приснился? Наконец выдавливаю:

— Что за хрень? Что за хрень со мной творится?

Он спрашивает, что случилось, но его голос звучит как будто издалека.

Я вдруг снова перестаю понимать, где я и что я. Вот я лежу поперек маминой кровати и реву так, что болит горло. В детстве я лежал на краю этой самой кровати и молился, чтобы у меня появилось побольше фигурок супергероев или своя спальня, потом заползал в закуток между мамой и братом — не мог заснуть, не цепляясь за мамины волосы.

Но теперь моя память плывет в одной ей понятном направлении, и я молюсь только об одном — проснуться.

12

ЗАВТРА БОЛЬШЕ НЕ БУДЕТ

— Антероградная амнезия, — говорит нам с мамой Эванджелин.

Мы сидим у нее в кабинете. На часах 4:09. Я не свожу с них взгляда, пытаясь не свихнуться. Хотя, честно, даже так не очень понятно, не скачу ли я во времени, как скакнул несколько часов назад.

— Так называют неспособность запоминать новые события, — добавляет она.

На часах 4:13.

— Антероградная амнезия — это как? — спрашиваю я. Где-то я этот термин уже слышал. Может, перед операцией. Но что это значит?

— Это неспособность запоминать новые события, — отвечает Эванджелин, переглянувшись с мамой. Мама плачет. Кажется, она не переставала плакать с тех пор, как я бухнулся к ней на кровать. Плача, позвонила Эванджелин. Плача, вызвала такси. Я не могу вспомнить, чтобы она не плакала.

— Аарон, ты с нами? — уточняет доктор.

— Ага. Думаете, у меня амнезия? Типа я не запоминаю того, что происходит?

— Ты в последнее время не замечал у себя проблем с памятью? — спрашивает Эванджелин.

— Мне вспомнить... то, что я забыл?

— Да. Возможно, после возвращения памяти с тобой уже случалось что-то странное? Ну, как сегодня ночью?

Думать тяжело. Вернее, тяжело вспоминать. Как же я горд собой, когда мне удается. Помню, мы сидели с Колином, и я забыл, что выпил чашку кофе. А до этого, еще в Летео, Женевьев сказала, что я повторяюсь. Но я же всего один раз сказал, что она не может нравиться Томасу. Ну, я запомнил, что всего раз. А еще я отключился, когда стоял за кассой. А сколько еще было таких случаев?

— Да. — У меня гулко стучит сердце. — Я уже что-то забывал. — Только не помню, что именно. — Кажется, у меня сейчас будет паническая атака. Или я разревусь.

Мама закрывает лицо руками и трясется, беззвучно всхлипывая. Эванджелин глубоко вздыхает:

— Ты уже разревелся.

— И что теперь? Как мне вылечиться? Нужна еще операция?

Из голоса Эванджелин пропадают всякие эмоции. Она говорит как робот. Оказывается, есть несколько способов лечения, но они особо не помогают. Загадку моей болезни пока не разгадали даже лучшие неврологи мира, потому что механизм хранения воспоминаний толком не исследован. Потом она начинает сыпать терминами: «нейроны», «синапсы», «кора височной доли», «гиппокамп»... Я ничего не понимаю в медицине, но стараюсь запомнить каждое слово, чувствуя, что слова ускользают. Методы лечения антероградной амнезии примерно те же, что и при болезни Альцгеймера. Существуют лекарства, стимулирующие работу холинергической системы. Так как поражен мозг, психотерапия мне не поможет. Это, наверно, и к лучшему: я бы врезал каждому, кто попытается меня гипнотизировать. У меня и так полная каша в голове, зачем ее еще перемешивать?

— К сожалению, в некоторых случаях антероградная амнезия необратима. — А вот это я бы с радостью забыл.

У доктора очень усталый тон. Не потому, что ее дернули посреди ночи, и не потому, что я ей надоел. Наверно, она уже устала повторять одно и то же, я же не знаю, который раз все это слышу.

— С вашими пациентами такое уже случалось?

Кивок.

— И что с ними стало?

Она смотрит мне в глаза:

— Амнезия быстро прогрессирует и может всего за несколько дней стать полной.

— Охереть, у меня меньше недели? — В этот раз все пропускают мое ругательство мимо ушей.

— Возможно, и больше, — механическим тоном врача отвечает Эванджелин.

Сердце выскакивает из груди. Кажется, я забыл, как дышать, хотя это простейший инстинкт. Может, я сейчас потеряю сознание, а потом наверняка забуду, как прийти в себя.

— И как мне, блин, теперь жить?

— Будет трудно, Аарон, но шансы у тебя есть. Это все было в брошюрах. Скорее всего, ты больше не сможешь получать новые знания, но то, чему ты научился до операции, останется с тобой. Я лично знаю одного музыканта, он пишет песни и сразу их забывает, но по-прежнему талантливо играет на гитаре, потому что научился до трагедии, которую хотел забыть.

Я понял. Все, что у меня останется, — то, что было раньше. То, из-за чего я чуть не покончил с собой.

— Зачем вообще жить?.. — думаю я вслух. Мамины всхлипы становятся громче. Я дебил. Мало ей моего шрама-улыбки. Но сейчас, как и перед операцией, мне кажется, что лучше всего просто умереть.

Ко мне наклоняется Эванджелин.

— У тебя столько всего впереди, — шепчет она.

— Например?

То ли я забыл, что она ответила, то ли ей нечего сказать. Кажется, ночь будет длинной. Ну, для них. Для меня она пролетит быстро.

— Антероградная амнезия — это как? — спрашиваю я. На часах 4:21.

13
ЕСТЬ ТОЛЬКО ВЧЕРА

Я типа как бы никогда не пытался вспомнить, что было вчера. А теперь мне ничего другого не осталось. И я еще не все помню.

Вчера...

Многие вспомнят, как обнимали друзей, но забудут, во сколько встали и чем обедали. Другие перескажут какой-нибудь безумный сон, но не придадут значения тому, какая на них была одежда и что за книгу читали в метро. Третьи оставят свое прошлое при себе, как сокровенную тайну.

Мне ничего из этого не светит.

Быть может, назавтра я даже не вспомню, кого обнимал. Если вообще останется, кого обнимать. Я не вспомню, чем обедал, и вообще пойму, ел ли хоть что-то, только по ощущениям в животе. А во сколько я встану, вообще неважно, потому что у меня теперь будет одно сплошное пробуждение. Еще я, наверно, перестану переодевать штаны и футболки и буду постоянно всем советовать почитать «Скорпиуса Готорна», потому что не смогу увлечься никакой новой историей.

Чтобы как-то все это пережить, я заранее попрощаюсь с прошлым. Даже если я навсегда останусь прежним, все вокруг меня поменяется. Никто не будет общаться с парнем, который не знает, какое сегодня число, и не помнит, у кого что нового. Меня ждет либо вечное одиночество, либо общество незнакомцев, постоянно твердящих одно и то же. Фиговый выбор.

Я поворачиваю дверную ручку. Заперто на цепочку. Раньше мы никогда не запирались. Даже когда боялись, что к нам вломится кто-нибудь из моих друзей и добьет меня. Видимо, меня заперли дома, чтобы я не заблудился.

Хреново, но они правы. Я могу забыть, куда идти, прямо посреди улицы или прямо в воздухе, когда меня собьет машина. Но нельзя же тупо сидеть дома и ждать, пока память не отвалится окончательно. Я снимаю цепочку, но Эрик бросается к двери и хватает меня на пороге.

— Куда тебя понесло? — спрашивает он, крепко держа меня за руку.

— Дела.

Из спальни выходит мама, но не вмешивается.

— И что за дела? — продолжает брат.

— Мои личные дела.

— Ты всегда думаешь только... — Не договорив, он глубоко вздыхает: — Ладно, помолчу, буду хорошим братом. Скажу, когда ты точно не запомнишь.

Ниже пояса.

— Пошел ты! Говори уже и не прикрывайся моей амнезией. Я заслужил немного честности.

— С радостью! — Эрик вцепляется в мою руку сильнее, его глаза горят. — Аарон, ты эгоист! Ты считерил, чтобы облегчить себе жизнь, и даже не подумал, каково будет нам. А нам теперь смотреть, как ты превращаешься в зомби! Ты сам виноват!

Я пялюсь на него во все глаза:

— Может, я не пошел бы в Летео, если бы кое-кто принимал меня таким, какой я есть, а не доставал все детство, когда я играл за девочек!

— Да насрать мне было, кем ты играешь! Я просто шутил. Я думал, ты сильный и посмеешься со мной. Прости, был неправ. — Мы все в шоке. Даже он сам. Он извинился! Последний раз он так покраснел, когда услышал, что стало с отцом. Он тоже, видимо, про него вспомнил: — Ты потерял себя ради того, кто сам от нас ушел!

— Он покончил с собой из-за меня, а не из-за вас.

— Сынок, да не из-за тебя он это сделал! — наконец включается мама. — У твоего отца была сложная жизнь, и…

— Хватит! Его арестовали, и я надеялся, что теперь-то все будет нормально. Потом он пришел домой и… — Я реву — и радуюсь. Ведь я не забыл, почему плачу: потому что признал наконец, что без отца нам всем только лучше.

Маме с Эриком больше нечего возразить.

Я тоже замолкаю. Я наконец-то понял, почему они выбросили его вещи. Потому что их надо было выбросить.

— Натворил ты делов... — вздыхает Эрик. Но он уже не злится, и в глазах у него появилось какое-то новое выражение. Сочувствие.

Он поворачивается к маме, одной рукой постукивая по стене, другой все еще сжимая мою руку. Отец однажды тоже так стучал по стене, когда никто из нас не хотел идти покупать ему пиццу. Тогда от стены отлетел кусок штукатурки. От этого воспоминания на меня веет надеждой — оказывается, я еще могу что-то вспомнить.

— Зря ты тогда подписала согласие, — говорит Эрик маме.

Мама переводит взгляд с меня на него и обратно, как пойманный с поличным преступник:

— Я хотела его спасти...

— Нет! — бросает Эрик. — Ты просто хотела убедить себя, что от тебя что-то зависит! Ты сделала вид, что у Аарона нет выхода, кроме операции. Смотри, чем все кончилось!

Я вырываюсь из захвата Эрика. Может, он завидует. Может, ему тоже есть что забыть. Может, у него тоже не все в порядке с головой после того, как наш отец покончил с собой в той самой ванне, где нас когда-то купал.

Я вдруг понимаю, что Эрик никогда не вырастет таким, как отец. Он нас любит. А вот мне стоило бы любить его побольше. Я ни разу даже не спросил, как у него дела.

Мама изучает свое отражение в замызганном зеркале, висящем в коридоре. Возможно, сейчас она впервые за долгое время действительно видит свое лицо. В последние несколько месяцев она страшно похудела. Килограмм на десять-пятнадцать. Эрик опирается спиной на стену и сползает на пол.

— Аарон, если что, я сейчас не из зависти. Ну, может, чуть-чуть я тебе и завидую. Но я согласен, что без отца лучше.

Мне хочется взять его за руку, но это плохая идея.

Он смотрит на меня снизу вверх:

— Помнишь, мы никак не могли пройти последние уровни «Зельды»? Мы тогда скинулись и купили инструкцию по прохождению. — И добавляет мягко: — А теперь ты со мной даже не посоветовался, сразу ввел чит-код.

Иногда боль становится такой острой, что, кажется, больше ни дня не выдержишь. Иногда боль становится компасом и выводит из самых запутанных тоннелей взросления. Но чтобы боль вывела к счастью, о ней нужно помнить.

— У нас еще осталось что-то из папиных вещей? — спрашиваю я.

Раз — и у меня в руках коробка. Полупустая — так, пара старых свитеров и беговые кроссовки. Эрик без лишних слов открывает мне дверь, и мы все вместе идем к мусоропроводу. Я стараюсь запомнить каждую подробность. Пусть у меня будет такое воспоминание. Несмотря ни на что, я вспоминаю времена, когда отец не был чудовищем, и медлю. Потом переворачиваю коробку вверх дном, вещи грохочут по мусоропроводу, падают на дно и затихают.

Как-то в школе я читал, что цыгане, когда оплакивают близких, завешивают в таборе все зеркала. Иногда на несколько дней или недель, иногда — на месяцы, если нужно, даже на годы. Так вот, хватит нам завешивать зеркала. Мы все вместе перерыли квартиру и выбросили все, что от него еще оставалось.

Когда с этим покончено, Эрик надевает кроссовки и, не глядя на меня, говорит:

— Если для тебя это что-то значит, прости за все мои шутки. — И, не успеваю я поблагодарить его за то, что он наступил на свою гордость, добавляет: — Ну, куда идем?

— В смысле?

— Ты говорил, у тебя дела. Мама тебя одного не отпустит.

Не помню, когда я это сказал, но у меня реально дела. Четыре встречи, четыре прощания. Я опускаю голову, и мы с братом выходим из дома — зачеркивать строчки в моем списке.

14
ВРОДЕ КАК ЛУЧШИЙ ДРУГ

Брендан сразу спалился, где его искать: одна из его клиенток как раз выходит на лестницу. Именно с Бренданом я хочу повидаться первым. Не потому, что он живет рядом, не потому, что с ним я дольше всех дружил. Пусть увидит, что наделал. Я шагаю к лестнице, но Эрик хватает меня за плечо.

— Прости, что отпустил тебя тогда переспать с Женевьев, — шепчет он.

Это так неожиданно, что даже смешно.

— Ты-то тут при чем?

— Я знал правду. Если бы она от тебя забеременела, я был бы виноват. Я решил, что ты переспишь с девушкой и все у тебя будет нормально, и не стал мешать. Мне было пофиг, что ты мог случайно разбить ей сердце.

Раз — и Эрик молча бродит по вестибюлю туда-обратно.

— Ты-то тут при чем? — спрашиваю я и не могу вспомнить, к чему вопрос. — Я забыл, о чем мы говорили.

— Все нормально, — отвечает Эрик и пересказывает, о чем мы говорили. — Самое обидное, ты все равно в итоге гей. Наверно, тебе реально нравился тот парень, с которым ты все время тусовался.

Этот разговор настолько неловкий, что я бы даже рад был его забыть.

— Ладно, — бормочу я, — у меня дело. Подожди тут.

Я даю ему комиксы, которые хочу подарить Колину, и бегу по лестнице. Я пока не слышал звука бегущих ног, значит, и Брендан, и девчонка по имени Нейт еще тут. Я сбегаю вниз и заворачиваю за угол. У Брендана такой вид, как будто по его душу пришел до усрачки злой призрак. Я замахиваюсь, он уворачивается. Удачно, как раз хотел дать ему по яйцам.

Даю. Он валится на пол. Нейт подбирает травку и убегает. Это наверняка будет стоить ей дилера, но сегодня-то она накурится на халяву, а значит, ей срать, что будет потом.

Брендан сжимает обеими руками пах, свое мужское достоинство, и стонет:

— Я заслужил.

Получать по яйцам больно, мне его даже почти жаль. Почти.

— Мудаки, вы мне мозг сломали! — ору я. Хочется еще разок ему двинуть. — У меня охрененские провалы в памяти, я, может, даже этот разговор нахрен забуду, но всегда, сука, всегда буду помнить, что у меня был друг-мудак, он меня ненавидел и чуть меня нафиг не убил!

Сколько бы раз я себе это ни повторял, мысленно или вслух, никогда не осознаю, что Брендан мог меня убить и сесть на всю жизнь.

Может, потеря памяти — это и не плохо. Мы с ним никогда больше не будем играть в карты в коридоре, потому что за окном снег, а у него дома бардак. Я никогда больше не буду кидаться попкорном в его дедушку, когда тот засыпает перед телевизором. Я больше не буду у него ночевать и пинать верхний этаж кровати, на которой он чуть не заделал ребенка девчонке по имени Симона, когда еще не просек, какая полезная штука презервативы. Мы больше не будем сидеть рядышком у компьютера и писать тупые отрицательные отзывы на всякую дичь типа бананорезки и свистка в виде собаки. Я никогда больше не повешу его кроссовки за окно, чтобы у него в комнате не пахло грязными носками.

— Я никогда тебя не ненавидел, — отвечает Брендан. — Просто не понимаю, зачем ты решил стать геем.

— Это не от меня зависит, — отвечаю я. — Был момент, когда типа зависело, но все равно оказалось, что нет.

Он садится и упирает локоть в колено:

— Ты променял нас на этого Томаса. Мы твоя семья. Мы, а не он и никто другой.

— Может, и так. Не знаю. А теперь я из-за вас калека.

— Эй, твои друзья тебя не бросят.

— Я же гей! — Я наконец произношу это слово вслух. У меня не было выбора, кем быть, но я все еще могу принять себя, пока не стало слишком поздно.

Брендан не отвечает. Это тоже ответ. Я поднимаюсь к Эрику. Надеюсь, однажды Брендан будет жить долго и счастливо. Мой запутавшийся в себе бывший вроде как лучший друг имеет на это право.

15

ПАРЕНЬ, КОТОРЫЙ НИКАК НЕ СТАНЕТ МУЖЧИНОЙ

Я собираюсь сесть в проулке между мясным и цветочным и полистать один из комиксов, которые хочу отдать Колину, — последний, седьмой выпуск «Темных сторон». Но туда приперлись неугомонные любители общественных работ — закрашивать наш с ним темно-синий мир.

Раз — и Колин рядом.

— Привет, — кивает он. Оглядывается — вдруг где-нибудь притаился шпион с камерой? — видит на нашем месте команду маляров. — Слушай, какого хрена?..

— Общественные работы, — отвечаю я.

— Не знаешь, где еще можно спрятаться? И купи презерватив. Вчера вечером у Николь наконец было настроение, я свой использовал. — Ну конечно, она уже беременна, самое время предохраняться.

— Нафиг.

— Хочешь без него?

— Смотри, наше граффити закрасили.

— Ага, засранцы. Офигеть, ты достал седьмой выпуск! Пошли почитаем!

Я протягиваю ему комикс. В прошлой жизни я бы с радостью почитал его вместе с ним. Колин начинает строить предположения:

— Как думаешь, кто этот рыжий в алом плаще? А Безликие Властелины устроят осаду? Да устроят, куда денутся! Офигеть, офигеть, чем же все кончится?

Я сажусь на бордюр и знаком прошу его сесть рядом.

— Колин, так больше нельзя. Я все порчу. Я уже не чувствую к тебе того же, что раньше. И вряд ли дело в том, что я еще не вспомнил, как нам было хорошо.

— Стоп, так ты серьезно тогда сказал, ну, про Летео?

— Ага. Я забыл все, что у нас было.

— Ты придуриваешься.

— Нет.

— Реально, пошел и стер память?

— Тебе не стыдно, что ты со мной, а Николь ничего не знает? — Он не отвечает, не признается, что ему насрать. — А мне стыдно. Все-таки мы с тобой разные. Я не говорю, что ты говно как человек. Реально, мне кажется, ты однажды исправишься. Но если ты хочешь строить семейную жизнь на обмане, пусть это будет твое несчастье, а не мое.

Колин пожимает плечами, безуспешно пытаясь скрыть боль.

— Ну ладно, валяй, забудь, что у нас что-то было. Только не приходи больше, ни завтра, ни послезавтра.

Он встает и принимается ходить туда-сюда, давая мне время передумать.

Я молчу.

— Ладно, как хочешь. Я пошел. — Он вцепляется в комикс, как будто готов душу за него продать, и переходит улицу, спеша к своей понятной, лживой насквозь жизни. Но вдруг застывает и снова бросается ко мне: — Уверен?

Теперь я почти его простил.

— Колин, я больше не хочу никому портить жизнь. Когда-то я тебя любил, но сейчас другое время.

Колин показывает мне средний палец и уходит. Я поудобнее усаживаюсь на бордюре, чтобы полистать комикс, но мои руки пусты. Прежде чем сообразить, в чем дело, я успеваю поискать его на земле вокруг.

16

ДЕВОЧКА, КОТОРАЯ НИКОГДА НЕ ДОРИСОВЫВАЕТ

Я забыл, о чем мы говорили с Колином. Надеюсь, он повзрослеет и я смогу по нему скучать. Хорошо бы хоть прощание с Женевьев запомнить, потому что с ней я бы, пожалуй, смог жить долго и счастливо, если бы вышло.

Она любит меня во вред себе самой. И это жесть в квадрате, потому что я знаю это чувство.

Прежде чем позвонить в дверь, я попросил Эрика подождать внизу и протянул руку — похлопать его по плечу. Он, видимо, решил, что я хочу его обнять, и подался мне навстречу. Очень неловко. Приходится реально обнять его, впервые за много лет.

— Спасибо еще раз. Ты у меня как собака-поводырь или типа того.

— А, забудь, потом сочтемся. Не забудь только... — Он прикрывает рот ладонью. — Так, забудь, я этого не говорил... Блин. Короче, подожду тут.

— Понял.

Я стучу в дверь, стараясь вспомнить, что хочу сказать, пока еще помню хоть что-то. Из недр квартиры раздается голос ее отца: «Кто там?» Отвечаю, что это я. Он отпирает и осматривает меня с ног до головы. От него пахнет пивом.

— Как жизнь, Аарон?

— Нормально. Жен дома?

— Думаю, в спальне.

Обычно отцы шестнадцатилетних девушек так запросто не пускают домой парней.

Дверь ее спальни приоткрыта. Я заглядываю внутрь: она сидит на кровати, вокруг валяются блокноты и мокрые кисти, стоят открытые банки с краской. Женевьев выдирает из тетради страницу, комкает и кидает на пол, где уже целое кладбище нерожденных рисунков. Потом снова хватает кисть.

Я стучу, захожу и застываю, поймав ее взгляд.

Женевьев роняет кисть и заливается слезами.

Я бросаюсь к ней — обнять, успокоить, — но мне некуда сесть. Вся кровать завалена раскрытыми блокнотами и недописанными картинами. На одной девушка разговаривает с парнем, сотканным из листьев. На другой девушка построила песчаный замок, а из океана вылез монстр и разрушил его. На третьей девушка летит с дерева, а парень спокойно сидит внизу и ест яблоко. Я сдвигаю картины на край и крепко обнимаю Женевьев — не для того, чтобы ее порадовать или соврать себе. Ей больно, с этим надо что-то делать. Я даже забываю о том, что скоро все забуду.

— Лучше не буду спрашивать, что случилось, — шепчу я.

Женевьев отнимает руки от лица. Наверно, лучше пока не говорить ей, что у нее на лбу и щеках разноцветные отпечатки пальцев.

— Аарон, когда я увидела тебя с Колином, это... это был кошмар. Не знаю, пришел ты туда выслеживать Томаса, или так совпало... Короче, я вас увидела и вспомнила, как мне тогда было плохо. А ты просто все забыл!

Я отвожу глаза.

— Прости. Прости, что попался тебе на глаза. И прости, что был с ним. Прости, что обманывал тебя перед операцией. И после тоже обманывал. Мне не хватало смелости быть парнем, которому нравятся парни, и я пытался прикрыться тобой.

Она гладит меня по лицу. Наверняка я теперь тоже в краске.

— Не извиняйся. Я все поняла с первого поцелуя.

— Да уж, чтобы не хотеть тебя целовать, нужно быть стопроцентным любителем парней. Прости, что так хреново с тобой поступил.

Женевьев водит пальцем вдоль моего шрама, слева направо, справа налево, как миллион раз делал я сам и как, может, любила делать и она, но я этого уже не помню.

— Я никогда не винила тебя в том, что ты гей. Но когда ты все забыл и вернулся ко мне, я немножко увлеклась и было классно.

— Да, из нас вышла неплохая пара понарошку. Я даже поверил, — шучу я.

Женевьев кладет мне голову на плечо:

— Если бы можно было вернуть время назад, я бы не стала себя обманывать. Мы бы с тобой не встречались и уж точно не занялись бы сексом. — На секунду мне кажется, что сейчас она скажет что-то еще. Но она только вздыхает и меняет тему: — Ты не стал делать вторую операцию. Кто тебя в итоге переубедил?

Не могу же я сказать ей, что принять себя мне помог Томас. Не могу признаться, что мечтаю прожить жизнь рядом с ним, вместе завоевывать мир, смотреть фильмы и до ночи пить пиво, рисуя друг другу татуировки.

— Летео обещают счастье, но оно не настоящее. Кстати об операции. На самом деле я пришел сказать, что у меня теперь мозги набекрень. Есть такая штука под названием антероградная амнезия, это...

Женевьев отстраняется:

— Я так и знала. — Ее заплаканные глаза широко открыты и всматриваются в мое лицо. — Мы с тобой смотрели видео о побочных эффектах, там про это рассказано. И еще... Мы с тобой разговаривали, когда ты только очнулся, я кое-что сказала, и ты забыл. Я тогда решила, что ты задумался о своем или специально делаешь мне больно.

Хватит быть эгоистом.

— У вас с Томасом все хорошо?

— Да нет ничего. Честно. Мы просто гуляем. Но мне нравится. Это для разнообразия хотя бы по-настоящему. — Ее слова жалят, жгут и немножко меня убивают, но я не обижаюсь. — Прости, что так вышло. Наверно, ты не очень рад об этом помнить.

— Да ладно, два моих самых близких человека счастливы, круто же! — Это не стопроцентная правда, но и не ложь. Совсем не ложь. Если, конечно, Томас правда не гей. Тогда ей повезло с ним, а ему офигительно повезло с ней.

Я оглядываю кучу смятых рисунков.

— Может, ты просто не то рисуешь. Попробуй нарисовать то, чего хочешь. Маршрут своей жизни. Томас будет рад тебе помочь, только следи, чтобы слишком не увлекся.

— Лучше ты мне помоги. — Женевьев пододвигается поближе.

— Не могу, — выдавливаю я, вдруг вспомнив, что меня ждет брат. — Помни, ты красивая.

— Настолько, что ты готов стать натуралом? — Она стирает слезинку и хихикает. — Ну должна же я была попытаться. Аарон, я тебя люблю. Не в том смысле.

Наверно, сегодня мы в последний раз вот так вот смотрим друг другу в глаза. Я целую ее — искренне и радостно. Такими, наверно, должны быть все прощальные поцелуи.

— Женевьев, как бы там дальше ни было... — Мы сидим лбом ко лбу.

Я снова и снова повторяю — хотя прекрасно помню, что уже это говорил:

— Я тоже тебя люблю, но не в этом смысле, я тоже тебя люблю, но не в этом смысле, я тоже тебя люблю, но не в этом смысле...

17

ПАРЕНЬ С КРЫШИ

Моя стариковская болезнь скоро меня доконает.

Мохад наверняка меня уволит. Если я пойду работать водителем автобуса, то забуду, куда еду. Если пойду в учителя, буду забывать имена учеников и программу. Стану банкиром — случайно раздам все деньги и обанкрочусь. Пойду в армию — забуду, как стрелять, или поубиваю всех своих. Я сгодился только на роль подопытной крысы в провальном опыте.

Вряд ли у меня когда-нибудь хватит концентрации дорисовать комикс, но с этим я уже смирился. Иногда истории так и остаются незаконченными. Иногда жизнь заканчивает их не так, как хочется.

Я ни с кем больше не буду встречаться. Будет нечестно, если я полюблю кого-нибудь, а потом его забуду.

Теперь осталось извиниться всего один раз.

Это непросто, но в конце концов у меня получается уговорить Эрика идти домой и отпустить меня к Томасу одного. Тот, когда узнает о моей болезни, конечно, не даст мне бродить по улицам в одиночку. А разговаривать впопыхах мне не хочется.

И вот я уже медленно лезу по пожарной лестнице. Начинаю привыкать, что жизнь иногда включает перемотку. В начале лета я всегда поднимался по этим ступенькам с радостным предвкушением; теперь такое ощущение, что я иду на смерть. Вот и окно. Шторы задернуты. Но даже так видно кусочек склоненной над столом спины Томаса. Он что-то пишет. Наверняка в дневник.

Я стучу в окно. Он подскакивает.

И вдруг, как и Женевьев, несколько раз быстро моргает. Его глаза наполняются слезами. Я только головой качаю.

— Залезай на крышу, — зову я.

Он кивает.

Я вылезаю наверх, сажусь и жду, снова и снова напоминая себе, что делаю и зачем сюда полез. Внизу загораются оранжевым фонари, наступает вечер, в небе вспыхивает пара звезд. Вот Томас выходит на крышу, а вот уже сидит на краю.

Меня самую капельку потряхивает. Это я тоже запомню навсегда.

— Короче, происходит какая-то жесть, — начинаю я и ложусь на спину. По крайней мере, звезды по небу не бегают, за что им большое спасибо. — У меня повреждён кусок мозга, где хранятся воспоминания. Пока только частично, но врач говорит, что рано или поздно эта штука может врубиться на полную катушку. Если ты что-то скажешь, а я забуду, прости.

Теперь Томас сидит рядом. Мы некоторое время молчим. Или успеваем кучу всего обсудить, но я этого не помню.

А вот что я помню.

— Как думаешь, — спрашивает Томас, — может, в прошлой жизни ты был очень, очень плохим? Ну типа вдруг давным-давно в далекой-далекой галактике тебя звали Дарт Вейдер? У тебя просто дико отвратная карма.

Я хмыкаю и несколько раз прокручиваю его фразу у себя в голове.

— Вот да, я тоже заметил. Честно, Томас, не хочу больше жить. Как было бы классно просто встать и слететь с крыши...

— Длинный, если ты меня любишь, не заставляй меня всю жизнь помнить, как ты спрыгнул с крыши, ладно? И, пожалуйста, не забудь сегодня хотя бы это.

— Ладно, тогда обещай мне жить вечно. Я не выдержу, если мне будут каждый день сообщать, что тебя нет. Живи вечно и будь счастлив, ладно?

Томас смеется сквозь слезы:

— Хорошо, Длинный. Буду бессмертным. Раз плюнуть.

— И про счастье не забудь!

Томас подтягивает к себе колени и хрустит суставами.

— Короче, моя очередь признаваться. Когда ты рассказал мне про свою первую сторону, я подозревал, что тебе нравлюсь. Ты понимаешь меня, как никто. Если совсем уж честно, я, наверно, из-за нашей дружбы даже пару раз задумался о своей ориентации. Но я все равно на сто процентов не гей, а то бегал бы за тобой, как несчастный влюбленный.

Я пытаюсь что-то ответить, но слова не идут.

— Мы никогда не сможем быть вместе, — договаривает он. — Но я хочу всегда быть рядом. Даже если мы будем сидеть в одной комнате и ты будешь снова и снова со мной здороваться, я буду счастлив. Я буду снова и снова садиться рядом.

У меня в голове мелькает счастливое видение. Допустим даже, Томас не гей — я уже понял, либо это реально так, либо сейчас ему нужно в это верить, — но вот он приходит в Летео и убеждает сделать ему операцию, чтобы об этом забыть. Став геем, он приходит ко мне, как и обещал, и мы всю жизнь даем друг другу счастливые воспоминания.

Но, как всегда, надо думать не только о себе. У Томаса с Женевьев, например, отлично получится дарить друг другу счастье. Женевьев будет светиться, а он будет шептать ей на ухо шутки, которые меня не касаются. Он подхватит ее на руки, как новобрачную, и унесет в мир счастья, которого я не достиг ни с ней, ни с ним.

— Что бы сделал на моем месте Томас Рейес? — спрашиваю я.

Томас садится:

— Я бы лез вон из кожи, чтобы почаще бывать счастливым. Ты уже столько всякой хрени пережил, можешь просто вспоминать ее и понимать, что худшее позади. Вот тебе мои пять копеек мудрости.

Я, может быть, никогда не увижу, кем он станет, когда повзрослеет: режиссером, борцом, диджеем или декоратором, геем или натуралом. Я к тому времени могу уже так затеряться в прошлом, что даже его не узнаю.

— Томас, я не хочу забывать.

— И я не хочу, чтобы ты забывал. Главное, помни, что я тебя до усрачки люблю.

Я снова и снова верчу в голове эту фразу: пусть там останется она, а не куча воспоминаний, от которых я бы лучше избавился.

— Томас, я не хочу забывать!

Внезапно он начинает громко всхлипывать, а потом — еще более внезапно — берет меня за руку. И все же вот оно — счастье, которое он мне обещал. Он меня любит, хотя и не влюблен. Большего и желать нельзя. Мне даже не нужно это слышать, чтобы верить.

— Ничего гейского, Длинный.

— Да знаю я. — Я улыбаюсь и покрепче сжимаю его руку. — Охрененное у нас с тобой счастье.

ЧАСТЬ ЧЕТВЕРТАЯ

СКОРЕЕ СЧАСТЛИВ, ЧЕМ НЕТ

ДЕНЬ, КОГДА МЫ НАЧАЛИ С ЧИСТОГО ЛИСТА

Сотрудники института Летео, а точнее, Эванджелин смогла пропихнуть меня в число первых пациентов восстановительной терапии, которую разрабатывают в Швеции.

За это я согласился участвовать в некоторых безобидных научных экспериментах. Их цель — найти лекарство против амнезии. Может, я до этого не доживу, но вдруг удастся помочь кому-то все-таки его придумать? Забавно: я пришел в Летео, чтобы забыть, а теперь жду, что они помогут мне — и, возможно, миллионам другим людей — помнить.

Мама предлагала нам переехать в северную часть города, подальше от бьющих под дых воспоминаний, но хватит уже бегать. Вместо этого мы решили выбелить все стены и начать с чистого листа на старом месте. Я помогаю маме белить спальню. Ей непросто: нынешнюю серую краску выбрал отец.

Я спрашиваю, какой цвет ляжет поверх белого.

— Думаю, белый и оставлю. Он чистый, а еще у меня был когда-то белый кролик. Иногда приятно вспомнить.

☺ ☺ ☺ ☹

ДЕНЬ, КОГДА Я ВЗГЛЯНУЛ В БУДУЩЕЕ

Мы с Эриком красим гостиную в зеленый и делаем перерыв — сыграть партию в «Мстителей против Уличных бойцов». Он, как всегда, выбирает Росомаху. Я играю Черной Вдовой. Надоело поддаваться.

Я выигрываю, Эрик молча стискивает зубы.

Никаких шуток про то, кто кем играет. Никаких придирок. Эрик требует второй раунд.

Я кое-что забываю, но хорошо помню, как давно мы с ним вместе не веселились. Раньше так классно было, только когда отца сажали.

☺ ☺ ☺ ☹

ДЕНЬ, КОГДА Я СМИРИЛСЯ

За уборкой я нашел стопку старых тетрадей с эскизами и теперь листаю свои детские рисунки. Плевать, что я тогда плохо подбирал цвета и небрежно клал тени. Я просто вспоминаю, как это все рисовал, и смеюсь. Много лет не вспоминал про своего смешного злодея, мистера Короля-Властелина. Если у моих персонажей есть свой загробный мир, куда они попадают, когда я про них забываю, он встретит там Хранителя Солнца и наверняка с ним подружится. Ну или они будут мочить друг друга до конца времен.

Посмотрев детские тетради, я решаю начать зарисовывать свою жизнь — по крайней мере, самые классные моменты. Каждый рисунок я буду называть: «А помнишь...»

☺ ☺ ☺ ☹

ДЕНЬ, КОГДА Я ЗАБЫЛ

Жилищное управление доделывает косметический ремонт двери, которую я пробил головой. Я вывожу на улицу свой новый велик.

Меня пускают погулять только во второй двор, чтобы мама или брат видели в окно. Так я могу хотя бы чуть-чуть побыть один. Детская площадка в оранжево-зеленых тонах, мягкое черное покрытие, где мы всегда дрались, столики для пикника, где мы пили через трубочки сок, турники, где мы учились подтягиваться, а с другого конца дворика на меня смотрят старые друзья — здесь я вырос, и этого у меня никто не отнимет.

Сегодня я решил научиться кататься на велике — вдруг я еще могу чему-то учиться?

Мне не нужен ни отец, ни Колин, ни Томас.

Я подкручиваю сиденье и сажусь. Берусь за руль, ставлю одну ногу на педаль, а другой толкаюсь от земли, снова и снова, как бьет копытом конь перед скачкой. Наконец обе ноги встают на педали, и я плыву вперед с грацией новичка. В ушах воет ветер. Я ловлю ритм: левой, правой, левой, правой — вдруг стена, резкий разворот...

Я пытался выровняться, но упал. Велик рухнул прямо мне на колено.

Больно, но бывало больнее. Однажды, например, я куда-то зашвырнул мяч для софтбола Малявки Фредди, и тот за это кинул мне в плечо дверным ограничителем. В другой раз я ехал на скейте под горку и на скорости врезался в мусорный бак.

Там, где мы играли в карты и впервые пробовали пиво, закрыв его бурыми бумажными пакетами, стоят Брендан, Нолан и оба Дэйва и продолжают на меня пялиться. Брендан даже вскакивает и делает шаг в мою сторону, как будто хочет помочь мне подняться. Я поднимаю руку, и он останавливается.

Наша дружба в прошлом.

Я встаю, сажусь на велосипед, проезжаю несколько шагов и снова падаю.

Встаю. Еду. Падаю.

Встаю.

Еду.

Я еду, еду, еду! Проезжаю мимо «Лавочки вкусной еды», куда меня уже не возьмут работать. Я гоняю кругами, наконец освоив то, чему должен был научить меня отец, будь он все-таки папой. И вдруг случается страшное. Я забыл, зачем сел на велик и как слезать.

А ПОМНИШЬ...

Я часто играю сам с собой в нашу с Женевьев игру.

Я превратился в охотника за счастьем, мародера ужасов этого мира. Ведь если счастье можно было найти даже в моем жутком прошлом, я найду его где угодно. Как слепой находит радость в музыке, а глухой — в красках, я научусь находить лучик солнца в любой тьме. У моей жизни не грустный конец, а бесконечная череда счастливых начал.

Я сбился со счету, сколько у меня уже тетрадей. Иногда я не дорисовываю наброски до конца, забыв, что хотел увековечить, но не расстраиваюсь и не бросаю. Ну, обычно. Я исписываю карандаши до ластика, выжимаю маркеры досуха и рисую дальше. Я все время стараюсь вспомнить как можно больше: вдруг скоро совсем разучусь?

А помнишь, как Брендан учил тебя сжимать кулак?

А помнишь, мы все боролись, и вы с Бренданом вышли два на два против Кеннета с Кайлом и минут за пять обоих уложили?

А помнишь, мама сделала то, что ты просил, хотя это разбило ей сердце? А потом не дала тебе повторить эту ошибку?

А помнишь, Эрик помог тебе, хотя ты и не знал, что он так может?

А помнишь, Колин выбрал тебя, а ты его?

А помнишь, ты познакомился с Томасом, парнем, которому позарез надо разобраться, кем ему быть?

А помнишь, еще до Томаса, Колина и великих откровений о том, кто ты такой, была Женевьев, художница, которая придумала эту игру и любила тебя себе во вред?

Помню и всегда буду помнить.

На улице ливень и шквал. Я смотрю в окно. Не знаю, был ли дождь вчера и какое сегодня число. Мне каждую минуту кажется, что я просыпаюсь, как будто у меня свой собственный крошечный часовой пояс. Но я провожу пальцем вдоль шрама-улыбки — и не могу не вспомнить, как Томас грязью дорисовал к нему два улыбающихся глаза. И я продолжаю надеяться на то, на что надеется Эванджелин и весь институт Летео.

А пока я жду и надеюсь, я ищу свое счастье там, где могу. В этих тетрадях, откуда на меня смотрит целая вселенная воспоминаний, похожая на друга детства, который надолго уезжал и наконец-то вернулся.

И я скорее счастлив, чем нет.

Не забывайте меня.

НЕ ЗАКРЫВАЙТЕ КНИГУ!
СКОРО ДЛЯ ААРОНА НАСТУПИТ ЕГО
«ДОЛГО И СЧАСТЛИВО»

ДОЛГО И СЧАСТЛИВО

Меня еще кто-нибудь помнит?

Время, конечно, проходит, на то оно и время, но мне постоянно кажется, что я застрял в одном дне. Свихнуться можно. Я даже не знаю, прибавилось ли за сегодня рисунков на моем крошечном столике, потому что ни черта не помню, что было вчера.

В голове всплывают и гаснут случайные воспоминания, и я рисую их. Вот мы с Томасом стоим среди поливалок, без футболок, он положил мне руки на плечи. Вот Женевьев сидит у меня на коленях, обнимает, плачет и признается мне в любви. Вот мы с Томасом на крыше в тот день, когда я сказал ему, что у меня антероградная амнезия. Вот Эванджелин рассказывает, кто она такая. Вот мой день рождения, и мама листает альбом с моими детскими фотографиями. Вот мы с Эриком играем в видеоигры. Вот мы с Колином сидим в «Доме сумасшедших комиксов». Вот мы с Бренданом, Малявкой Фредди и остальными играем в крышки. Вот какой-то бумажный ком; разворачиваю —

А-Я-Псих разбивает мной дверь нашего дома. Сердце пронзает острая боль.

Он ведь мог меня убить.

Я выжил, но моя жизнь разрушена.

Я откладываю ручку. Пахнет макаронами. Мама готовит обед. Я смотрю в окно: стемнело. Пора ужинать. Значит, мама готовит ужин. А что было на обед? Может, где-то на столе зарыт рисунок с тем, что я ел.

Я снова смотрю на листок с А-Я-Психом. Штриховку по контуру тел мог бы сделать и поаккуратнее.

Сколько раз я рисовал эту сцену? Сколько времени прошло? Несколько дней, недель, месяцев? Мне не кажется, что я стал сильно старше. Но можно ли себе верить? Может, я просто не помню, как повзрослел. Мне все еще семнадцать? Или восемнадцать, девятнадцать, двадцать?

Я встаю: хочу посмотреть в зеркало, на сколько лет выгляжу.

Задвигаю стул под стол. Рядом телевизор, у которого Эрик играет в видеоигры. Оборачиваюсь и застываю.

Зачем я встал?

В туалет не хочется. Есть тоже. Так зачем? Я начинаю злиться сам на себя. Вдруг это было важно? Вдруг мне в голову пришла гениальная идея, как вылечиться от амнезии, а Эванджелин и остальные никогда до такого хитрого хода не додумаются? Вдруг я хотел написать себе записку с инструкцией, как даже в таком состоянии находить счастье? Я, конечно, переоценил свои силы, когда говорил, что все равно буду стараться жить на полную катушку. Все трепался о том, как найду солнце даже во тьме... Только не хочу я жить в этой тьме! Я хочу, чтобы солнце жгло кожу, чтобы свет слепил глаза. Я хочу быть счастливым.

Так зачем я встал?

— Да что я творю?!

Мама подхватила меня под локоть и ведет к кровати:

— Все хорошо, сынок, все в порядке.

— Да ничего не в порядке!

Я не знаю, какой сейчас день и месяц, зима за окном или лето. Меня тянет заглянуть в зеркало — проверить, смогу ли узнать сам себя, как узнаю свои ладони. Этими пальцами я взял за руку Томаса, когда мы сидели на крыше. Держал за руку Женевьев, когда мы болтались по городу. Эту ладонь я сжал в кулак, чтобы дать отпор собственным друзьям.

Из ниоткуда возникает Эрик, как будто мы в видеоигре с лагающей графикой. Я и не знал, что он дома. На щеках брата крем для бритья. Сколько ему вообще лет?

— Аарон, расслабься, все нормально.

— Принеси ему тетради, — сквозь слезы усталым голосом просит мама. — Боже, пусть хоть следующая операция поможет!

Какая еще операция?

Эрик приносит мне стопку тетрадей.

Я что, должен домашку делать? В смысле, я же по-любому бросил школу! Эванджелин рассказывала, что люди с кратковременной памятью могут успешно учиться, но у меня были проблемы с учебой еще до всей этой истории.

— Синяя тетрадь — это твой личный дневник, — сквозь слезы объясняет мама. — А в зеленой пишут все твои друзья, когда приходят тебя проведать.

Естественно, я как будто впервые вижу эти тетради и совсем не помню, как что-то туда писал. Но открываю синюю и узнаю свой почерк. Листаю страницы: вот я радуюсь, как здорово мы с мамой поиграли в реверси, а на следующей странице пишу, что хочу умереть.

Закрываю дневник и смотрю на запястье: шрам-улыбка никуда не делся. Я ведь когда-то серьезно об этом думал. Настолько не видел другого выхода, что готов был наложить на себя руки. Страшно подумать. Я берусь за зеленую тетрадь. Все, кто там отметился, подписались, чтобы я не мучился, гадая, кто есть кто. Вот мама пишет, как радовалась, когда рассказала мне анекдот и я засмеялся. Вот Женевьев оставила набросок, как мы с ней сидим рядышком и рисуем. Она любит всякие такие штуки типа рисунка в рисунке. А вот здоровенный абзац изящным почерком Томаса (я хорошо помню его почерк) о том, как он подкопил денег и купил мне камеру с мгновенной печатью, чтобы у меня оставалось напоминание о времени, проведенном с близкими. Переворачиваю страницу — к листу прикреплен снимок, где Томас обнимает меня за плечи. Мы оба улыбаемся. У меня горят щеки: я помню ощущения от его объятий, но напрочь забыл, как мы это снимали.

Глаза заливают слезы. Близкие помнят обо мне.

Это я о них забываю.

☺ ☺ ☺ ☺ ☺ ☺

— Аарон, можешь открыть глаза.

Знакомый голос. Сколько же в моей жизни незнакомцев, которых я на самом деле знаю? Но этот британский акцент я ни с чем не перепутаю. Эванджелин Касл — это она курировала меня с тех пор, как я обратился в Летео, это она потом следила за мной, притворяясь моей бывшей няней, и она же мой лечащий врач на время амнезии.

Я в незнакомом помещении с серыми стенами. Небо за огромным окном оранжевое — то ли закат, то ли рассвет. В углу комнаты дверь в ванную. Это не та палата с синими стенами, где я очнулся, когда моя память размоталась, но что-то общее у них есть. Значит, я в Летео.

— Аарон, ты помнишь, как меня зовут? — Взгляд зеленых глаз Эванджелин устремлен прямо на меня. Ее огненно-рыжие волосы собраны в пучок. На ней серый халат.

Я киваю, и перед глазами все плывет.

— Эванджелин.

— Отлично, просто замечательно.

Она задает дежурные вопросы: мой адрес, полное имя мамы, название моей школы, причина обращения в Летео. Я знаю все ответы.

— Почему я здесь? — спрашиваю я.

— Ты только пришел в себя после операции, — отвечает Эванджелин, откладывая планшет. — Мы очень надеемся, что в этот раз восстановительная терапия помогла.

Операция? В этот раз? А сколько их уже было?

— Сколько мне сейчас лет? — спрашиваю я.

Эванджелин отводит взгляд и глубоко вздыхает.

— Восемнадцать.

А должно быть семнадцать.

— Прости, что не смогла вылечить тебя быстрее, — поспешно добавляет она. — Но я надеюсь, что упорный труд наших сотрудников наконец себя оправдает и результат закрепится...

— Спасибо, — перебиваю я чуть резче, чем хотелось бы. Потому что я правда ей благодарен. А если операция вдруг не поможет и я снова все забуду, другого шанса поблагодарить ее за все, что она для меня сделала, может не представиться.

— Пожалуйста, — отвечает Эванджелин.

Как только за ней закрывается дверь, я кое-как встаю на ноги и иду в ванную смотреть в зеркало.

Я высматриваю на лице синяки, набитые друзьями, но все, конечно, давно зажило, пусть мне и кажется, что прошла всего пара дней. Мешки под глазами темнее, чем я их помню. Сколько ночей я провел без сна в тумане злости и отчаяния? Мои волосы — русые — отросли длиннее обычного и почти закрывают белую повязку на лбу. Я точно и не скажу, что поменялось в моем лице, но отражение похоже на очень хороший автопортрет: это точно я, но чуть-чуть другой.

Не знаю, с чего и начинать возвращаться к жизни.

☺ ☺ ☺ ☺ ☺ ☺

Следующие пару дней в Летео проверяли мою память. Например, целое утро показывали на компьютере картинки с животными, а я должен был нажимать на «пробел» каждый раз, когда они повторялись. Потом меня заставляли запоминать по порядку цепочки чисел. Было сложно. Но самый классный тест проводили сегодня вечером. Дано поле, расчерченное на клетки, на три секунды несколько клеток загораются, и надо запомнить какие. С каждым разом становится все сложнее, как будто это компьютерная игра с кучей уровней. Никто не ждал, что я ни раз не ошибусь, Эванджелин нужен был результат в пределах нормы.

Я справился на троечку и очень удивился, когда меня выписали.

Вот я стою перед зданием института и пытаюсь обнять Эванджелин. Она пятится.

— Вали домой, приятель, — говорит она сдавленным голосом и со слезами на глазах. — Приходи на осмотры и в группу поддержки.

Мама дарит ей шарики и подарочные карты, как будто у нее день рождения или типа того. Мне немного неловко, но как еще отблагодарить доктора за то, что она починила мне мозг?

☺ ☺ ☺ ☺ ☺ ☺

Мы даже до дома не дошли, а у меня уже глаза разбегаются от того, как сильно поменялся наш квартал. Тут новый киоск с мороженым, там кафешка. От ворот нашего комплекса я замечаю, что песочницу снесли и на ее месте разбили сад, при виде которого хочется все бросить и улететь в тропики. Я замираю и тупо пялюсь на детскую площадку. Когда-то мы играли здесь в «Не наступай на зеленое», но, пока я болел, ничего зеленого тут не осталось. Синяя с белым площадка стоит на оранжевом покрытии, так и режущем глаза. Когда здесь только успели все переделать? Мама объясняет, что в комплексе новая управляющая компания и надо меня — на этот раз окончательно — познакомить с ее представителями. Кстати, они в курсе, через что я прошел, и очень любезно закрывали глаза, если мама не успевала вовремя заплатить за квартиру.

Я ненадолго останавливаюсь у дверей дома: здесь меня избили А-Я-Псих, Брендан, Дэйв Тощий и Нолан. Вестибюль полностью отремонтировали, теперь его вид меньше напоминает о случившемся. Все выглядит лучше: почтовые ящики, прачечная, коридоры и лифты. Я помню дом совсем другим, но мне нравится. Если бы я приехал сюда впервые, я бы поспорил с кем угодно, что попал в богатый район. У самой квартиры наваливаются плохие воспоминания: как отец выкинул меня из дома за то, что я гей, и я бился в дверь; как Колин меня бросил, и, придя домой, я нашел в ванне тело отца. Лучше отвлечься на что-то хорошее: например, на тот день, когда я пригласил в гости Томаса и мы читали мой комикс про Хранителя Солнца.

Наконец я открываю дверь. Внутри все привычно, только повсюду рисунки, и я не помню, как их рисовал. Они висят на стенах, кучей громоздятся на столе. На полу валяются колпачки от маркеров.

Я целый год только и делал, что рисовал историю своей жизни.

— Как их много! — удивляюсь я.

— Ты это каждый день повторял, — говорит Эрик.

Я больше не буду удивляться собственным рисункам. Но что я скажу о них завтра?

Я целый день провалялся в кровати: то засыпал, то думал о том, что приснилось. В одном сне я целовал Томаса. Это было на самом деле или я все придумал? Да ладно, кого я обманываю, знаю я ответ.

Мы с Эриком проговорили всю ночь, и он еще спит. Мама хотела взять выходной, но у нее клиент по записи и деньги сами себя не заработают. Кстати о деньгах, у меня сейчас даже телефона нет, маме пришлось заблокировать мой номер. Первые три месяца она честно платила за него, все надеялась, что я скоро поправлюсь, но потом с деньгами стало совсем туго. Можно почитать тетради — как я вообще жил весь год? — но к этому я еще не готов. Так что я беру оставленные мамой деньги и иду на улицу, пообедать и купить сладостей. Кстати, о сладостях, удивительно, что у меня до сих пор все в порядке с зубами. То ли мама с Эриком постоянно прятали от меня сладкое, то ли я чистил зубы по десять раз на дню, потому что забывал, что уже чистил.

Я закрываю дверь и спускаюсь — на лифте, чтобы не наткнуться на Брендана, который толкает травку на лестнице. Я без понятия, чем и где он теперь занимается, знаю только, что не съехал. Маме с Эриком и так было что мне рассказать, и до Брендана мы не дошли.

Захожу в «Лавочку вкусной еды». Тут тоже кое-что поменялось. Там, где раньше лежали сладости, теперь чистящие средства, на месте чипсов — инструменты, а на моем собственном месте — за кассой — стоит Малявка Фредди.

— Аарон! — Он выбегает из-за стойки. Кажется, его потряхивает. — Тебя правда вылечили?

— Правда, Малявка Фредди.

— Просто Фредди, сколько раз тебе... Прости, я тупой.

— Ничего.

— Ну и как ты?

— Не знаю, еще не со всем разобрался.

— Ого, ты реально прежний!

Интересно, сколько раз мы общались за этот год. Видимо, не раз и не два, если ему уже надоело, что я зову его Малявкой. Он повзрослел и, пожалуй, похорошел. Он проколол ухо, на нем рэперская кепка «Янкиз» (почему Мохад не заставил снять ее перед работой?), мешковатая футболка до колен и новенькие кроссовки.

— Значит, ты теперь просто Фредди? — улыбаюсь я.

— Я уже взрослый.

Какой еще взрослый? Мы ровесники.

— Ну что, чувак, так какой у тебя план? — спрашивает он, натянуто хохотнув. — Только работу у меня не отбирай.

— Буду упущенное наверстывать, — развожу я руками. — Какие у кого новости?

Фредди рассказывает мне все последние сплетни. Дэйв Толстый занялся борьбой, его дико прет, а его девушка ходит на ринг за него болеть. Дэйв Тощий тоже с кем-то встречался, но изменил, и его бросили. Нолан, похоже, нарвался на драку с Эриком, тот его хорошенько отделал, а потом семья Нолана переехала. А-Я-Псих вроде бы до сих пор сидит, и это лучшая новость за сегодня.

— А, да, еще у Колина сын родился, — заканчивает Фредди. — Жесть.

И пристально вглядывается в мое лицо, будто хочет знать мою реакцию на новость во всех подробностях. Я так и не понял, сколько ребята знают про нас с Колином, но не собираюсь его сдавать.

— Жесть, — соглашаюсь я.

— Брендан, кстати, завязал с травкой, — добавляет Фредди, избегая моего взгляда. — Аарон, он дико себя винит...

— Я год жизни из-за них продолбал! Мне пофиг, кого он там винит.

Не надо было выходить из дома.

Фредди виновато кивает, как будто я поймал его за руку и отчитываю. Передо мной снова стоит старый добрый Малявка Фредди.

— Да-да, конечно, конечно. Вроде все рассказал. Кстати, твоя девчонка часто заходит. С твоим парнем. Похоже, Томас на самом деле не гей.

— В смысле?

— Ну, они постоянно тебя навещали. И разок точно держались за руки.

Мне душно и муторно.

☺ ☺ ☺ ☺ ☺ ☺

Дома я раскрываю зеленую тетрадь и принимаюсь ее листать, выискивая глазами записи Женевьев и Томаса. Так, Женевьев читала мне вслух мои любимые главы про Скорпиуса Готорна, опять читала, опять... Мы с Томасом заливали воском крышки и играли в них с Эриком... Томас рассказал мне, что хочет разыскать своего отца и спросить, почему тот ушел... Женевьев меня рисовала... Томас попытался меня подстричь, но, видимо, не особо преуспел: я все время забывал, почему рядом с моим лицом ножницы, и дергался. В день Семьи мы с мамой, Эриком, Женевьев и Томасом выбрались на пикник в Форт-Уилли-парк. Я ревел в объятиях Женевьев, пока мы оба не заснули. Свое восемнадцатилетие я встретил дома, снова и снова перечитывая открытки с поздравлениями. Потом мы с Томасом писали каждый в свой дневник, и я все время забывал, что он сидит рядом, и каждый раз радовался. На этом месте из меня как будто дух вышибло: таким я и видел наше счастливое будущее, а теперь это в прошлом, и я ни фига не помню.

Другая заметка Томаса бьет еще больнее: «Длинный, я довел тебя до слез, и ты плакал так долго и страшно... Не могу себе простить».

Что тогда случилось, он не написал.

Наверно, он сказал мне, что влюбился в Женевьев.

Я закрываю тетрадь и тупо пялюсь на увешанную рисунками стену.

И впервые с тех пор, как все вспомнил, хочу забыть.

☺ ☺ ☺ ☺ ☺ ☺

Я пересматриваю последний фильм про Скорпиуса Готорна. Вдруг раздается стук в дверь.

— Кто там?

— Я!

Женсвьев.

Я открываю дверь, и сердце начинает колотиться. Какая же она красивая!

Я точно с ней встречался? Ее темные волосы пострижены короче, чем я помню, и вьются сильнее — такая прическа была у ее мамы, — на ней белая рубашка и черные брюки. О прошлом напоминает только зеленая сумка, мой подарок, исписанная строчками из песен. Как она ее еще не выбросила?

— А помнишь, Аарон Сото выздоровел? — улыбается Женевьев. — Прости, плохая шутка. Но я год с лишним мечтала тебе это сказать.

— Да не, я рад это слышать. — Я правда рад, но улыбнуться в ответ не в силах.

Она обнимает меня крепко-крепко, и...

Я вспоминаю, как мы сидели в обнимку у нее в спальне, когда я рассказал ей про амнезию. Мы оба плакали и повторяли, что любим друг друга, но не в том смысле. Какая-то часть меня по-прежнему ее любит. И обнимает в ответ — так же крепко.

— Офигеть, мы с тобой стоим и разговариваем. Конечно, я весь год к тебе ходила, но сейчас ты реально это запомнишь. Офигеть!

Женевьев заходит в квартиру. Она, наверно, тут уже раз в сотый, но я, понятно, не успел привыкнуть.

— Я так скучала! — говорит она. — Можно вообще скучать по тому, кто никуда не исчезал?

— Мне кажется, я исчезал.

— Ты был здесь, с нами, — говорит Женевьев. — А мы были с тобой.

— Спасибо, что не забыли.

— Забудешь тебя, тупой придурок.

Мы сидим на моей кровати. Она рассказывает мне всякие хорошие новости: например, что подала документы в колледж в Новом Орлеане и планирует там учиться, если получит стипендию, а ее отец ходит на собрания анонимных алкоголиков, встретил там новую девушку и она хорошо на него влияет. Но в груди по-прежнему щемит, я все жду, что она заговорит про Томаса.

— Да рассказывай уже, — прошу я. Проще было бы попросить ее дать мне в глаз.

— О чем?

— О вас с Томасом. Я же помню, сколько вы общались перед... перед тем, как все это началось.

— Мы стали общаться еще больше, потому что нам не хватало тебя.

По ее тону можно подумать, что я сам виноват, что я своими руками разбил себе сердце.

— Аарон, нам было очень непросто. Мы оба постоянно плакали, переживали за тебя и боялись, что ты никогда не поправишься.

Томас тоже ревел с ней в обнимку, пока не заснул? От мысли о том, как они лежат обнявшись, начинает мутить.

— Знаешь, как больно, когда два моих самых близких человека живут дальше без меня? А ведь если бы не я, вы бы даже не познакомились!

— Честно, мы очень старались, чтобы ты оставался частью нашей жизни, — скороговоркой объясняет Женевьев. — Мы с Томасом, даже когда наедине, постоянно думаем о тебе, находим что-то, чем тебя порадовать. Сейчас он на работе, но очень хотел зайти после смены, увидеть тебя и...

— Можно не сегодня? — прошу я. — А то у меня сейчас голова лопнет.

Женевьев долго молчит.

— Да, конечно. Передам ему, что ты сам напишешь, когда будешь готов. Аарон, если что, я всегда рядом. — Она целует меня в лоб, нежно пихает в плечо и уходит.

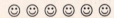

Мое первое занятие в группе поддержки людей с размотанными воспоминаниями прошло нормально.

Группу ведет Эванджелин. А то у нее маловато нагрузки: всего лишь основная работа и распространение информации об успехе моей восстановительной терапии (она еще и об укреплении пошатнувшейся репутации Летео успевает заботиться!). Я все чаще думаю о том, насколько она хороший человек. Вот, например, после моей первой операции она могла бы кого угодно отправить следить за мной под видом бывшей няни или еще кого, но решила за всем проследить сама. И сейчас все сама делает.

Группа небольшая, нас всего четверо, и я потихоньку, по капле узнаю истории других. Например, Кларибель Кастро преодолевает кризис веры в христианского бога, после того как религия толкнула ее обратиться в Летео, чтобы забыть о сделанном аборте. Теперь она начинает осознавать, что сама хозяйка своему телу и вольна делать с ним что хочет, однако воспитывали ее в другой системе ценностей, и, не в силах оправдать свой поступок, она решилась на операцию. У Лиама Чейзера ходит ходуном нога каждый раз, когда он говорит о своих сомнениях, навещать ли в тюрьме дядю, который причинил ему очень много боли. Естественно, подробностей я не знаю, но все было достаточно серьезно, раз в Летео согласились позволить ему забыть, — и, видимо, настолько серьезно, что воспоминания пробили все барьеры и снова вырвались наружу. И наконец, на занятия ходит Джордан Гонзалес-младший, который все время скрещивает на груди мясистые руки кофейного оттенка. В его уложенных гелем черных волосах выделяется седая прядь, с ней он похож на какого-нибудь супергероя из комиксов. О том, что привело его на групповое занятие, Джордан не сказал ни слова.

Эванджелин обращается ко мне:

— Аарон, может быть, расскажешь, почему ты сегодня здесь?

При звуке моего имени Джордан морщится, как будто услышал что-то мерзкое.

— Не знаю, с чего начать, — признаюсь я.

— С чего хочешь, — отвечает Эванджелин.

— А, ладно. Короче, я забыл, что я гей.

Джордан вскидывается:

— А, ты тот самый парень?

— Из новостей? — подключается Кларибель.

Вот уж не думал, что меня однажды покажут в новостях.

— Да, это я.

— Аарон, если тебе тяжело об этом говорить, не надо, — напоминает Эванджелин.

— А скажешь лишнего — нам всем сделают операцию, и мы ничего не вспомним, — хмыкает Джордан.

— Не смешно! — возмущается Кларибель.

— Что, и пошутить нельзя? И вообще, он особенный. У нас у всех размотались воспоминания, а у него еще и амнезия была. Он забыл, вспомнил и снова забыл.

Я забыл, вспомнил и снова забыл.

— Что было тяжелее всего? — спрашивает Лиам.

— Ну, что жизнь не стоит на месте. Мне страшно узнавать, что я еще пропустил. У первого парня, в которого я был влюблен, родился сын. Девушка, в которую я верил, что влюблен, теперь встречается с парнем, в которого я влюбился вторым, а ведь без меня они бы даже не познакомились! Я не знаю, как научиться за них радоваться!

— Ты и не обязан за них радоваться, — говорит Эванджелин. — Ты можешь какое-то время держать дистанцию и заниматься своей жизнью.

— Но Женевьев и Томас всегда были рядом, даже когда я был не в себе!

Эванджелин собирается что-то ответить, но ее опережает Лиам:

— Слушай, ты так снова захочешь сделать операцию и что-нибудь забыть. Подумай немного о себе.

— У тебя особенный случай, — напоминает Эванджелин. — То, что помогает остальным, может не сработать.

Я согласен с ними обоими, но, глядя на собравшихся, думаю: мы хотели, чтобы в Летео решили все наши проблемы, а теперь мечтаем хотя бы вернуть все как было.

☺ ☺ ☺ ☺ ☺

Я сижу на улице перед нашим домом и настраиваю новый телефон. Поднимаю голову: на покрытии площадки сидят Брендан, Дэйв Толстый и Дэйв Тощий и едят сэндвичи. Я их после выписки еще не видел — и вот все трое как на ладони. Дэйв Толстый в нападении не участвовал, но если он продолжает общаться с другими двумя после всего, что они сделали, я лучше буду обходить стороной и его.

У Брендана такое лицо, как будто перед ним призрак. А передо мной всего лишь мой бывший вроде как лучший друг.

Он встает. Совсем как в тот день, когда я упал с велика и он как будто хотел подойти помочь. В тот раз я поднял ладонь, мол, не утруждайся. Сейчас, как только он шагает в мою сторону, я разворачиваюсь и ухожу домой.

Не знаю, прощу ли я его когда-нибудь. Но никогда не забуду, что он сделал, это уж точно.

☺ ☺ ☺ ☺ ☺ ☺

Я сижу на кровати и пялюсь на темно-синий горный велик, который Томас подарил мне на семнадцатилетие. Тогда я сказал ему, что не умею кататься, и действительно не умел. В Летео стерли воспоминания о том, как Колин меня учил. Томас тоже хотел меня научить.

Когда я не знал, как быть, Томас показывал мне выход. Когда я признался, что гей, и боялся, что все меня возненавидят, Томас окружил меня поддержкой. Когда я стал все забывать, Томас дарил мне новые и новые воспоминания.

Не давая себе времени передумывать, я списываю номер Томаса у Эрика из контактов и звоню.

— Алло.

— Томас, привет!

— Длинный! — радуется Томас, как будто все по-прежнему. По-прежнему уже не будет, но его голос все равно успокаивает.

— Привет! Чего делаешь?

Вроде бы совсем простой вопрос, но спрашивать, что он делает, зная, что ответ может причинить мне боль, реально сложно. Сердце бьется сильнее и сильнее. Только бы не сказал, что они сейчас с Женевьев...

— Да ничего, решил вот кое-что записать в дневник перед сменой.

— Где работаешь?

— Помнишь, мы с тобой ходили искать мне место?

— Помню-помню, марафон поиска работы. — Да ладно, я даже вспомнил, как он тогда назвал нашу вылазку.

— Он самый! В общем, теперь я работаю в той парикмахерской.

— Ты поэтому как-то раз решил меня подстричь? — спрашиваю я.

Томас хохочет. Вот бы посмотреть на его лицо.

— Не, ты просто весь оброс. Что, уже все тетради прочел?

— Полистал ту, где вы писали. Свою не трогал.

— Чего так?

— Боюсь туда смотреть. — Что бы я там ни писал, читать будет слишком больно. — Вообще я хотел предложить встретиться, но у тебя работа.

— Я тоже соскучился. Встретимся после смены? Или в два? У меня обед будет.

Я, конечно, хочу провести с ним побольше времени, но надо думать о последствиях. Если мы встретимся после его смены, возможно, мы в итоге пойдем к нему, любоваться городом с крыши или рассиживаться в спальне, а я буду вспоминать отношения, которых не было. Но мне совсем не хочется при виде каждой незнакомой вещицы в его комнате дергаться и гадать, Женевьев ли, как заботливая девушка, ее подарила или Томас сам где-нибудь нашел и волноваться не о чем.

Я предлагаю встретиться у парикмахерской в два.

— Отлично! До встречи, Длинный, жду не дождусь!

Я заворачиваю за угол и сразу вижу вывеску парикмахерской. Сердце бьется как сумасшедшее. В окно видно затылок Томаса: он как раз подметает с пола чьи-то черные волосы. Я вхожу. Работает только один парикмахер, я его не знаю. Стрижет кого-то.

— Вы записывались по телефону? — спрашивает он.

— Ну, почти, — отвечаю я.

Томас оборачивается:

— Длинный!

Он улыбается до ушей, бросает метлу и бежит обниматься. Интересно, он тоже чувствует, как мое сердце стучит ему в грудную клетку? От его шеи пахнет каким-то новым одеколоном, и я запрещаю себе гадать, не надушился ли он специально для меня. Мы пару минут стоим в обнимку, дебильную фразу про «ничего гейского» он даже не вспоминает. Только когда мы размыкаем объятия, мне удается наконец рассмотреть его лицо: он немного заматерел, и щетины раньше не было, но огромные брови все те же, томасовские. Я вспоминаю, как гладил их пальцем, когда полез целоваться, и меня едва не передергивает.

— Типа как бы очень-очень рад тебя видеть, Длинный.

— Типа как бы очень-очень рад видеть тебя, Томас.

Он хлопает меня по плечу, расстегивает черный фартук, отпрашивается у парикмахера на обед, и мы выходим.

— Ну что, как жизнь?

Все меня об этом спрашивают. Предсказуемо.

— Еще разбираюсь, что вокруг нового. Как тебе работа?

— По крайней мере, в отличие от кафе-мороженого, где я работал год назад, отсюда я пока не ушел.

— Прогресс.

— Мне тут нравится. Недавно сменилась вся команда, теперь никто не травит байки о своих женщинах. Работа простая: подметать волосы, расставлять по полкам всякие шампуни и по поручениям бегать. Зато тут много и хорошо думается. Начал писать сценарий короткометражки.

— Слушай, круто. А о чем?

Вот сейчас скажет, что о любви к Женевьев.

— О тебе. — Томас ненадолго замолкает, чешет в затылке. — Длинный, я даже не представляю, каково тебе, но ничего сложнее, чем быть рядом и все это видеть, я в жизни не делал. Ты то радовался, то боялся, то хотел умереть. Однажды ты разозлился и сказал, что больше ни слова не скажешь, пока не научишься запоминать разговоры, а через пару минут обо всем забыл и стал рассказывать про сюжетную дыру в книге про Скорпиуса Готорна.

— Прости, — говорю я.

— За что?

— Ты столько ради меня терпел.

— Длинный, меня от тебя было не оттащить, даже когда ты в сотый раз твердил, что в главе про Карту Охотника Скорпиус мог бы и пораньше догадаться, что предавший его отца лучший друг все еще жив.

Я смеюсь. С меня бы сталось повторить это не сто раз, а все двести. Потом смотрю ему в глаза:

— Слушай, я прочел кое-что в тетради... Ты написал, что довел меня до слез и не можешь себе простить. Что тогда случилось?

Томас встает на углу магазина, опирается на фонарный столб:

— Знаешь, когда твой лучший друг ничего не помнит, в этом есть свои плюсы... — Наверно, он пытался пошутить, но на шутку это не похоже. — Я тебе рассказывал много дурацких секретов, которых никто не знает. Но как-то раз я засомневался в себе... Ну, в своей ориентации. Тогда ты потянулся меня поцеловать, а я тебя остановил. Ты разозлился и заплакал, и я тупо ждал, пока ты наконец все забудешь. Все хорошее, что между нами было, забывалось очень быстро, но это ты все помнил и помнил. — У него бегают глаза. — А когда ты наконец забыл и спросил, почему плачешь, я что-то соврал. Длинный, мне очень, очень жаль, что я не могу быть тем, кто тебе нужен. Я бы очень хотел, чтобы все было иначе.

Я думаю про Женевьев. Пока не знаю, влюбился ли он в нее, но если нет, то скоро влюбится, потому что она лучше всех и надо быть идиотом, чтобы ее упустить.

— Надеюсь, ты теперь меня не возненавидишь, — говорит Томас, пытаясь заглянуть мне в лицо.

— Не возненавижу. Но мне нужно кое-что обдумать.

Томас кивает:

— Если что, я рядом, — и с надеждой протягивает кулак. Я стукаюсь об него своим.

Развернуться и уйти очень сложно, но я ухожу. Пока я в него влюблен, мне тяжело его даже видеть.

Очередное собрание группы поддержки похоже на пестрый калейдоскоп. Я слишком погружен в мысли о Томасе и Женевьев и не могу нормально сосредоточиться. Мне живот сводит, когда я представляю, как они смеются, целуются, занимаются сексом, ходят на свидания и вообще счастливы без меня. Как уложить в голове, что они были и остаются рядом — и все же я чувствую себя брошенным?

Когда я выхожу из Летео, меня догоняет Джордан:

— Эй, Сото, с тобой что-то не то творится.

Это не вопрос, а утверждение.

— Да не, все нормально.

— Я бы спросил, не хочешь ли ты об этом поговорить, но раз на собраниях не говоришь, значит, и сейчас вряд ли захочешь.

— Спасибо, что беспокоишься, но я на самом деле дико устал. Ну, знаешь, как бывает, когда у тебя сложный период, и все спрашивают, как дела, и надо каждый раз объяснять все с начала. Я немного задолбался снова и снова вспоминать, как все плохо.

— Знакомо. Я три месяца назад сбежал из Техаса ото всех проблем и переехал сюда к старшей сестре. Здесь никто, кроме группы поддержки, и не знает, что я обращался в Летео. Начал с чистого листа.

— Звучит заманчиво.

— Да, только это похоже на очередной побег от себя. Операция — побег от себя, переезд через полстраны — то же самое. Тут у меня, конечно, все неплохо складывается, но я скучаю по близким. Даже по тем, кто меня предал.

— По всем-превсем?

— Ни хрена! — улыбается Джордан. Мне нравятся его острые, чуть изогнутые клыки, он похож на вампира-очаровашку. — Но по некоторым скучаю. Интересно, что бы у нас вышло, если бы я остался. Если бы мы не сдались. Сото, ты меня слушаешь?

— С каких пор ты зовешь меня Сото?

— С тех пор, как ты зашел и представился именем моего бывшего. — Джордан сосредоточенно рассматривает свои кроссовки. — Или у тебя есть какое-нибудь крутое прозвище?

Мне хочется попросить звать меня Длинным, но я пожимаю плечами:

— Пусть будет Сото.

Мы переходим улицу.

— Ты кому-нибудь в Летео рассказывал о своем прошлом? — спрашиваю я.

— Другим размотавшимся точно нет. Только Эванджелин, когда пришел в группу.

— Ясно. Мне тоже можешь не говорить, но, если что, я готов выслу...

— Я хотел кое-кого забыть, — не дает мне договорить Джордан. — Ну, другого Аарона. Мне пришлось... Я из-за него стал себя резать. Это были токсичные и ужасные отношения, и подробнее я бы говорить не хотел. Я тебе рассказал, потому что мы похожи.

Что бы он с собой ни делал, я рад, что он остался жив.

— В чем похожи?

— Нас, Сото, чуть не убила наша любовь.

Колин, пожалуй, был токсичным, а вот Томас все-таки нет. Он честно сказал, что не гей, это я все пытался подловить его на лжи.

— Мне не нравится, когда любить больно, — отвечаю я. — Но я не знаю, как прямо сейчас любить Томаса и не страдать. И не знаю, как принять, что мы хорошо проводили время вдвоем, а я этого даже не помню. Меня бесит, что Томас и все остальные праздновали мое восемнадцатилетие, а меня там, считай, и не было. Я все пропустил!

— Кто сказал, что ты обязан смириться? Ну, прошел твой день рождения, и что? Отпраздуй еще раз, так, чтобы запомнить.

— Даже не думал об этом.

— Сото, если ты хочешь снова жить своей жизнью, так бери и живи! Память снова с тобой. Хватит жалеть о том, чего не вернуть. Создавай новые воспоминания. Круче прежних. — Джордан смотрит на телефоне время. — Мне пора домой, обещал сестре помочь. Что делаешь завтра?

— Ничего.

— Класс! Покажешь мне город.

— Где хочешь побывать?

— Покажи мне свои любимые места. Если хочешь, расскажи, чем они для тебя важны.

— Не знаю, готов ли я с головой нырнуть в свое прошлое.

— Прости, не хочешь — не надо, — соглашается Джордан. — Я просто предложил, потому что у меня тоже так было. Мне даже игровые автоматы напоминали про Аарона, так мерзко было.

— Не хочу, чтобы мне было мерзко, — отвечаю я и соглашаюсь завтра встретиться и доказать, что готов жить дальше.

С чего бы начать экскурсию?

☺ ☺ ☺ ☺ ☺ ☺

Первая точка маршрута по местам жизни Аарона Сото — «Дом сумасшедших комиксов».

За стойкой все тот же Стэнли, его знакомое лицо успокаивает. Я веду Джордана вглубь магазинчика, где разворачивались наши с Колином сложные взаимоотношения. Рассказываю, как наткнулся на Колина, когда привел сюда Томаса, — и благодаря Летео совсем не помнил, что между нами что-то было. Джордан на своего Аарона после операции не натыкался, и я за него рад. Потому что я теперь понимаю, как больно тогда было Колину, и случайно причинить кому-то такую боль — ужасно.

Потом мы идем в закуток между цветочным и мясным, где мы с Колином впервые занялись сексом. Джордан рассказывает, что лишился невинности в шестнадцать со своим приятелем-одноклассником Джоном, когда ему было скучно и хотелось трахаться. Он вспоминает Джона с меньшим теплом, чем я думаю о Колине, хотя тот и разбил мне сердце.

Надеюсь, у них с Николь и ребенком все хорошо. Видеть я его больше не хочу и ничего слышать про него тоже.

Дальше я веду Джордана в Форт-Уилли-парк, где предложил Женевьев встречаться, и рассказываю, как сильно ее люблю и как жаль, что не могу любить сильнее. Джордан рассказывает, что у него был когда-то лучший друг Дэйн, который в него влюбился, и Джордан несколько лет назад очень, очень старался дать ему шанс. Но потом случился Аарон, Джордан не устоял, и Дэйн остался в прошлом.

Джордан до сих пор иногда про него вспоминает, а когда у него все разладилось с Аароном, вспоминал часто, но Дэйн учится в колледже, встретил парня и счастлив, так что тут Джордан опоздал.

Время решает все. Не представляю, сколько всего — и особенно сколько людей — я упустил за год без памяти.

Я оттягивал этот момент как мог, но наконец мы идем по местам, связанным с Томасом. Заходим на стадион его школы — я рассказываю Джордану, как мы бегали, пока не заныли ребра. И честно признаюсь, насколько больно вспоминать, как мы валялись на траве с Колином и вдруг увидели на трибунах Томаса с Женевьев. Еще больнее от того, что они теперь вместе, может, даже вместе прямо сейчас, а я один. Джордан меня понимает. Он расстался с Аароном, когда тот переспал с, похоже, давно влюбленным в него парнем.

На обратном пути я показываю Джордану кинотеатр, куда Томас сводил меня через черный ход, и его дом. Рассказываю, сколько всего мы делали на крыше: отмечали день рождения Женевьев, потом Томаса, потом мы с ним валялись на солнце без футболок, потом я признался ему, что у меня амнезия, и ревел. Непросто, наверно, это все выслушивать, и на этот раз Джордан не пытается заполнить молчание какой-нибудь историей из своей жизни.

И вот мы у моего комплекса, перед входом в проулок.

— А здесь мы с Томасом познакомились.

— Начало истории приберег под конец, значит, — хмыкает Джордан. — Сото, ты часом не поэт?

— Просто по пути было.

— Ну и как настроение?

Мы стоим на том самом месте, где Томас бросил девушку. Именно здесь я впервые залип на его огромные брови. Здесь он назвал меня Длинным, потому что мы не успели представиться. Здесь началась наша история, и теперь я стою тут и пытаюсь понять, начнется она еще раз или канет в небытие, потому что я не смогу смотреть, как он счастлив с Женевьев.

— Знаешь, я хотел бы попробовать, — говорю я.

— Что попробовать?

— Попробовать не бояться. Я люблю Томаса и Женевьев, они любят меня. Может, дружить мы и не сможем, но я хотя бы не буду гадать. — Я глубоко вздыхаю и смотрю в глаза Джордану. Как же здорово, что он предложил нырнуть со мной в прошлое и мы прошли всю дорогу досюда. — Что делаешь на выходных?

— Пока свободен.

— Тогда готовься праздновать мое восемнадцатилетие.

У меня предчувствие, что Джордан в моей жизни надолго. Может, нам будет хорошо вдвоем. Надеюсь, со временем он перестанет дергаться от моего имени и начнет звать меня Аароном. Хотя, если честно, я уже привык отзываться на «Сото».

☺ ☺ ☺ ☺ ☺

И вот мне снова исполняется восемнадцать (вернее, мы делаем вид, что у меня снова день рождения).

Сначала я хотел праздновать на улице, чтобы пригласить всех, кто обо мне заботился весь год. Но с самого обеда зарядил дождь, а переносить вечеринку я не хотел, потому что друзья уже подстроили под меня свое расписание. В итоге я пригласил всех к нам в квартиру. Да, я много лет стыдился своего дома, хотя прожил здесь всю жизнь. Но мне надоело прятаться от всего мира, и прятать от близких условия, в которых живу, я тоже больше не стану.

Это явно будет самая классная вечеринка в моей жизни. Фредди разносит Эрика в «Марио Карт», не переставая молоть языком. А я ведь его несколько лет к себе не звал, все стыдился, что у него своя спальня, а у меня нет. Но ему пофиг. Мама бегает туда-сюда, следит, чтобы ее подруги не скучали, а у нас не кончились чипсы и газировка, пока не привезли пиццу. Женевьев пришла одна, но Томас не сильно от нее отстал. Они по-любому шли вместе, но разделились, чтобы я лишний раз не видел их вдвоем. Забавно: мне тяжело знать, что они встречаются, но я не хочу, чтобы они из-за меня стали меньше общаться.

Интересно, я когда-нибудь распутаю клубок своих эмоций? А то мне, например, немного стыдно, что я не позвал Брендана, хотя я на него зол. А еще мне жаль, что с нами нет отца, с ним было здорово отмечать дни рождения, хотя я его ненавижу за все, что из-за него со мной стало.

Я не хочу отворачиваться от своих близких. Я еще способен понять, что с ними лучше, чем без них.

Но Томас и Женевьев смеются над чем-то, чего я не расслышал, и у меня в животе все сжимается. Потом Эрик открывает дверь Джордану, и меня слегка отпускает.

— С днем рождения, Сото, — говорит новый гость, вручая мне подарок.

— Чего ты мне притащил?

— Откроешь — узнаешь.

— Можно, прямо сейчас открою?

— Ты теперь совсем взрослый, даже голосовать можешь. Ты и только ты решаешь, что тебе делать.

Последнее — совсем уж неправда, но я улыбаюсь.

Не успеваю я открыть подарок или кому-нибудь представить Джордана, как из кухни появляются мама с Эванджелин и запевают «С днем рождения тебя». Джордан увлекает меня к гостям, и все фальшиво подхватывают песню. Я краснею — хотя, вот честно, чего я ждал? Улыбаюсь до ушей и задуваю все восемнадцать свечек.

Потом все ненадолго замолкают, будто думая о том, какое же чудо, что нам сегодня есть что праздновать. Я оглядываю счастливых гостей: у мамы с Эванджелин слезы на глазах, Эрик салютует мне банкой «пепси», Фредди нацелился ложкой на торт, Женевьев посылает мне воздушный поцелуй, Томас протягивает над тортом кулак, и я касаюсь его своим. Джордан стоит и чуть самодовольно скалит в ухмылке свои шикарные волчьи клыки, как бы говоря: без меня ничего этого бы не было. И он прав.

Может, это и не идеальный праздник, но я запомню его навсегда, а лучшего подарка нельзя и придумать.

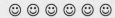

Я начинаю заново.

Сажусь на велик и еду. В ушах свистит ветер, руки вцепились в руль, ноги быстро крутят педали, и я мчусь дворами — прочь, прочь от плохих воспоминаний о том, как год назад я свалился с этого самого велика. Если я перестану бегать от воспоминаний и брошу им вызов, рано или поздно я своего добьюсь.

Я оставляю велик в вестибюле, достаю из рюкзака тетради и сажусь читать. Я должен знать, что в них заключено. Да, эти записи заставят меня кому-то завидовать, на кого-то злиться, о чем-то грустить. Но испытывать боль нормально. И я понял, что́ все это время упускал. Эванджелин была права. По капле восстанавливая прошлое, я постепенно снова включаюсь в течение времени. Читать все сразу необязательно. Захочу — буду читать по странице в год. Но мне не терпится найти во мраке памяти солнечный свет, а если его там не будет, научиться светить самому.

Я скорее счастлив, чем нет.

Помните об этом.

ПОСЛЕСЛОВИЕ

Мне типа как бы вообще не верится, что через столько лет Аарон Сото снова с нами.

С тех пор как вышло первое издание книги, читатели часто просили написать по этому миру что-то еще. Сиквел, историю какого-нибудь второстепенного персонажа, серию романов про Скорпиуса Готорна. Я с самого начала хотел дальше писать от лица Аарона и много, много раз за эти годы пытался, но никак не мог найти его голос. «Скорее счастлив, чем нет» — моя первая книга, и до ее выхода, до того как в мое воображение запустили руки критики, Аарон всегда был рядом. Но с тех пор я написал еще четыре книги от лица восьми разных героев, и мне казалось, что Аарон меня в свою жизнь уже не пустит.

Потом я впервые за пять лет перечитал «Скорее счастлив...» — и как будто открыл капсулу времени. Я помнил, сколько в этой книге отчаяния, но забыл, какой Аарон еще молодой, беспечный и как он полон надежд. Я заново влюбился в дружбу Аарона с Томасом. Я морщился, видя строчки, которых сейчас бы уже не написал. Мне понравилось, как разворачивается сюжет. Я снова с головой нырнул в нулевую часть. Но, перечитав книгу, только уверился в том, что знал с самого выхода книги.

Ей нужно новое окончание.

Когда я ее писал, то хотел закончить неожиданно и правдиво, и, по-моему, мне удалось. Но Аарон — слишком важная, слишком живая часть меня, а потому нельзя оставлять его там, где он был все эти годы. Первоначальная концовка буквально преследовала меня, и я хотел отдать Аарону давно заслуженную победу.

Врать не буду, «Скорее счастлив, чем нет» я писал для себя. Я и представить себе не мог, что она будет столько значить для других. Читатели совершали передо мной каминг-аут, признавались, что история Аарона спасла им жизнь, показывали татуировки с фразами из книги, фан-арты... Случилось столько незабываемых событий, что я уже не вправе перестать писать истории о ЛГБТ-людях.

Книгу я писал для себя, а вот счастливый конец — для всех нас.

Адам Сильвера, 2020

БЛАГОДАРНОСТИ

Все, кто знал, что мое счастье — стать писателем: я вас безумно обожаю!

Первый в списке — парень, без которого всего этого бы не было, Брукс Шерман, самый классный и самый ненормальный агент на этой планете. Мне как человеку с обсессивно-компульсивным расстройством, да еще и писателю сложно кому-то довериться, но я знаю, что он-то все сделает как надо. Именно благодаря ему мой дебют получился во всех отношениях незабываемым, и, если что, я всегда готов помочь ему пронести диван по самым людным улицам Нью-Йорка.

Спасибо высокопрофессиональной команде *Soho Teen*. Дэниел Эренгафт, мой редактор, не просто колоссально помогал мне расти, но и не боялся позволить мне выкручиваться самому. Мередит Барнс, мой выпускающий редактор, первая во всем издательстве поверила в успех моей книги и врубила мой текст — а я-то считал его тихим и спокойным — на полную катушку. Она всегда мгновенно мне отвечала, а еще это они с талантливой Лиз Касаль создали прекрасную обложку. Спасибо Бронвен Раска, моему гордому и радостному издателю; Джанин Агро, гению верстки; Амаре Хосидзё, помощнику редактора и прекрасной союзнице в поедании салата; Рейчел Коваль, способной найти все, что я упустил, и прочим трудолюбивым борцам за книги: Руди Мартинесу, Джульет Греймс, Полу Оливеру, Марку Дотену и Эбби Коски.

Спасибо Луису Ривера за все, чему меня научило наше ничего, и за все, что он мог мне дать. Он типа как бы точно знал, как сделать парня скорее счастливым, чем нет, во времена «Кода Адама» и до сих пор каждый день стучит со мной кулаком об кулак и дарит мне новые хорошие воспоминания.

Спасибо Кори Вэйли, и пусть он живет вечно. Я дико благодарен, что он приютил меня на лето, чтобы я смог спокойно поработать над книгой, и вливал в меня тонны счастья, чтобы я не загнулся, переживая все это заново.

Спасибо Сесилии Ренн, моей лучшей подруге и безумному близнецу. Надеюсь, шестого июня не наступит конец света, а то она меня с ума сведет. Эхо нашего особого близнецовского рукопожатия будет до конца времен витать во вселенной — или, по крайней мере, в ее кухне, где наверняка опять не закрыт какой-нибудь шкафчик.

Спасибо Ханне Колберт Калампукас, которой я первой признался, что я гей, — за это и за клубничный торт в форме буквы «А» на мой день рождения. Милый жест с тортом значил для меня не меньше, чем великий каминг-аут 2009 года.

Спасибо Кристоферу Маппу, от которого я столько всего узнал о жизни, что даже не мог вписать его в книгу, а то Аарону Сото стало бы слишком легко.

Спасибо Аманде Диаз: от нее я заразился любовью к книгам и фанфикам, а еще она читала эту книгу куда больше раз, чем полезно для здоровья. Спасибо Майклу Диазу, с которым мы ночами напролет резались в видеоигры и играли в «Драфт» конфетами. Спасибо Ане Белтран за обеды (которые она мне готовила) и споры (в которых я всегда побеждал).

Похоже, мне не суждено было учиться в колледже, но в итоге я все равно узнал гораздо больше, пропадая после школы в книжных, за что отдельное спасибо: Айрин Брэдиш и Питеру Глассману, моим бывшим начальникам и по совместительству наставникам; Шэрон Пеллетье — суровому и справедливому редактору; Дженнифер Голдинг, которая верила в меня с самого начала. Спасибо Донне Раух за бесконечные шутки про уток, спасибо Эллисон Лав — за то, что пришла работать в книжный и перевернула мою жизнь; Мэгги Хайнц — за то, что первой прочла книгу, которую я вообще никому не хотел показывать. Спасибо Джонатану Друкеру, с которым мы реально братаны, и Гэйби Зальпитер, готовой болеть за меня 24/7 и прокачивать мою самооценку. Спасибо Джоэлю Грейсону за неизменную доброту и поддержку в каждую нашу случайную встречу в книжных. И спасибо всем остальным книготорговцам, с которыми я подружился в *Barnes & Noble* и *Books of Wonder*.

Спасибо Лорен Оливер и Лексе Хиллиер, которые не только научили меня закручивать сюжет, но и спасли мне жизнь, когда я буквально тонул. Без них не было бы этой книги — да и меня самого бы не было.

Спасибо Джоанне Волпи, способной одним метким словом изменить весь сюжет; без нее я бы свихнулся раньше, чем дописал свою первую книгу. Спасибо Сюзи Таунсенд, которая влюбилась в книгу и поверила в нее задолго до начала продаж, а потом продолжала ее любить. Спасибо Сандре Гонзалез, моей верной соратнице, которая стыдит меня за бессонные ночи и выжимает все соки из моих эмоций; Марго Вуд, в параллельной вселенной — моей правой руке во всех преступлениях и жене, — которая снимает мое лицо крупным планом и готова сменить ориентацию ради меня и моего героя. Спасибо Джули Мерфи, моей тихой гавани в Техасе, за наши писательские марафоны в Далласе. Спасибо Холли Голдберг Слоан, самой замечательной маме из Лос-Анджелеса, о какой только может мечтать паренек из Нью-Йорка. Спасибо Тай Фарнсуорт за бесценную помощь, которая все изменила. Спасибо Ханне Фергесен — она появилась в моей жизни, когда я уже глубоко увяз в издании книги, но успела стать совершенно незаменимой.

Мне очень везет на друзей-писателей, но особенная удача — пройти весь этот путь бок о бок с командой Бекминавидера: это Бекки Альберталли, моя сестра-близнец от литературы, обожающая моих персонажей и их жизнь настолько, что это почти перевешивает ее нелюбовь к золотым «орео» (какая глупость, это же самые вкусные «орео»... ладно, мне больше достанется); это Жасмин Варга, моя сестричка, обожающая мармеладных рыбок и арт-бары, надежный товарищ по путешествиям и неиссякаемый источник классной музыки (только разок что-то пошло не так); и, наконец, это Дэвид Арнольд, мой названый брат, которого мне хочется заобнимать до смерти каждый раз, когда мы затеваем серьезные беседы о Жизни с большой буквы «Ж». Друзья, жду не дождусь, когда мы уже купим себе дом в Бекминавидеравилле!

Спасибо Дженнифер М. Браун, такой же «сове», как и я, за двери, открывшиеся передо мной, когда я попал под ее крыло.

Спасибо родным и друзьям за их гордость и мое счастье.

Спасибо маме, Перси Роза, за то, что в моем детстве были списки книг на лето и марафоны правописания неприличных слов. Телевизор я всегда смотрел только с субтитрами, а мои школьные доклады о книгах всегда проходили мамину вычитку. Она привила мне любовь к словам, которая, как оказалось, очень пригодилась в жизни, в которую я себя вписал. И, что самое главное, мама всегда любила меня таким, какой я есть. Я точно знаю, что она не захотела бы ничего во мне менять, даже если бы могла, и это взаимно.

И наконец — ура, я дошел досюда! — спасибо невероятному сообществу книготорговцев, библиотекарей, читателей, писателей, блогеров и вымышленных героев, благодаря которому книги и литература еще существуют. Пожалуйста, давайте не дадим книгам и книжным исчезнуть. Спасибо.

Литературно-художественное издание
Серия REBEL

Адам Сильвера
Скорее счастлив, чем нет

18+

Перевод с английского: Екатерина Морозова

Над книгой работали:
Ответственный редактор: Сатеник Анастасян
Литературные редакторы: Сатеник Анастасян
Дизайнер: Максим Балабин
Верстальщик: Анна Тарасова
Корректоры: Наталья Витько, Надежда Власенко

Подписано в печать 01.09.2022.
Формат 60×90 1/16.
Бумага офсетная. Печать офсетная.
Усл. печ. л. 25. Доп. тираж 10 000 экз. Заказ № 7011.

Издательство Popcorn Books
www.popcornbooks.me

Покупайте наши книги в Киоске:
kiosk.shop

ООО «ИНДИВИДУУМ ПРИНТ»
Юридический адрес: 107014, г. Москва,
ул. 1-я Боевская, д. 2/21, стр. 4, пом. III, ком. 2

Отпечатано с готовых файлов заказчика
в АО «Первая Образцовая типография»,
филиал «УЛЬЯНОВСКИЙ ДОМ ПЕЧАТИ»
432980, Россия, г. Ульяновск, ул. Гончарова, 14.